A CAÇA

"O ritmo e o desenvolvimento da trama são brilhantemente executados e mantêm o leitor curioso até a última página."
– Fantastic Book Dragon

"*A caça* é uma história acelerada e bem construída, sobre pessoas excluídas e pontos de vista ultrapassados em um mundo em constante evolução."
– Culture Fly

"Um thriller instigante com notas sombrias que lança luz sobre as questões em torno da alta sociedade. Altamente recomendado."
– The Book Bag

Título original: S.T.A.G.S.

Originalmente publicado em língua inglesa, como S.T.A.G.S., por Hot Key Books, um selo de Bonnier Zaffre Limited, Londres. Os direitos morais do autor estão assegurados.

tradução: Alves Calado

preparo de originais: Victor Almeida

revisão: Luis Américo Costa e Mariana Rimoli

diagramação: Carolina Araújo | Ilustrarte Design e Produção Editorial

capa: Alexandra Allden

adaptação de capa: Miriam Lerner

imagens de capa: Shutterstock.com

impressão e acabamento: Lis Gráfica e Editora Ltda.

CIP-BRASIL. CATALOGAÇÃO NA PUBLICAÇÃO
SINDICATO NACIONAL DOS EDITORES DE LIVROS, RJ

B417c Bennett, M. A.
A caça/ M. A. Bennett; tradução de Alves Calado.
São Paulo: Arqueiro, 2018
240 p.; 16 x 23 cm.

Tradução de: S.T.A.G.S.
ISBN 978-85-8041-930-6

1. Ficção infantojuvenil americana. I. Calado, Alves. II. Título.

18-48802 CDD: 028.5
CDU: 087.5

Editora Arqueiro Ltda.
Rua Funchal, 538 – conjuntos 52 e 54 – Vila Olímpia
04551-060 – São Paulo – SP
Tel.: (11) 3868-4492 – Fax: (11) 3862-5818
E-mail: atendimento@editoraarqueiro.com.br
www.editoraarqueiro.com.br

Para Conrad e Ruby,
que são medievais e selvagens na medida certa.

“Rastreie o cervo até o covil.”
The Master of Game, de Edward of Norwich, n.1373

STAGS (I)

1

Eu sou uma assassina.

Se bem que, como não tive a intenção de matar, imagino que tenha sido um caso de homicídio culposo. Portanto, tecnicamente, sou uma "homicida culposa", mas não sei se essa expressão existe.

Quando ganhei a bolsa para a STAGS, minha antiga diretora disse: "Você vai ser a aluna mais inteligente dessa escola, Greer MacDonald." Posso ser, posso não ser. Mas sou inteligente o bastante para saber que a expressão "homicida culposa" não costuma ser usada por promotores, juízes e advogados.

Devo deixar bem claro, antes que você perca toda a simpatia por mim, que não matei com as minhas mãos. Eu ajudei a *provocar* uma morte, mas não sozinha. Sou como um caçador de raposas. Ninguém sabe qual foi o cachorro que despedaçou a raposa. Todos os cães e todos os cavaleiros com seus elegantes casacos vermelhos têm participação. Logo, todos juntos são responsáveis pela morte da raposa.

Acabei de me entregar. Percebeu? Os tais casacos – os casacos que as pessoas chiques usam para caçar raposas – são cor-de-rosa, e não vermelhos. Eles chamam a cor de *hunting pink*.

Toda vez que abro a boca, entrego que não sou daqui, graças ao meu sotaque do norte. Greer MacDonald, a "garota que não se encaixa". Nasci e fui criada em Manchester e estudei na Escola Secundária Bewley Park até este verão. Nos dois lugares eu ia muito bem, obrigada. Parei de me encaixar quando ganhei a bolsa para a STAGS.

Preciso contar um pouco sobre a STAGS, porque a escola está ligada ao assassinato. STAGS é a sigla de St. Aidan the Great School (Escola Santo Aidan, o Grande) e é *literalmente* a escola mais antiga da Inglaterra. Nenhum prédio da minha escola secundária, Bewley Park, foi construído antes de 1980. A parte mais antiga da STAGS, a capela, foi construída em 683 e é coberta de afrescos. *Afrescos.* Bewley Park era coberta de pichações.

A STAGS foi fundada no século VII pelo tal santo Aidan. Antes que a Igreja decidisse que ele era Grande, Aidan era só um monge velho e simples que andava, andava e andava pelo norte da Inglaterra falando sobre o cristianismo para quem quisesse ouvir. Um dia, presumo, ele parou de andar e fundou uma escola para ensinar sobre o cristianismo.

Você pode achar que ele foi santificado por causa de toda essa devoção, mas não é bem assim que a banda toca. Para virar santo você precisa fazer um milagre. O milagre de Aidan foi ter salvado um cervo de uma caçada fazendo com que ele ficasse invisível. Por isso o cervo virou o emblema de Aidan e também da escola – aliás, cervos, em inglês, é *stags*. Quando recebi a carta me avisando que tinha passado para a entrevista, a galhada foi a primeira coisa que notei, bem na parte de cima do papel, como duas pequenas lágrimas pretas e serrilhadas no papel.

Conheci a escola durante um daqueles dias ensolarados do meio do inverno, com campos reluzindo devido à geada e sombras longas e baixas. Papai me levou em seu Mini Cooper de dez anos, passando pelo portão e subindo uma longa entrada de veículos através de gramados verdes luxuriantes. No fim da entrada descemos do carro e admiramos a vista. Havia algumas paisagens incríveis na longa viagem de Yorkshire a Northumberland, mas essa foi a melhor de todas. Era uma vasta mansão medieval, com uma espécie de fosso e uma pequena ponte na entrada. Não se parecia nem um pouco com a sede de uma seita perturbadora. A única pista, se eu estivesse procurando, poderia ser o par de chifres de cervo acima da porta enorme.

– *Memórias de um espião* – falei, um pouco nervosa.

Meu pai é cinegrafista da vida selvagem e adora cinema, não somente os documentários sobre a natureza em que costuma trabalhar. Nós assistimos a um monte de filmes juntos, desde megassucessos bobos até os mais obscuros. Meu nome é por causa de Greer Garson, uma estrela dos tempos do cinema em preto e branco. Quando meu pai está viajando, ou filmando à noite, eu assisto a filmes sozinha, só para compensar a vantagem de trinta anos que ele tem sobre mim. Nós temos um jogo: quando alguma coisa que vemos faz lembrar um filme, dizemos em voz alta e a outra pessoa tem que citar outro filme com o mesmo tema. Nesse caso, o tema era "filmes sobre escolas particulares".

– *Zéro de Conduite* – retrucou ele.

– *Uh là là* – falei. – Um filme *francês*. Agora pegou pesado. – Fiz força para pensar. – Todos os filmes do Harry Potter – declarei, meio abalada. – São oito pontos.

Obviamente papai conseguia ouvir o nervosismo na minha voz. Ele conhece tantos filmes que poderia ter me derrotado facilmente, mas deve ter decidido que aquele não era o dia.

– Certo – disse, me dando seu riso torto. – Você venceu. – E olhou a entrada grandiosa e a galhada acima da porta. – Vamos acabar logo com isso.

E foi assim. Passei pela entrevista, fiz a prova e entrei. Oito meses depois, no início do período de outono, estava caminhando pela entrada da escola, por baixo da galhada, como aluna do *sixth form* – os dois anos de preparatório antes da faculdade.

Eu logo ficaria sabendo que as galhadas são importantes na STAGS. Galhadas saltam de todas as paredes. Também há um cervo no emblema da escola, com as palavras "*Festina Lente*" bordadas embaixo. (Sim, eu pesquisei. É latim e significa "Apressa-te devagar".) Na capela, os afrescos que mencionei mostram cenas da caça "milagrosa" ao cervo, quando o santo Aidan fez com que o tal bicho ficasse invisível. Também há um vitral muito antigo mostrando o santo com um dedo diante da cara de um cervo, como se tentasse mantê-lo em silêncio. Já olhei esses afrescos e o vitral um milhão de vezes, porque precisamos ir à capela todas as manhãs, o que é bem chato.

Além de ser chato, na capela faz muito frio. É o único momento em que fico feliz por estar usando o uniforme, que consiste num casacão estilo Tudor, preto e de feltro grosso, que vai até os joelhos, com botões dourados na frente. No pescoço usamos uma gravata clerical branca e na cintura um fino cinto de couro de cervo que precisa ser amarrado de um modo específico. Por baixo do casacão usamos meias de um vermelho vivo, cor de sangue. É uma roupa bem idiota, mas pelo menos mantém a pessoa quente nos limites de Northumberland.

A STAGS, como você pode imaginar, é uma escola religiosa. Meu pai e eu não somos nem um pouco religiosos, mas deixamos esse detalhe de lado. Na verdade, meio que podemos ter dado a impressão de que somos frequentadores de igreja. Isso foi na época em que eu *queria* entrar para a escola. Papai ia ficar fora do país por quase dois anos, fazendo um documentário de vida selvagem para a BBC. Se eu não entrasse para a STAGS, precisaria ir morar com a tia Karen. E, *acredite*, eu não queria isso. Minha diretora na Bewley achou que eu tinha notas boas o suficiente para conseguir uma bolsa na STAGS, e ela estava certa. Também tenho memória fotográfica, o que ajuda bastante. Nem posso dizer como isso foi útil quando estava fazendo a prova de admissão. Mas, se soubesse o que iria acontecer naquele período de outono, não teria me esforçado tanto. Teria ido para a casa da tia Karen sem dizer uma palavra.

Além das idas incessantes à capela, existe um monte de outras diferenças entre a STAGS e uma escola normal. Para começo de conversa, eles chamam o período de outono de "Michaelmas", o de primavera de "Hilary" e o de verão de "Trindade". Além disso, os professores são chamados de frades. Assim, nosso professor, Sr. Whiteread, é frade Whiteread. Mais estranho ainda: nossa diretora (Srta. Petrie) é a frade Petrie. O diretor, um cara amigável, meio parecido com o Papai Noel, é chamado de abade. Se isso não fosse suficientemente estranho, os frades usam um manto esquisito, tipo hábito de monge, por cima dos ternos, com cordas amarradas na cintura.

Vários frades são ex-alunos que continuam fazendo o que faziam na STAGS na época deles (a STAGS é tão antiquada que eu ficaria surpresa se alguma coisa tivesse mudado). Os frades são praticamente antiguidades. Todos têm mais de 60 anos. Sem dúvida isso quer dizer que eles têm uma enorme experiência, mas tenho uma leve suspeita de que esses velhinhos são contratados para que ninguém nunca, *jamais*, fique a fim de um deles. Não há absolutamente nenhum perigo de acontecer um daqueles relacionamentos entre professor e aluna sobre os quais a gente lê na internet.

Os esportes também são estranhos na STAGS. Não temos jogos comuns como vôlei, hóquei e futebol, e sim coisas tipo *fives* e tênis real, em quadras de madeira estilo Tudor que ficam depois dos campos esportivos. Esses campos são imensos, mas não são usados para nada comum, como atletismo. Só para esportes como rúgbi e lacrosse. A STAGS tem o próprio teatro, mas ele não tem iluminação chique nem cenários; é uma fiel réplica jacobina iluminada por velas. Velas. Em vez de alemão e francês, estudamos latim e grego. A comida também é diferente das encontradas nas escolas normais, e nesse sentido é bem legal. Na verdade, é incrível – do tipo que você comeria num restaurante bom de verdade, nem um pouco parecida com a gororoba que a gente via na Bewley Park. As refeições são servidas por mulheres do povoado, que parecem ser ótimas pessoas, mas são recompensadas com o apelido de "merendeiras".

Mas a maior diferença entre a STAGS e uma escola normal é, como você já deve ter adivinhado, que ela custa os olhos da cara. Os pais dos alunos pagam de boa vontade, e não demorei muito para descobrir pelo que eles estão pagando. Não estão pagando para seus filhinhos queridos se beneficiarem do teatro jacobino nem da piscina olímpica, nem da beleza incrível e ofuscante do lugar. Estão pagando é para seus filhos serem *diferentes*.

Nos primeiros mil anos havia apenas quatro casas na STAGS: Honorius, Bede, Oswald e Paulinus. Algumas décadas atrás, eles começaram a admitir garotas. Por isso, fundaram uma casa para as novas alunas: Lightfoot. Na carta de admissão me disseram que os dormitórios da Lightfoot ficavam num dos prédios mais "modernos", e cheguei esperando um monte de pinho, vidro e aquecimento central. Por acaso o prédio da Lightfoot foi construído em 1550 e era todo com janelas de caixilhos em forma de losango e loucas chaminés espirais. Na STAGS, 1550 era considerado "moderno".

Meu quarto ficava no terceiro andar, no final de um corredor com lambris em estilo Tudor. Depois de passar por uma imensa porta de carvalho, descobri que o quarto em si era moderno. Tinha móveis de MDF e carpete azul. Uma garota já estava lá dentro. O hábito de pensar em filmes era difícil de ser abandonado. Se minha primeira conversa com ela fosse um script, seria mais ou menos assim:

GREER (sorrindo): Sou Greer. Qual é o seu nome?

A colega de quarto de Greer a olha de cima a baixo, de um jeito presunçoso.

COLEGA DE QUARTO (revirando os olhos): *Jesus!*

Depois desse primeiro encontro eu a chamei internamente de "Jesus", porque isso me fazia sorrir e havia poucas coisas que me faziam sorrir na STAGS. Mais tarde descobri que o nome dela era Becca. Era uma garota louca por cavalos, que tinha fotos de seus pôneis na parede assim como eu tinha fotos do meu pai. Talvez ela sentisse tanta falta deles quanto eu sentia dele. Eu não entendia como. Em termos de diálogos, nessa parte da história foi praticamente só isso. Haverá um monte mais tarde, mas a verdade triste é que ninguém falou muito comigo naquele primeiro período. Os professores me sabatinavam nas aulas e as "merendeiras" perguntavam coisas corriqueiras, tipo "Fritas ou purê, querida?". (O sotaque delas me deixava com saudade de casa.) E Shafeen, um garoto com quem eu assistia a algumas aulas, ocasionalmente murmurava coisas do tipo: "A estabilidade térmica dos nitratos segue a mesma tendência dos carbonatos."

Apesar de dividirmos um quarto, Jesus só falou comigo quase no fim do período, e só porque eu recebi o Convite. Se eu tivesse mais amigos – ou algum amigo – naquele primeiro período, jamais aceitaria o Convite. Talvez tenha aceitado porque estava me sentindo sozinha. Ou talvez, para ser bem honesta, tenha aceitado porque vinha do garoto mais bonito da escola.

2

Estou falando, claro, de Henry de Warlencourt.

Talvez você já tenha lido sobre ele na internet, naquela página sinistra que fizeram no Facebook, ou talvez tenha visto a foto dele no noticiário. Mas na época ele não era famoso – nem infame – fora do próprio círculo. Dizem que não devemos falar mal dos mortos, por isso só vou dizer que, olhando, você jamais saberia como ele era uma pessoa terrível.

Tenho que me esforçar para lembrar dele como o vi pela primeira vez, para ser justa com aquela primeira impressão e tentar esquecer o que sei agora. Ele era o garoto mais lindo que eu já tinha visto. Alto para seus 17 anos, cabelos louros, olhos azuis e pele bronzeada. Quando as pessoas estavam perto de Henry de Warlencourt, olhavam para ele o tempo todo, mesmo fingindo que não. Até os frades pareciam maravilhados. Ele nunca era castigado por nada – não porque não fizesse nada errado; e sim porque se safava de tudo. Era como uma daquelas frigideiras bem legais em que nada gruda. Ele se achava invencível. Mas não era.

Apesar do nome que parecia estrangeiro, Henry de Warlencourt era a pessoa mais britânica que poderia existir. Aparentemente algum antepassado distante havia lutado no exército franco durante as Cruzadas e depois

tremendamente inteligentes; subestimá-las era um risco, e foi exatamente o que eu fiz.

Todos os medievais eram incrivelmente ricos. Vários membros da família de Henry tinham estudado na STAGS ao longo dos séculos e o teatro da escola até se chamava Warlencourt Playhouse. Segundo boatos, a família de Lara pagava pela piscina. Isso os fazia se comportarem como se fossem donos do lugar. De certa forma, eles eram.

Sempre havia seis medievais: três garotos e três garotas do segundo ano do *sixth form*. Mas para além desse núcleo fixo havia um punhado de agregados que os idolatravam e faziam tudo que eles queriam, na esperança de também se tornarem medievais no segundo ano. Todo ano, seis medievais partem e um novo grupo é formado, de modo que há um número suficiente de aspirantes por perto. Jesus é definitivamente uma: ela morreria para ser uma medieval.

Individualmente, todos os medievais eram aceitáveis. Eu fazia várias matérias com eles e podiam ser bem humanos. Mas era quando estavam em bando, parecendo sabujos, que você queria ficar invisível, como o cervo de santo Aidan. Na maior parte do tempo eles me deixavam em paz; ocasionalmente as três garotas imitavam meu sotaque e davam risinhos pelas minhas costas quando eu passava por elas no pátio. Eu me sentia como se tivesse um pedra de infelicidade alojada logo abaixo das costelas, e o sentimento só ia embora quando eu me afastava da visão das garotas. Mas para mim era mais fácil. Algumas pessoas pareciam estar na mira deles o tempo todo. Pessoas como Shafeen.

Os medievais chamavam Shafeen de "o playboy de Punjab". Ele era alto e quieto, com um rosto bonito e sério e olhos pretos indecifráveis. O apelido que tinham dado era intencionalmente inadequado. Para começo de conversa, ele não era de Punjab. Além disso, era muito tímido com as garotas, o oposto de um playboy. Mas era isso, claro, que eles achavam tão engraçado. Pela perspectiva dos medievais, se um apelido parecesse bom e os fizesse rir, ele pegava.

Shafeen era uma das poucas pessoas que falavam comigo. Nós tínhamos escolhido as mesmas matérias para as provas do nível A e tirávamos as maiores notas, por isso conversávamos bastante sobre as aulas. Você poderia dizer que ele era a coisa mais próxima de um amigo que tive no primeiro período, mas, como ele morava na Honorius e eu na Lightfoot, isso não adiantava muito. No início eu não sabia muita coisa sobre Shafeen – claro, agora eu o conheço. (Descobri que a culpa é um tremendo elo, e, como Shafeen também é assassino, agora temos uma conexão muito particular.)

Diziam que Shafeen era uma espécie de príncipe na Índia, por isso seria de pensar que os medievais o recebessem bem em seu grupo. Mas eles o provocavam sempre e, como eu soube mais tarde, a aversão deles por Shafeen vinha de uma velha disputa que tinha acontecido na STAGS há cerca de um milhão de anos, entre o pai de Shafeen e o de Henry. Shafeen também havia entrado para a STAGS aos 8 anos. Tinha passado pelo curso preparatório e pelo ginasial, até o *sixth form*. Seus pais viviam na Índia. Apesar de conhecer todas as regras e até falar como os medievais, de algum modo ele conseguia ser um forasteiro também.

Muitas vezes me perguntei por que Shafeen aceitou o Convite, uma vez que sabia o que os medievais pensavam a respeito dele. Não tinha como ele *não* saber o que pensavam, já que deixavam isso evidente. Nem mesmo durante as aulas Shafeen estava livre. Uma vez escutei na aula de História um diálogo que me deixou com um pouco de medo por ele.

Estávamos na biblioteca da Bede, sentados nas carteiras individuais, com o fraco sol de outono entrando pelos vitrais e enfeitando nossos casacos pretos com retalhos de luz multicoloridos. Estudávamos as Cruzadas, uma disputa entre os cristãos e os muçulmanos pela cidade de Jerusalém que começou em 1095, quando a STAGS, inacreditavelmente, já tinha quatro séculos de existência.

– Quem pode me falar sobre a Batalha de Hattin? – perguntou o frade Skelton, nosso rotundo e animado professor de História. – Sr. Warlencourt, alguém da sua família esteve lá, não foi?

Henry sorriu. Os medievais sempre se davam o trabalho de ser charmosos com os frades.

– Sim, frade. Conrad de Warlencourt.

O frade Skelton jogou um pedaço de giz para o alto e pegou de novo.

– Será que o senhor poderia nos dar a perspectiva de sua família?

– Certamente – respondeu Henry.

Em seguida, ele se empertigou um pouco mais na cadeira e eu não pude deixar de pensar que, vestido com o casaco Tudor preto, o sol batendo no cabelo louro, ele também parecia um pouco um jovem cruzado. (*Henrique V*, disse papai na minha cabeça, voltando ao jogo dos filmes. Talvez *Cruzada*.)

– As forças de Guy de Lusignan enfrentaram as forças do sultão Saladino em Hattin. O exército cristão já estava passando fome e morrendo de sede. Desesperados para conseguir água, os cristãos foram atraídos para o lago Tiberius, onde seu caminho foi bloqueado pelo exército do sultão. Era uma armadilha.

Olhando a expressão séria de seu rosto, pude ver que isso doía nele. Por mais louco que pudesse parecer, Henry de Warlencourt ainda se importava com o que havia acontecido com seu ancestral tantos anos atrás.

O frade Skelton não percebeu isso.

– E depois? – perguntou animado, segurando o giz no ar.

– Eles fizeram um estrago conosco, frade. O exército cruzado foi completamente destruído. A derrota levou diretamente à Terceira Cruzada. O sultão tomou a Vera Cruz e a cidade de Jerusalém.

Registrei aquele "conosco". Henry estava mesmo levando a coisa para o lado pessoal.

– Os sobreviventes foram capturados, mas Saladino não queria o estorvo de prisioneiros. Seus homens imploraram permissão para matar os cristãos. Estavam fazendo fila para isso, com as mangas já enroladas. – Ele bateu com a caneta no bloco de escrita, em gestos malignos. – Só deixaram meu ancestral ir embora com a condição de contar a Ricardo Coração de Leão o que havia acontecido. E ele contou. Foi um crime de guerra, uma atrocidade. – Sua voz ressoou na biblioteca.

Shafeen fez um som quase inaudível. Balançou a cabeça e sorriu ligeiramente. Eu estava numa posição boa para ver e ouvir tudo, sentada logo atrás deles.

Henry o encarou rapidamente, os olhos subitamente muito azuis. Mas o frade Skelton sorriu. Ele adorava um debate.

– Tem alguma coisa a acrescentar, Sr. Jadeja?

Shafeen levantou os olhos e pigarreou.

– Sim, Hattin foi uma atrocidade. Mas houve atrocidades dos *dois lados*. O "Coração de Leão", como vocês chamam, assassinou três mil prisioneiros muçulmanos em Acre, a sangue-frio. E *aquilo* nem foi uma batalha. Eles estavam desarmados e amarrados.

– Bom argumento – disse o frade Skelton, apontando o giz para Shafeen. – Falaremos mais tarde sobre os acontecimentos em Acre. Mas, por enquanto, vamos voltar a Hattin. – Ele bateu no quadro-negro, com o anel de sinete de ouro fazendo um som agudo e metálico. – Eu gostaria que vocês escrevessem um texto curto sobre a batalha e dessem alguma compreensão de como a topografia da área colaborou para a debandada dos cruzados. E, por favor, cuidado com a pontuação! Caso contrário, serei obrigado a lembrá-los, de novo, que "Perdão, impossível mandar para a forca" não significa o mesmo que "Perdão impossível, mandar para a forca".

Ele escreveu os dois exemplos no quadro-negro (não havia quadros brancos na STAGS), fazendo enorme questão de enfatizar as vírgulas.

– A primeira opção significa que o prisioneiro estará livre. A segunda significa que o pobre coitado vai estrebuchar no cadafalso.

Normalmente poderíamos ter rido, já que gostávamos do frade Skelton, mas naquele dia a atmosfera estava tensa demais. O frade se virou para apagar as frases do quadro e substituí-las por um desenho da região conhecida como "Cornos de Hattin", onde a batalha ocorreu. Cookson viu uma oportunidade e se inclinou para a frente na cadeira, em direção a Shafeen.

– Imagino que algum dos seus ancestrais também tenha estado em Hattin, hein, Punjab? – disse com o canto da boca. – Do lado dos jóqueis de camelos, não é?

Bom, eu não sabia nada sobre a religião de Shafeen, nem se ele tinha religião, mas o que Cookson havia feito era olhar a cor da pele dele e situá-lo com firmeza junto com Saladino e os "infiéis". A mensagem era clara: os garotos brancos cristãos contra o moreno muçulmano.

Shafeen não olhou para Cookson. Estava desenhando uma cruz dos cruzados em seu bloco com pauta, preenchendo o desenho com tanta força que os nós dos dedos dele estavam esbranquiçados. Por um momento, notei como seus cílios eram compridos à luz do sol que entrava pelos vitrais.

– Talvez você devesse prestar atenção à aula de Geografia tanto quanto à de História – retrucou ele, com bastante clareza. – Punjab não fica nem um pouco perto de Jerusalém. Nem o Rajastão, de onde eu sou.

Fiquei pasma. Nunca tinha visto Shafeen dizer tantas palavras de uma vez, e com tanta confiança e autocontrole. Não parecia sentir nenhum medo deles.

O frade Skelton se virou de novo para a turma e Cookson se acomodou de volta na cadeira. Tinha sido derrotado, e pude ver que ele não gostou.

– Merdinha – sibilou Cookson.

– Não é um merdinha – murmurou Piers. – Ele é uma merda comprida e marrom.

– Como as que você solta depois de comer vindalho – completou Cookson. – Comprida, marrom e fedendo a curry.

Piers deu um risinho e disse:

– Vamos dar um jeito nele.

Cookson se balançou para trás na cadeira e se espreguiçou com extravagância.

– Agora não falta muito – concordou.

Havia tanto veneno na voz daqueles dois que senti pena de Shafeen. Tentei sorrir para ele, mas ele não me viu. Em vez disso, ficou olhando os bonequinhos de palito desenhados pelo frade Skelton, representando cruzados mortos muito tempo atrás.

Eu sabia que Shafeen tinha ouvido cada palavra. Olhei para Henry. Com a cabeça loura abaixada, ele estava copiando meticulosamente o diagrama em seu bloco. Como sempre, Henry não tinha participado de nenhuma ofensa; não tinha feito nada além de olhar para Shafeen, mas seus cães de ataque haviam saltado em sua defesa. Naquele momento eu ainda considerava Henry o melhor de todos eles, antes de perceber que era o pior.

3

Os medievais não eram explicitamente preconceituosos. Não era uma coisa tão simples.

Acho que você teria de dizer que na verdade eles eram até bem imparciais, no sentido de que se satisfaziam bastante em zombar de qualquer coisa que não se encaixasse. O outro grande alvo, além de Shafeen, era "Chanel Carphone".

Como eu, Chanel era nova na STAGS naquele período de outono. Na época tentei fazer amizade com ela, mas Chanel tinha medo de estragar as coisas se ligando a alguém como eu. Era fraca demais para se aliar a outra forasteira. Claro que agora somos amigos: Nel, Shafeen e eu, os três assassinos. (Fico imaginando qual é o coletivo de assassino. "Conspiração", talvez?)

Nel tem unhas pintadas tipo francesinha; dez meias-luas de um branco perfeito. Tem aplique de cabelo cor de caramelo e um bronzeado perfeito cor de café com leite. Mas, por baixo de todos esses adornos, ela é bem legal. No primeiro dia seu pai a trouxe num Rolls-Royce dourado. E mais tarde descobri que ela ficou mais incomodada com isso do que fiquei com o velho Mini do meu pai. Veja bem, nós não temos dinheiro. Mas com Nel qualquer coisa que quisessem – como ter que ficar pulando numa perna só nas quartas-feiras – e todo mundo obedeceria.

Mas o que havia de inteligente no negócio do telefone era que tinha a ver com o sistema da escola: a virtude de ser diferente. Talvez por isso os frades puxassem tanto o saco deles. Em vez de passar horas diante de telas, a garotada lia, fazia esporte, teatro, música, coral e coisas do tipo. Todo mundo escrevia à beça, usando caneta e papel de verdade. Mensagens de texto eram selvagens; cartas e anotações eram medievais. Na STAGS as anotações à mão voavam como folhas de outono, escritas em canetas-tinteiro: desde anotações dobradas feitas em papel com brasão de famílias até convites em cartões brancos e acetinados, grossos como ladrilhos de banheiro. E foi assim que isso tudo começou, com o Convite.

Faltava pouco para as férias de meio de período quando o envelope chegou. Claro, sendo na STAGS, eles não chamavam de férias de meio de período, mas de Justitium. Jesus e eu estávamos no quarto, nos preparando para dormir.

Foi a única vez que minha colega de quarto falou voluntariamente comigo: quando o Convite deslizou silenciosamente por baixo da porta. Eu nem notei, mas ela o atacou, empolgada, como se estivesse esperando. Na hora eu estava escovando o cabelo. Pelo espelho, eu a vi ler o que estava escrito na frente e se frustrar.

– É para você – disse, como se não pudesse acreditar.

Entregou-me com relutância.

Era completamente quadrado, uma espécie de envelope grosso, de papel marfim, dobrado nos quatro lados e lacrado (sem brincadeira) com cera vermelha. Na cera estava gravado um par de chifres de cervo. *Robin Hood, o príncipe dos ladrões*, pensei.

Jesus ficou pairando ali perto. Quebrei o lacre, como tinha visto nos filmes. Dentro havia um grosso cartão quadrado. Apenas três palavras impressas, bem no meio do papel acetinado, em letras pretas. As letras eram ligeiramente brilhantes e com relevo:

CAÇA TIRO PESCA

maiores notas, por isso conversávamos bastante sobre as aulas. Você poderia dizer que ele era a coisa mais próxima de um amigo que tive no primeiro período, mas, como ele morava na Honorius e eu na Lightfoot, isso não adiantava muito. No início eu não sabia muita coisa sobre Shafeen – claro, agora eu o conheço. (Descobri que a culpa é um tremendo elo, e, como Shafeen também é assassino, agora temos uma conexão muito particular.)

Diziam que Shafeen era uma espécie de príncipe na Índia, por isso seria de pensar que os medievais o recebessem bem em seu grupo. Mas eles o provocavam sempre e, como eu soube mais tarde, a aversão deles por Shafeen vinha de uma velha disputa que tinha acontecido na STAGS há cerca de um milhão de anos, entre o pai de Shafeen e o de Henry. Shafeen também havia entrado para a STAGS aos 8 anos. Tinha passado pelo curso preparatório e pelo ginasial, até o *sixth form*. Seus pais viviam na Índia. Apesar de conhecer todas as regras e até falar como os medievais, de algum modo ele conseguia ser um forasteiro também.

Muitas vezes me perguntei por que Shafeen aceitou o Convite, uma vez que sabia o que os medievais pensavam a respeito dele. Não tinha como ele *não* saber o que pensavam, já que deixavam isso evidente. Nem mesmo durante as aulas Shafeen estava livre. Uma vez escutei na aula de História um diálogo que me deixou com um pouco de medo por ele.

Estávamos na biblioteca da Bede, sentados nas carteiras individuais, com o fraco sol de outono entrando pelos vitrais e enfeitando nossos casacos pretos com retalhos de luz multicoloridos. Estudávamos as Cruzadas, uma disputa entre os cristãos e os muçulmanos pela cidade de Jerusalém que começou em 1095, quando a STAGS, inacreditavelmente, já tinha quatro séculos de existência.

– Quem pode me falar sobre a Batalha de Hattin? – perguntou o frade Skelton, nosso rotundo e animado professor de História. – Sr. Warlencourt, alguém da sua família esteve lá, não foi?

Henry sorriu. Os medievais sempre se davam o trabalho de ser charmosos com os frades.

– Sim, frade. Conrad de Warlencourt.

O frade Skelton jogou um pedaço de giz para o alto e pegou de novo.

– Será que o senhor poderia nos dar a perspectiva de sua família?

– Certamente – respondeu Henry.

Em seguida, ele se empertigou um pouco mais na cadeira e eu não pude deixar de pensar que, vestido com o casaco Tudor preto, o sol batendo no cabelo louro, ele também parecia um pouco um jovem cruzado. (*Henrique V*, disse papai na minha cabeça, voltando ao jogo dos filmes. Talvez *Cruzada.*)

– As forças de Guy de Lusignan enfrentaram as forças do sultão Saladino em Hattin. O exército cristão já estava passando fome e morrendo de sede. Desesperados para conseguir água, os cristãos foram atraídos para o lago Tiberius, onde seu caminho foi bloqueado pelo exército do sultão. Era uma armadilha.

Olhando a expressão séria de seu rosto, pude ver que isso doía nele. Por mais louco que pudesse parecer, Henry de Warlencourt ainda se importava com o que havia acontecido com seu ancestral tantos anos atrás.

O frade Skelton não percebeu isso.

– E depois? – perguntou animado, segurando o giz no ar.

– Eles fizeram um estrago conosco, frade. O exército cruzado foi completamente destruído. A derrota levou diretamente à Terceira Cruzada. O sultão tomou a Vera Cruz e a cidade de Jerusalém.

Registrei aquele "conosco". Henry estava mesmo levando a coisa para o lado pessoal.

– Os sobreviventes foram capturados, mas Saladino não queria o estorvo de prisioneiros. Seus homens imploraram permissão para matar os cristãos. Estavam fazendo fila para isso, com as mangas já enroladas. – Ele bateu com a caneta no bloco de escrita, em gestos malignos. – Só deixaram meu ancestral ir embora com a condição de contar a Ricardo Coração de Leão o que havia acontecido. E ele contou. Foi um crime de guerra, uma atrocidade. – Sua voz ressoou na biblioteca.

Shafeen fez um som quase inaudível. Balançou a cabeça e sorriu ligeiramente. Eu estava numa posição boa para ver e ouvir tudo, sentada logo atrás deles.

Henry o encarou rapidamente, os olhos subitamente muito azuis. Mas o frade Skelton sorriu. Ele adorava um debate.

– Tem alguma coisa a acrescentar, Sr. Jadeja?

Shafeen levantou os olhos e pigarreou.

– Sim, Hattin foi uma atrocidade. Mas houve atrocidades dos *dois lados*. O "Coração de Leão", como vocês chamam, assassinou três mil prisioneiros muçulmanos em Acre, a sangue-frio. E *aquilo* nem foi uma batalha. Eles estavam desarmados e amarrados.

– Bom argumento – disse o frade Skelton, apontando o giz para Shafeen. – Falaremos mais tarde sobre os acontecimentos em Acre. Mas, por enquanto, vamos voltar a Hattin. – Ele bateu no quadro-negro, com o anel de sinete de ouro fazendo um som agudo e metálico. – Eu gostaria que vocês escrevessem um texto curto sobre a batalha e dessem alguma compreensão de como a topografia da área colaborou para a debandada dos cruzados. E, por favor, cuidado com a pontuação! Caso contrário, serei obrigado a lembrá-los, de novo, que "Perdão, impossível mandar para a forca" não significa o mesmo que "Perdão impossível, mandar para a forca".

Ele escreveu os dois exemplos no quadro-negro (não havia quadros brancos na STAGS), fazendo enorme questão de enfatizar as vírgulas.

– A primeira opção significa que o prisioneiro estará livre. A segunda significa que o pobre coitado vai estrebuchar no cadafalso.

Normalmente poderíamos ter rido, já que gostávamos do frade Skelton, mas naquele dia a atmosfera estava tensa demais. O frade se virou para apagar as frases do quadro e substituí-las por um desenho da região conhecida como "Cornos de Hattin", onde a batalha ocorreu. Cookson viu uma oportunidade e se inclinou para a frente na cadeira, em direção a Shafeen.

– Imagino que algum dos seus ancestrais também tenha estado em Hattin, hein, Punjab? – disse com o canto da boca. – Do lado dos jóqueis de camelos, não é?

Bom, eu não sabia nada sobre a religião de Shafeen, nem se ele tinha religião, mas o que Coókson havia feito era olhar a cor da pele dele e situá-lo com firmeza junto com Saladino e os "infiéis". A mensagem era clara: os garotos brancos cristãos contra o moreno muçulmano.

Shafeen não olhou para Cookson. Estava desenhando uma cruz dos cruzados em seu bloco com pauta, preenchendo o desenho com tanta força que os nós dos dedos dele estavam esbranquiçados. Por um momento, notei como seus cílios eram compridos à luz do sol que entrava pelos vitrais.

– Talvez você devesse prestar atenção à aula de Geografia tanto quanto à de História – retrucou ele, com bastante clareza. – Punjab não fica nem um pouco perto de Jerusalém. Nem o Rajastão, de onde eu sou.

Fiquei pasma. Nunca tinha visto Shafeen dizer tantas palavras de uma vez, e com tanta confiança e autocontrole. Não parecia sentir nenhum medo deles.

O frade Skelton se virou de novo para a turma e Cookson se acomodou de volta na cadeira. Tinha sido derrotado, e pude ver que ele não gostou.

– Merdinha – sibilou Cookson.

– Não é um merdinha – murmurou Piers. – Ele é uma merda comprida e marrom.

– Como as que você solta depois de comer vindalho – completou Cookson. – Comprida, marrom e fedendo a curry.

Piers deu um risinho e disse:

– Vamos dar um jeito nele.

Cookson se balançou para trás na cadeira e se espreguiçou com extravagância.

– Agora não falta muito – concordou.

Havia tanto veneno na voz daqueles dois que senti pena de Shafeen. Tentei sorrir para ele, mas ele não me viu. Em vez disso, ficou olhando os bonequinhos de palito desenhados pelo frade Skelton, representando cruzados mortos muito tempo atrás.

Eu sabia que Shafeen tinha ouvido cada palavra. Olhei para Henry. Com a cabeça loura abaixada, ele estava copiando meticulosamente o diagrama em seu bloco. Como sempre, Henry não tinha participado de nenhuma ofensa; não tinha feito nada além de olhar para Shafeen, mas seus cães de ataque haviam saltado em sua defesa. Naquele momento eu ainda considerava Henry o melhor de todos eles, antes de perceber que era o pior.

3

Os medievais não eram explicitamente preconceituosos. Não era uma coisa tão simples.

Acho que você teria de dizer que na verdade eles eram até bem imparciais, no sentido de que se satisfaziam bastante em zombar de qualquer coisa que não se encaixasse. O outro grande alvo, além de Shafeen, era "Chanel Carphone".

Como eu, Chanel era nova na STAGS naquele período de outono. Na época tentei fazer amizade com ela, mas Chanel tinha medo de estragar as coisas se ligando a alguém como eu. Era fraca demais para se aliar a outra forasteira. Claro que agora somos amigos: Nel, Shafeen e eu, os três assassinos. (Fico imaginando qual é o coletivo de assassino. "Conspiração", talvez?)

Nel tem unhas pintadas tipo francesinha; dez meias-luas de um branco perfeito. Tem aplique de cabelo cor de caramelo e um bronzeado perfeito cor de café com leite. Mas, por baixo de todos esses adornos, ela é bem legal. No primeiro dia seu pai a trouxe num Rolls-Royce dourado. E mais tarde descobri que ela ficou mais incomodada com isso do que fiquei com o velho Mini do meu pai. Veja bem, nós não temos dinheiro. Mas com Nel descobri que, quando você está na STAGS, só existe uma coisa pior do que não ter dinheiro: é ter o tipo errado de dinheiro.

– Minha mãe escolheu o nome Chanel porque achou que era classudo. – Ela me contou uma vez em seu sotaque meticulosamente treinado, que não revelava nenhum traço de suas origens em Cheshire. – Ela é muito sem noção.

Eu sabia o que Nel queria dizer com isso. Classe não era uma palavra que fizesse parte do vocabulário da STAGS, porque não havia essa necessidade. Eram coisas que todas as outras pessoas pareciam ter gravadas nos ossos durante centenas de anos. Aonde ir nas férias. Que tipo de galochas usar. Como escolher os talheres corretos no jantar. Nada disso significava ter coisas novas em folha. Esse era o problema de Chanel: ela era uma nova-rica. A blusa da pessoa podia ter colarinho esgarçado e botões faltando, desde que viesse do alfaiate certo numa lojinha de St. James, em Londres. Chanel podia comprar a mesma blusa, nova em folha, e ainda assim errar. Os medievais a chamavam de "esforçada". Mas isso não impedia suas tentativas.

O pai de Chanel havia enriquecido com seu império telefônico. Não tinha absolutamente nada a ver com a empresa de celulares Carphone Warehouse, mas isso não importava para os medievais, assim como não importava que o "playboy de Punjab" não fosse de Punjab. Eles gostavam de um pouco de aliteração, e Carphone combinava bem com Chanel, por isso o apelido pegou, apesar de Chanel ter começado a se chamar de Nel uns dois dias depois de entrar para a STAGS. Na verdade, o pai dela tinha desenvolvido um celular chamado Saros 7S que o mundo inteiro havia comprado. Era possível que Chanel tivesse mais dinheiro que os medievais. Ela morava numa mansão suntuosa em Cheshire, com piscina e sala de cinema, mas, devido à origem do dinheiro, ainda era considerada uma forasteira. Porque uma das principais diferenças entre a STAGS e o resto do mundo era que na STAGS não existiam celulares.

Não quero dizer que a escola banisse os celulares. Não era o caso. Os alunos mais novos os usavam tanto quanto era permitido, ou seja, nos fins de semana e nos fins de tarde. Mas nos dois anos do *sixth form* era uma estranha questão de honra não ter telefone.

Os medievais eram um movimento de oposição à mídia social composto por seis pessoas. O YouTube, o Snapchat e o Instagram eram considerados "selvagens". Selfies eram selvagens. Para os medievais, cada revolução tecnológica tinha mandado a evolução na direção inversa. Eles caminhavam ostensivamente lendo livros. (Livros eram medievais. Kindles eram selvagens.) A internet só era aceitável na biblioteca e na sala de computação, para ser usada como pesquisa, e não como mídia social. (Ouvi dizer que um dos garotos do primeiro ano do *sixth form* foi expulso por entrar na biblioteca à noite para olhar sites de pornografia. Coitadinho; acho que ele estava desesperado.) *Muito* ocasionalmente os medievais assistiam à TV na sala de recreação do segundo ano. Quando eu passava, eles estavam sempre assistindo ao programa *Desafio universitário*, competindo uns com os outros para ver quem acertava mais respostas.

Seria de pensar que o pessoal se rebelaria, mas não. Todo mundo ficava satisfeito com o universo sem telefones, tudo porque os medievais o aceitavam. Tamanho era o poder de suas personalidades, de sua pequena seita. Todo mundo queria ser como os medievais. Até eu, diante de tanta pressão social, coloquei meu celular numa gaveta e deixei a bateria descarregar. Não queria me destacar mais do que já me destacava. Sem contato com meus amigos antigos, fiquei mais isolada ainda. Falava com meu pai nos fins de semana, pelo telefone fixo coletivo do meu andar na Lightfoot, mas sempre havia uma fila composta por Jesus e suas amigas, esperando e fofocando, de modo que nunca podia contar a papai metade do que eu queria. Além disso, ele estava tão empolgado com o documentário, filmando em cavernas cheias de bosta de morcego no Chile, que eu não podia dizer que me sentia infeliz. Se tivesse contado, ele teria vindo para casa. Ele me ama.

Afora o meu pai, o que eu mais sentia falta era dos filmes. Tinha dito a mim mesma que, mesmo se odiasse a STAGS, poderia simplesmente fazer as lições e depois me trancar no quarto à noite e assistir a filmes no celular. Mas não dava para fazer isso. Quero dizer, dava, mas de algum modo esquisito eu queria estar de acordo com o resto – não queria que ninguém pensasse que eu era uma selvagem.

Claro, no fundo do coração eu sabia que o negócio dos telefones era uma tremenda pose, assim como todo o culto aos "medievais". Mas para Henry e seus comparsas era só outro modo de demonstrar que eles governavam a escola, que podiam submeter tudo à sua vontade. Eles poderiam impor qualquer coisa que quisessem – como ter que ficar pulando numa perna só nas quartas-feiras – e todo mundo obedeceria.

Mas o que havia de inteligente no negócio do telefone era que tinha a ver com o sistema da escola: a virtude de ser diferente. Talvez por isso os frades puxassem tanto o saco deles. Em vez de passar horas diante de telas, a garotada lia, fazia esporte, teatro, música, coral e coisas do tipo. Todo mundo escrevia à beça, usando caneta e papel de verdade. Mensagens de texto eram selvagens; cartas e anotações eram medievais. Na STAGS as anotações à mão voavam como folhas de outono, escritas em canetas-tinteiro: desde anotações dobradas feitas em papel com brasão de famílias até convites em cartões brancos e acetinados, grossos como ladrilhos de banheiro. E foi assim que isso tudo começou, com o Convite.

Faltava pouco para as férias de meio de período quando o envelope chegou. Claro, sendo na STAGS, eles não chamavam de férias de meio de período, mas de Justitium. Jesus e eu estávamos no quarto, nos preparando para dormir.

Foi a única vez que minha colega de quarto falou voluntariamente comigo: quando o Convite deslizou silenciosamente por baixo da porta. Eu nem notei, mas ela o atacou, empolgada, como se estivesse esperando. Na hora eu estava escovando o cabelo. Pelo espelho, eu a vi ler o que estava escrito na frente e se frustrar.

– É para você – disse, como se não pudesse acreditar.

Entregou-me com relutância.

Era completamente quadrado, uma espécie de envelope grosso, de papel marfim, dobrado nos quatro lados e lacrado (sem brincadeira) com cera vermelha. Na cera estava gravado um par de chifres de cervo. *Robin Hood, o príncipe dos ladrões*, pensei.

Jesus ficou pairando ali perto. Quebrei o lacre, como tinha visto nos filmes. Dentro havia um grosso cartão quadrado. Apenas três palavras impressas, bem no meio do papel acetinado, em letras pretas. As letras eram ligeiramente brilhantes e com relevo:

CAÇA TIRO PESCA

Levantei os olhos.

– O que significa isso?

– Vire o cartão – instigou Jesus.

Virei. No verso, em belas letras em itálico, estava impresso:

Você está convidada para passar o Justitium
em Longcross Hall, Cumberland.

Os coches partem da STAGS sexta-feira às 17h.

RSVP

Virei o cartão.

– RSVP a quem? – perguntei. – Não tem nome.

– É porque todo mundo sabe quem manda os convites – respondeu Jesus, com apenas uma leve sugestão do desprezo anterior. – É do Henry.

Como eu disse, só havia um Henry na STAGS. As letras pretas em relevo dançaram na frente dos meus olhos. Eu deveria saber. "Caça tiro pesca". Parecia algum tipo de piada. Sem vírgulas. Mas os medievais não cometiam erros; se cometiam – Punjab, Carphone Warehouse –, era de propósito. Henry tinha escrito o nome dos esportes de sangue daquele jeito por um motivo, exatamente como os pronunciava, sem pausas.

– Tem certeza?

– Tenho. Longcross é a casa dele. Sua sortuda! Você ganhou a chance de ser uma medieval.

Sentei-me pesadamente na cama e franzi os olhos para ela.

– Do que você está falando?

Jesus estava tão empolgada que se distraiu a ponto de se sentar ao meu lado.

– Henry de Warlencourt sempre convida pessoas do primeiro ano para a casa dele no fim de semana do Justitium de Michaelmas, a temporada de caça. Se você se sair bem nos esportes de sangue e se eles gostarem de você como pessoa, no ano que vem, quando entrar no segundo ano, você pode ser uma medieval.

Apesar da novidade, e de afinal estar tendo uma conversa com minha colega de quarto, fiquei quieta, processando tudo aquilo.

– Você vai, não vai? – instigou Jesus. – Parece que Longcross é incrível. Luxo absoluto.

Pela primeira vez eu tinha o poder, e simplesmente dei de ombros. Não estava disposta a fazer nenhuma confidência. Se Jesus queria saber mais, teria que ser mais legal comigo. No entanto... eu precisava de informações, por isso amoleci.

– Coches? – falei em voz alta. Conhecendo os medievais, imaginei se isso significava coches *de verdade*, com oito cavalos cada, bufando e batendo os cascos no chão.

– Henry manda os carros da propriedade – respondeu Jesus. – A pessoa é levada a Longcross pelos guarda-caças dele.

Olhei do Convite para a expressão de ciúme de Jesus. Se eu fosse para casa nas férias de meio de período para me encontrar com meu pai, jamais pensaria em ir a Longcross. Mas não ia. Papai ainda estava na América do Sul e eu ia para a casa da tia Karen em Leeds. Bom, não tenho nada contra a tia Karen nem contra Leeds, mas ela tem dois filhinhos gêmeos que são um tremendo pé no saco. Era por isso que eu não queria morar com ela e acabei vindo para a STAGS.

Assim, apesar de nunca ter caçado, atirado em pássaros nem pescado, pensei seriamente em ir.

Eu podia ser inteligente em termos acadêmicos, mas fui monumentalmente idiota em não perceber antes o que estava acontecendo. Não que eu não tivesse sido alertada. Eu fui, e em termos muito claros. O alerta veio de Gemma Delaney.

Gemma Delaney era uma garota que tinha entrado para a STAGS três anos antes, também vinda da Bewley Park, minha antiga escola. Lá, ela era sempre apresentada como um exemplo luminoso para o resto de nós: tinha uma foto na recepção da Bewley Park, ao lado do armário de prêmios pouco ocupado (tão diferente do átrio medieval da STAGS, onde você mal consegue ver os lambris de carvalho, tamanha é a quantidade de objetos de prata). Gemma foi falar num seminário em nossa escola um ano atrás, para nos encorajar a tentar uma bolsa da STAGS, e eu mal a havia reconhecido. Antes Gemma tinha cabelo tingido com raízes escuras e pontas cor de palha e um forte sotaque de Manchester. No seminário naquele dia ela usava cabelo comprido, cor de mel, um impecável uniforme da STAGS e falava as vogais bem pronunciadas. Agora ela se parecia com uma medieval.

Ela estava muito diferente, fora da capela da STAGS, segurando meu braço enquanto saíamos da missa matinal. Virei-me para olhá-la. Seu rosto estava totalmente pálido, o cabelo escorrido, os olhos assombrados.

– Não *vá* – disse ela.

O "vá" saiu agudo. Na ansiedade, o sotaque do norte tinha voltado.

Eu soube imediatamente o que ela queria dizer. Estava falando do Convite. Como ela sabia?

– Por quê?

– Simplesmente *não vá* – repetiu ela, com mais ênfase do que já ouvi alguém falar qualquer coisa.

Em seguida, Gemma foi levada pela multidão. Fiquei parada um momento, avaliando o que ela tinha dito, enquanto alunos fluíam ao redor. Mas eu não tinha absorvido de verdade. Enquanto ela desaparecia no meio dos outros, o sentimento de inquietação sumiu junto.

A verdade era que, depois de semanas sendo ignorada, desprezada e excluída, fiquei lisonjeada porque me queriam, porque os medievais me convidaram. Na noite anterior, tinha encontrado o próprio Henry atravessando o Grande Corredor da Honorius. Ele tocou meu braço e falou comigo. Falou comigo de verdade, pela primeira vez na vida.

– Você vai neste fim de semana, não vai? – perguntou, ansioso. – Vai ser muito divertido.

– Vai, é? Que tipo de diversão?

Ele sorriu de novo e meu estômago deu uma pequena cambalhota.

– Você vai ver.

Ele apertou meu braço e eu olhei para sua mão na minha manga: dedos compridos, unhas quadradas e um anel de sinete, de ouro, no mindinho. Um anel de sinete com o desenho de galhadas minúsculas.

Parada naquela manhã na frente da capela, com os alunos passando em volta, pensando no que Henry tinha dito e no que Gemma tinha dito, eu sabia que tudo já estava decidido. Minha mente já estava fazendo as malas. Era como aquele momento em que você joga cara ou coroa, mas já sabe, antes de a moeda cair, o resultado que vai dar.

4

Assim que decidi que ia praticar "caça tiro pesca", parecia que os esportes de sangue eram o tema do dia na STAGS. Na sexta-feira em que paramos para o Justitium só tivemos meio dia de aulas, e absolutamente todas pareciam ser sobre caça.

Na de Latim fizemos uma tradução de Ovídio sobre Ártemis, a deusa da... adivinha? Caça! Parece que ela estava tomando banho um dia e foi vista nua por um cara chamado Acteon. Ela ficou com muita raiva. E, para impedir que ele contasse o que tinha visto, disse que o transformaria num cervo se ele algum dia abrisse a boca. Por acaso, uns caçadores estavam passando e, como Acteon era obviamente tão idiota quanto a maioria das pessoas nos mitos, ele gritou pedindo socorro. E, claro, foi transformado num cervo.

– O que aconteceu em seguida, Srta. Ashton? – perguntou a frade Mowbray a Chanel.

A frade Mowbray tinha o dom de saber quando as pessoas não estavam escutando. Chanel, assim como eu, estava obviamente com dificuldade de se concentrar naquele dia. Tinha passado os últimos vinte minutos olhando pela janela, para os campos esportivos sob a chuva fraca. Levou um pequeno susto e olhou para seu exemplar de Ovídio. Pôs uma das unhas perfeitas embaixo das palavras.

– *O caçador virou caça* – traduziu hesitando. – *Os cães foram tomados por um frenesi lupino e o despedaçaram como fariam com um cervo.*

– Isso mesmo – disse a frade Mowbray. Ela tinha sobrancelhas arqueadas e pretas, apesar do coque grisalho, que tremelicavam quando se empolgava. Estavam tremelicando agora. – Cinquenta cães *despedaçaram Acteon como fariam com um cervo.* – Ela praticamente lambeu os lábios. – Os escritores clássicos discordam com relação aos nomes dos cães. Mas isso, claro, são detalhes. Ovídio diz que se chamavam Arcas, Ladon, Tigris...

Mas nesse ponto me desliguei. Se a frade Mowbray ia dizer o nome de todos os cinquenta cães, eu voltaria ao devaneio sobre Longcross.

Na aula de História, a frade Styles também pareceu ter recebido o memorando dos esportes de sangue. Ela nos contou sobre Gian Maria Visconti, um inútil príncipe da Renascença cuja única missão na vida parecia ser arruinar o império ducal que seus ancestrais tinham construído. Até essa aula abordou o tema da caça.

– Claro, Gian Maria ficou mais famoso por seu passatempo singular – disse a frade. – Ele era um grande caçador. Mas não escolhia suas presas no reino animal. – Ela olhou para baixo ao longo do nariz comprido, para o livro que estava na sua mão. – *Por esporte, punha os cães no encalço de homens para desmembrá-los* – citou. – Sr. Jadeja, pode nos explicar o significado de "encalço"?

Shafeen pigarreou.

– Encalço significa perseguição, ou caça.

– Exatamente! Significa *caça.* – Seus olhos brilharam com uma luz estranha. – Os serviçais de Gian Maria se tornavam suas presas. Ele atiçava os cães contra eles para se divertir. E, se eles fossem lentos a ponto de ter a garganta rasgada, ele simplesmente contratava outros. Não é de espantar que Gian Maria tenha merecido o nome de "Gian, o Cruel".

Não havia julgamento na voz da frade. Era mais... *admiração.* Foi macabro.

Então saímos para a Missa do Justitium, o serviço religioso que marcava o final de meio período letivo. Como sempre, cantamos o Salmo 42: "Assim como o cervo anseia pelas águas do riacho, minha alma anseia por ti, ó

Deus." Então o abade se levantou. Além do papo furado usual sobre como tínhamos nos saído muito bem até aquele momento no período, quem tinha tirado quanto e que times tinham ganhado em quais esportes, o abade escolheu um tema para o sermão. É, você adivinhou... Caça! De novo ouvimos a história de nosso fundador, Aidan, e do cervo.

Com a mente viajando, virei-me para o vitral do santo, mas, de algum modo, meu olhar não chegou lá. Foi apanhado pelas nucas de seis cabeças perfeitas. Os medievais estavam sentados juntos, algumas fileiras à minha frente. E todos se sentavam do mesmo modo: uma perna cruzada sobre a outra de modo que suas meias coloridas ficassem visíveis, enfatizando o status elevado. Piers, Cookson, Esme, Charlotte, Lara. E, perto de Lara, Henry de Warlencourt. Eu me peguei olhando para Henry: a curva da orelha, o modo como o cabelo louro e cortado rente brilhava junto ao pescoço e desaparecia na gola preta do casacão Tudor, as mechas mais longas que cresciam num redemoinho no topo da cabeça. Tremi, mas não foi de frio. Era difícil acreditar que ia passar o fim de semana na casa dele.

Percebi um súbito silêncio. O abade estava olhando do púlpito direto para mim, com uma expressão divertida no rosto agradável.

– Perdemos sua atenção, Srta. MacDonald?

Minhas bochechas queimaram enquanto toda a escola se virava para me olhar, até os medievais. Todos pareciam bem presunçosos, menos Henry, que me olhou com um sorriso interrogativo que fez meu coração bater forte.

– Como eu estava *dizendo*... – entoou o abade com exagero, curtindo gentilmente com a minha cara.

Em seguida empurrou os óculos mais para cima no nariz e leu um trecho do livro *A vida de santo Aidan*, equilibrado no pedestal de leitura. Dei toda a atenção a ele, ainda que pudesse recitar o texto de cor:

– *Quando os cães estavam chegando perto, o bendito santo levantou a mão para o cervo e o tornou invisível. Desse modo, os cães passaram por ele e seus dentes não o tocaram; em seguida, Aidan restaurou o cervo à visão dos homens, e seu pelo e sua galhada puderam ser vistos de novo, e o cervo seguiu seu caminho em paz.*

Enquanto saíamos da capela, fiquei com a impressão de que até o abade tinha conhecimento do que eu iria fazer naquele fim de semana e queria particularmente que eu ouvisse a lição.

Quando subi para o meu quarto depois da missa, meu estômago estava se revirando. Da janela eu podia ver carros brilhantes e caros chegando e saindo pela entrada de veículos da STAGS: pais recolhendo seus filhinhos queridos, observados com inveja das janelas pelos pobres coitados que precisariam ficar o fim de semana na escola. Eram aqueles cujos pais moravam fora do país (um monte), estavam nas Forças Armadas (alguns) ou eram nobres estrangeiros (uns poucos).

Eu era uma das sortudas. Tinha um fim de semana de luxo pela frente e agora não havia nada a fazer a não ser preparar a bagagem para Longcross. Eu já tinha feito as malas, claro, para ir à casa da tia Karen, mas as refiz, com a sensação de que as coisas escolhidas para Leeds não seriam *adequadas* em Longcross. Felizmente a ajuda estava a caminho.

5

Quando cheguei ao topo da escada na Lightfoot, vi que Esme Dawson estava sentada no banco da janela. Os vitrais em forma de losangos lançavam sombras que se cruzavam sobre ela como se estivesse numa teia. Esme olhava com elegância para o terreno lá fora, numa pose que a fazia parecer uma modelo de revista. Tive certeza de que ela havia se posicionado desse jeito para que eu a encontrasse assim.

Ela saiu da postura graciosamente planejada quando me aproximei da minha porta.

– Olá – disse. – Nós não fomos formalmente apresentadas. Sou Esme.

– Greer – respondi, desconfiada.

Esme até apertou minha mão. Notei que ela usava um anel de sinete, de ouro, como Henry.

– Como a senhorita vai? – perguntou ela.

Como a senhorita vai? Acho que ninguém da minha idade já me perguntou isso. Geralmente recebo um "E aí?" ou "Tudo bem?". Quanta formalidade… Deve ser assim que todos os medievais falam. E como responder a isso? *Para ser honesta, Esme, não sei bem como estou. Num minuto você e suas colegas sereias dão risada da minha cara e fazem pia-*

da dizendo que eu falo como se fosse uma jeca. Em outro, você fica toda gentil...

Mas, claro, não respondi nada disso. Só estava feliz porque alguém falava comigo.

– Bem, obrigada.

– Pronta para o fim de semana?

– Nem de longe.

Ela sorriu de um jeito que me senti em um anúncio de creme dental.

– Henry pediu que eu viesse ajudá-la a fazer as malas, e também para responder a qualquer dúvida que você tenha.

– Bom, tenho várias.

Ela indicou a pesada porta de carvalho que tinha o meu nome e o de Jesus (o nome de verdade dela, é óbvio), além de um quadro de avisos com um monte de mensagens rabiscadas. Abri a porta. Jesus já estava lá, deitada na cama – devia ter saído da capela mais rápido do que eu. E o que aconteceu foi muito estranho: ao ver Esme, ela se levantou de repente e ficou em posição de sentido.

– Pode nos dar licença? – pediu Esme com doçura.

O rosto de Jesus ficou de um vermelho vivo. Ela me lançou um olhar de inveja e saiu do quarto.

Tirei a capa que tínhamos de usar na capela e a joguei na cadeira. Minha mala de rodinhas estava aberta na cama, e as roupas, todas espalhadas. Esme olhou para a bagunça e depois para mim.

Henry havia me pegado desprevenida. Gosto de pensar em mim como uma garota feminista e forte, mas, desde que ele tinha me convidado para Longcross, eu estava abandonando um pouco a sororidade e ficando obcecada com o que iria usar. Havia ignorado os frades em todas as aulas enquanto tinha pequenos devaneios em que caminhava pelos gramados de Longcross usando elegantes conjuntos de tweed ou deslizava de barco num lago com um vestido branco e diáfano.

Em todas as situações, estava acompanhada por Henry de Warlencourt, rindo ao meu lado. O problema não era o cenário. Os gramados de Henry pareciam mesmo ter saído de algum filme romântico dos anos 1980. O negócio era o figurino! Não tenho conjuntos de tweed nem vestidos brancos e diáfanos. E meus jeans justos, gorros de lã e camisetas irônicas de filmes certamente não se encaixariam naquele lugar.

– Minha primeira dica é: não se preocupe com as roupas – explicou Esme, me tranquilizando. – Qualquer coisa que você não tenha será fornecida em Longcross. Só leve o essencial: roupa de baixo, muitas meias, roupas para dormir. Quanto ao resto, fique no básico.

Ela revirou meu armário e as coisas espalhadas no chão.

– Vamos lá. Blusa branca. Jeans. Alguns suéteres. – Ela jogou tudo na mala. – Camisetas… hummm... – Esme escolheu uma. Tinha uma foto do Nosferatu dizendo "Doe sangue". – Não… – disse, como se eu não estivesse lá, e escolheu uma branca, lisa. – Sim.

Continuou revirando minhas coisas, rejeitando o que era "selvagem" e colocando na mala qualquer coisa que considerasse vagamente medieval. Parecia haver uma quantidade assustadoramente pequena de peças dentro da mala. Até que ela se virou para mim.

– Você tem algum vestido formal?

Era outra indagação da lista de perguntas que nunca me fizeram, mas essa era fácil de responder. Eu tinha, sim, um vestido chique. Minha mãe, que é figurinista de cinema, fez um para mim antes de ir embora. E isso é que é esquisito. Ela não foi embora há pouco tempo. Ela deixou meu pai e eu quando eu tinha 16 meses.

Tenho algumas fotos com a minha mãe (não, nenhuma delas está na minha mesinha de cabeceira na STAGS). Eu era uma coisinha pequena com um redemoinho de cabelos pretos e grandes olhos cinza. Já analisei *algumas vezes* essas fotos, tentando ver o que eu tinha de tão ruim para que ela fosse embora. Eu era bem bonitinha. Certamente não era um monstro. Mas, pelo jeito, depois de passar por fraldas sujas, mamadeiras à noite e a chegada dos primeiros dentinhos, ela decidiu que não era do tipo maternal. Meu pai – e isso mostra como ele é um cara legal – nunca me disse uma palavra ruim sobre ela. Comenta que os pais abandonam os filhos o tempo todo e ninguém faz um estardalhaço por isso, então por que deveria ser diferente com uma mãe? Entendo o argumento. Mas, de algum modo, é diferente.

A única coisa que minha mãe me deu (além da *vida*) foi o Vestido. Mamãe e papai se conheceram quando trabalhavam num filme para os Estúdios Elstree. Antes que você comece a pensar que era algum filme clássico e legal, não era. Era tipo *O diário da princesa*, mas ainda pior, se é que é possível. Tento não me lembrar do nome. Era sobre uma garota que não sabe que é princesa até o fim do filme, e minha mãe precisava fazer todas as roupas para a atriz princesa, uma pirralha terrível da Disney. De qualquer modo, havia um bocado de tecido bom e contas sobrando, e no fim da filmagem mamãe estava grávida de mim e sabia que era uma menina, por isso fez um vestido para quando eu fosse adulta. Uma fofa, né? Bom, seria, a não ser pelo fato de que ela mal ficou durante dezesseis meses, quanto mais dezesseis anos. Agora você sabe por que meu pai recusou todos os trabalhos fora do país durante dezesseis anos e só aceitou este ano porque eu entrei para a STAGS. Quando mamãe foi embora, pediu para o meu pai guardar o Vestido em segurança e disse que eu deveria usá-lo no baile de formatura da escola. E ele guardou. E eu usei. E adivinha só. Coube perfeitamente!

Sinistro.

Em geral não sou vaidosa (bom, não *muito*), mas devo dizer que fiquei bem bonita naquele vestido. Papai mandou uma foto minha para mamãe, na Rússia ou seja lá onde ela estivesse filmando. Isso foi no verão, e ainda não veio resposta. Não estou esperando por uma.

A mesma foto estava na minha parede na Lightfoot e olhei para ela. Era a única foto na minha parede que não era minha com meu pai. Era minha turma no baile de formatura na Bewley, logo antes de eu sair da escola. Éramos uns dez, abraçados, olhos arregalados e sorrindo, todos pulando ao mesmo tempo. Eu sempre sentia uma pontada de saudade olhando a foto. Sentia falta *demais*, não só daqueles amigos em particular, mas dos amigos em geral.

Olhei de volta para Esme. Naquele momento, ela era a coisa mais próxima de uma amiga que eu tinha. Segurei o Vestido na frente do casacão Tudor. Era lindo. Eu sabia que ele seria adequado até para os medievais, até para Longcross. Veja bem, não usei o Vestido no baile de formatura por lealdade, ou porque sentia falta da minha mãe ou qualquer dessas babaquices sentimentais. Na verdade, não ligo para a minha mãe. Usei porque é um vestido lindo. E dá para ver que foi feito para mim: é de um cinza prateado que faz destacar os meus olhos e há umas continhas pretas minúsculas, costuradas numa espécie de espiral na frente, o tipo que você vê bandos de estorninhos fazendo no crepúsculo numa noite de outono. Bom, pelo menos na STAGS você vê.

Esme olhou o Vestido como se sentisse um cheiro ruim.

– *Meu Deus*, não! – exclamou ela. Minha cara deve ter caído, porque ela disse imediatamente: – Não se preocupe. Eles terão alguma coisa para você em Longcross.

Pus o Vestido com carinho na cama.

– Até vestidos?

– Ah, sim.

Senti que precisava fazer uma piada.

– São do Henry?

Ela gargalhou. Não uma risada sacana que eu tinha ouvido tantas vezes pelas costas, mas uma genuína.

– Bom... – disse ela, acomodando-se aconchegada na cama, uma perna comprida embaixo do corpo, a outra pendendo até o chão. – As roupas estão resolvidas. O que você gostaria de perguntar?

Sentei-me do outro lado da montanha de roupas rejeitadas e abri os braços.

– O que acontece? O que acontece no fim de semana?

– Ah, vai ser *muito* divertido – respondeu ela, exatamente como Henry tinha dito. – Os guarda-caças pegam a gente na entrada às cinco em ponto. Não é uma viagem longa. Longcross fica no Lake District, mais ou menos uma hora ao sul daqui. É uma boa região de caça. Você terá tempo para tomar banho e se vestir quando chegarmos, depois há um jantar formal no Grande Salão. No sábado, é a caça ao cervo. No domingo, tiro ao faisão. Por fim, no feriado de segunda, pescaremos trutas no lago.

Meu Deeeeus. Pela primeira vez caiu a ficha: além de todo o negócio do fim de semana numa casa de campo chique, iriam querer que eu atirasse em animais. Eu não tinha certeza de como me sentia com relação a isso. Sei que isso faz com que eu pareça uma completa hipócrita, já que como carne e uso couro, mas não tinha certeza se queria acabar com a vida de uma criatura linda só por diversão. Quero dizer, é um cervo! Os peixes são bem feios, por isso eu não choraria se pegasse um ou dois. Mas um cervo?!

– Eu preciso… você sabe… *matar* bichos?

Ela arqueou uma de suas sobrancelhas perfeitas.

– Bom, é claro que você deveria *tentar*. Não há sentido em caçar se nada for morto. – Pôs a mão no meu braço. – Mas, na verdade, os novatos raramente matam no primeiro fim de semana. Portanto, não se preocupe demais.

– A questão é que eu nunca *segurei* uma arma nem uma vara de pesca. Não vou saber o que fazer.

Para ser honesta, a única coisa que me apavorava mais do que matar um animal lindo era parecer uma idiota completa.

– Não se preocupe. Há dezenas de guarda-caças na propriedade. Um monte de gente para ensinar o que fazer.

Ela mencionou várias funções relacionadas à caça, mas eu não tinha ideia do que era a maioria daquelas coisas.

– A cada passo haverá alguém experiente para ajudá-la. E, se os esportes de sangue não forem do seu agrado, bom... – Ela sorriu de novo – há o lado social, não é? Toda noite acontece um jantar formal, além dos maravilhosos almoços de caçada, coquetéis e chás. Vai ser interessantíssimo.

Meu estômago deu uma cambalhota de novo, mas assenti. As sobrancelhas de Esme se franziram, demonstrando preocupação, e ela se inclinou para a frente. De algum modo, sua mão ainda estava no meu braço.

– Isso ajudou?

Na verdade, tinha ajudado.

– Sim. Obrigada.

– Os carros chegam às cinco. O chefe dos guarda-caças vai levar você. Ele é um doce. – Ela se levantou da minha cama com um movimento fluido e jogou o cabelo de um lado para o outro. Caiu perfeitamente. – Vejo você à noite. O jantar é às oito. Boa viagem.

Junto à porta, ela deu um aceninho, balançando só os dedos.

– Para você também – retruquei.

Claro, agora olho para trás e penso exatamente o que você está pensando. Fui muito imbecil em deixar aquela bruxa mexer nas minhas roupas e dizer o que eu deveria usar. Mas você precisa se lembrar de que aqueles poucos instantes no meu quarto com Esme foram a maior conversa que eu tinha tido durante todo o período letivo. Eu estava carente de amizade. E na ocasião pareceu que era isso que Esme estava oferecendo.

Mesmo naquela época, eu já tinha uma sementinha de rebelião dentro de mim. Assim que Esme saiu do quarto, coloquei o Vestido na mala.

O relógio da capela tocando me avisava que eu estava um pouquinho atrasada enquanto descia a escada. Tinha feito chapinha para o meu cabelo ficar bem liso e brilhante, depois arrastei a mala para baixo e descobri que uma garoa chata estava caindo, apenas o suficiente para tornar absolutamente inútil eu ter feito a chapinha.

Vi um comboio de Land Rovers verde-musgo se afastando lentamente pela entrada de veículos. Por um momento fiquei em pânico: achei que tinha perdido a carona. (Que irônico! Revendo a situação hoje, eu bem que gostaria de ter perdido.) Pelo que Jesus tinha me explicado quando recebi o Convite, presumi que seria a única novata que iria – sem dúvida viajaria com outros convidados desconhecidos, ou mesmo com os medievais. Mas tudo bem: havia um Land Rover ainda parado diante dos degraus da entrada. Um homem enorme como um armário estava encostado no para-choque. Pelo rosto curtido pelo tempo era impossível dizer sua idade. Ele parecia o Groot de *Guardiões da Galáxia*. Não dava para ver o cabelo, já que ele estava com um boné de tweed. Usava uma camisa xadrez e uma espécie de colete verde acolchoado. Fumava discretamente, o cigarro envolvido na palma da mão, como um aluno que o escondesse dos frades.

– Sou Greer – falei, muito mais jovial do que me sentia.

Ele tocou o boné, sem sorrir.

– *Comstá?* – perguntou ele, com um forte sotaque do norte.

Em geral, o sotaque do norte me deixa tranquila, mas não dessa vez. Ele não poderia ser mais inamistoso. Sem pressa, deu uma última tragada no cigarro, franzindo os olhos para mim. Depois o apagou na sola da pesada bota de caminhada e enfiou a guimba cuidadosamente no bolso do colete. Em seguida, me estendeu a mão gigantesca manchada de nicotina. Quase a apertei, antes de perceber que ele estava se oferecendo, de seu modo brusco, para pegar minha mala de rodinhas.

Ele a colocou na traseira do carro, depois bateu a porta com força. Pensei em fazer uma piada e perguntar "E aí? O que vamos matar hoje?", achando que seria espirituoso dizer isso a um guarda-caça, mas ele não parecia o tipo de sujeito brincalhão. Sem dar um pio, abriu a porta de trás para mim. Depois sentou-se no banco do motorista e ligou o carro. Enquanto nos afastávamos, olhei uma última vez para a escola. E disso me lembro de modo especial: absolutamente todas as janelas tinham um rosto. A escola inteira estava olhando os escolhidos partirem. Até os frades.

Enquanto íamos pela entrada de veículos, só o fato de que estávamos seguindo os outros carros da propriedade me garantiu que eu não estava sendo sequestrada. O guarda-caça dirigia em silêncio absoluto, concentrando-se no caminho. Depois que passamos para a completa escuridão do campo, de vez em quando nos afastávamos dos outros carros, nas estradas sinuosas. Então era como se meu motorista silencioso e eu fôssemos as únicas pessoas no mundo. Quando eu era criança e meu pai me deixava sentar no banco da frente da sua picape de filmagem – acho que nós dois éramos solitários –, eu pensava que as luzes traseiras do carro à frente eram olhos vermelhos e sinistros me vigiando no escuro. Naquela noite, sempre que via aqueles olhos vermelhos, eu sentia um alívio ridículo. Olhei a nuca do guarda-caça. Ele dirigia com facilidade, uma das mãos enormes no volante, o boné ainda firme na cabeça, sem dizer nada. Presumo que o Land Rover tivesse um rádio, mas ele não o ligou. Seria bom ouvir algumas músicas idiotas e animadas. Eu não conhecia nenhuma que tivesse sido lançada desde o banimento dos celulares, mas o silêncio estava começando a me deixar maluca. Tentei desesperadamente pensar em alguma coisa para começar uma conversa e acabei com o velho clichê:

– Acha que vamos ter tempo bom neste fim de semana?

– Talvez – grunhiu ele.

Não parecia haver sentido em puxar mais nenhum assunto. Por isso desisti e tentei olhar pela janela, limpando o vidro embaçado com a manga do casaco. Sendo fim de outubro, já era noite. Esme tinha me informado que Longcross ficava em algum lugar no Lake District. "Uma boa região de caça." De fato, olhando para fora, vi, entre as enormes montanhas escuras e corcovadas, lagos vítreos enluarados que surgiam num instante e desapareciam de novo como se brincassem de esconde-esconde. Não sei quanto tempo viajamos. (Não havia relógio no painel, eu não uso relógio de pulso nem, claro, celular.) Não pode ter sido muito mais de uma hora, mas pareceram séculos. O silêncio era cada vez mais incômodo, tão opressivo que quase me deu vontade de gritar. Meus nervos estavam retesados a ponto de se romperem. Mas, exatamente quando senti que não suportava mais e que teria de pedir que ele parasse, vi um farol brilhante na escuridão. Lá, à distância, havia uma constelação de luzes, como um enorme transatlântico no mar de colinas negras.

Se tivesse sido uma viagem de carro batendo papo, com boa companhia e o rádio ligado, a visão de Longcross me faria sentir medo. Como aconteceu depois de uma hora no escuro com o guarda-caça taciturno, vi apenas com enorme alívio as luzes que se aproximavam.

Na ocasião, não me ocorreu que isso poderia fazer parte do plano.

CAÇA

7

Henry nos aguardava numa espécie de salão forrado de lambris, parado de costas para uma lareira onde o fogo crepitava. Estava sozinho, a não ser por dois labradores preguiçosos que cochilavam no tapete diante da lareira.

Fiquei bastante aliviada por Henry estar sozinho naquele momento. Ainda não estava preparada para conhecer os pais dele. Tudo no meu anfitrião e na sala era receptivo: o sorriso caloroso como o fogo, o cabelo dourado brilhando. Henry usava uma camiseta de rúgbi com mangas compridas e uma calça jeans vermelha. Não estava *mais* bonito do que era na escola – provavelmente era o único aluno da STAGS que ficava bem com o casacão Tudor preto –, mas estava diferente. Mais… adulto. Ele combinava com a sala, assim como combinava com a STAGS.

O salão não era nem de longe tão intimidador como eu esperava que Longcross fosse. Havia fileiras de galochas, bengalas, varas de pesca e uma velha roupa de mergulho, tudo encostado nas paredes – na verdade, o lugar estava bem atulhado. Havia gravuras amareladas de esportes, nas quais pessoas de outra época praticavam esportes de outra época. E, acima de Henry, as inevitáveis cabeças de cervos espiavam com seus olhos de vidro.

Henry me viu.

– Greer!

Ele veio em minha direção e me beijou uma vez em cada face; não aqueles beijos idiotas no ar que as pessoas metidas a besta costumam dar, e sim beijos de verdade, lábios na pele. Essa recepção me deixou meio sem graça, já que ele nunca tinha feito nenhum contato comigo além daquele toque no braço.

– Onde estão os outros? – perguntei.

– Trocando de roupa. Venha se esquentar. Desculpe o frio. – Ele esfregou as mãos rapidamente. – Mas é bom para a caça.

Em seguida, se virou para o chefe dos guarda-caças, que se postava respeitosamente atrás de mim.

– Ah, Perfect. Vejo que você trouxe a Srta. MacDonald em segurança.

Perfect – inacreditavelmente, esse era o nome dele – tirou o boné de tweed, que aparentemente *não* estava colado na cabeça, e assentiu rapidamente com o cocuruto meio careca e meio grisalho.

Henry sorriu para mim.

– Ele fala demais, não é, Greer?

Eu não soube direito o que responder, mas felizmente não precisei dar uma resposta. Henry se virou para o guarda-caça.

– Perfect, você deixou a Srta. MacDonald louca de tanto que falou?

O guarda-caça coçou o queixo.

– Acontece.

Henry inclinou a cabeça para trás e gargalhou, mostrando todos os seus dentes brancos e perfeitos. Até Perfect parecia que ia abrir um sorriso. Pelo patrão, é lógico. Obviamente, era uma piada velha entre os dois.

– Certo. Verifique a sala de armas para amanhã, está bem, Perfect?

Perfect assentiu de novo e desapareceu. Henry se virou para mim.

– Escute, é melhor você subir para não se atrasar muito. Espero que não se incomode em se vestir para o jantar.

Eu não sabia direito qual era a alternativa. Jantar nua? Por isso falei:

– De jeito nenhum.

– Bom. Nós nos reunimos para as bebidas na sala de estar às sete e meia e o jantar é no Grande Salão às oito.

Dei um giro onde estava.

– *Este* não é o Grande Salão?

– *Meu Deus*, não. Esta é a sala para guardar os calçados, casacos e afins.

Enquanto eu processava o fato de que em Longcross as botas tinham uma acomodação melhor do que meu pai e eu em Manchester, ele tocou um sino, estilo *Gosford Park*, e uma mulher de meia-idade apareceu.

– Betty, leve a Srta. MacDonald ao quarto. Qual é o dela?

– O Lowther, senhor.

A empregada tinha o mesmo sotaque de Perfect.

– Lowther. A lareira está pronta?

– Ah, sim, senhor. Já chegaram todos, senhor?

– Já. Gostaria de uma xícara de chá, Greer?

– Eu *mataria* por uma xícara de chá quentinha – respondi, agradecida.

O sorriso dele se enrijeceu um pouco e eu me perguntei se não tinha sido suficientemente distinta.

– Leve o chá ao quarto da Srta. MacDonald, Betty.

Notei que ele não disse "por favor" nem "obrigado", mas a empregada não pareceu se importar.

– Muito bem, senhor.

Ela meio que recuou e estendeu a mão para mostrar o caminho. Aparentemente, eu deveria ir à frente, mesmo não sabendo para onde ir. Era algum tipo de hierarquia social, acho.

Fui pegar minha mala, mas Henry estendeu a mão *dele*.

– Deixe. Vou mandar que alguém leve.

Aparentemente, o pessoal chique não carrega as próprias coisas. Comecei a curtir, especialmente quando Henry pegou minha mão e a apertou.

– Bem-vinda – disse ele. – Sinceramente. Estou *muito* feliz por você ter vindo.

Meu quarto – acho que eu deveria chamá-lo de Lowther – era estupendo. E gigantesco. Era tipo a melhor suíte do melhor hotel que você poderia imaginar. Dei a volta inteira nele, o que demorou algum tempo.

Havia uma enorme cama de dossel, de madeira escura, com cortinas pesadas e colcha cor-de-rosa. As paredes pareciam ser forradas de tecido, e não de papel, com estampa de folhas de ouro. No chão havia tapetes saídos do filme *Aladdin*. As janelas tinham vidros transparentes embaixo e foscos em cima. Havia uma daquelas lareiras tão antigas que têm data gravada. (Dizia 1590.) E veja só: o fogo já estava aceso. Não havia TV no quarto, diferentemente de um hotel; na verdade, não vi nenhum televisor em todo o tempo em que estive em Longcross.

Quando a gente olhava de perto, descobria que nada era novo no quarto. Os tapetes estavam um pouco puídos e as folhas de ouro nas paredes tinham ficado ralas e desbotadas, e um dos vidros na janela tinha uma rachadura prateada bem no meio. Mas o quarto berrava tradição, classe e qualidade. E obviamente havia uma cabeça de cervo na parede acima da lareira, com os olhos escuros de vidro rebrilhando à luz do fogo, como se ainda vivesse. E uma coisa que você não teria num quarto de hotel: na cama, quase camuflado, estava um vestido. Era da mesma cor do resto do quarto: rosa-escuro. Quando o peguei, ele meio que deslizou, e era pesado. Qualidade outra vez. Imaginei como seria o quarto de Henry.

Como eu tinha imaginado, a empregada trouxe o chá numa bandeja de prata. Um cara mais ou menos da minha idade veio atrás com minha mala, que depositou no meio do tapete. E então uma terceira pessoa entrou no quarto: alta, loura e linda. Era Charlotte Lachlan-Young, a segunda sereia.

Charlotte estava usando um vestido lindo – não, não dava para chamar simplesmente de vestido, era definitivamente uma *coisa*. Veio rapidamente e me beijou nas duas bochechas.

– Greer, não é?

Era uma declaração, não uma pergunta, como se estivesse me dizendo qual era o meu nome. Dei um passo para trás quando ela me soltou. Se os beijos de Henry haviam sido surpreendentes, os dela eram definitivamente exagerados, já que Charlotte nunca tinha falado diretamente comigo.

– É maravilhoso você ter vindo! *Bem-vinda* a Longcross.

Ela disse isso como se fosse a casa dela, e então me lembrei de que tinha ouvido dizer na STAGS que Charlotte era uma espécie de prima de Henry. Acho que ela pensava que tinha direito de bancar a anfitriã. Mas era esquisito. Eu imaginaria que a mãe dele é que deveria me receber assim. Mas achei que iria conhecê-la no jantar. Charlotte continuou:

– Lowther é um quarto *adorável*. Você vai ter uma vista *maravilhosa* de manhã.

E essa primeira frase me disse exatamente como Charlotte se diferenciava das outras garotas medievais. Era como se tudo que ela dissesse estivesse em itálico. Parecia sempre entusiasmada e dava uma ênfase especial a tudo. Eu podia ver como isso rapidamente daria nos nervos. A empregada serviu o chá em xícaras de porcelana minúsculas, passando antes por uma peneirinha de prata, a um mundo de distância das grandes canecas que meu pai e eu usávamos, que esquentavam as mãos, cheias de chá escuro e avermelhado. Enquanto ela servia a bebida, Charlotte se sentou aconchegada na cama, jogando o cabelo de um lado para o outro, como Esme tinha feito. O dela também caía perfeitamente.

– Ah, esse é o seu vestido para esta noite? *Nossa!* É *perfeito*. Essa *cor*, junto com seu cabelo escuro. *Hummm...*

Notei que a empregada tinha dado a xícara de chá de Charlotte primeiro e a minha depois.

– Betty, você é uma *querida*. Chá! – Ela se virou para mim com os olhos arregalados, como se a bebida tivesse sido inventada naquele momento, especialmente para ela. – *Exatamente* do que eu precisava. *Como* foi a viagem? *Quem* trouxe você?

O chá tinha um gosto esquisito e fraco, e a xícara era muito fina. Senti que, se eu fechasse os dentes de repente, arrancaria um pedaço dela.

– Perfect me trouxe.

– Ah, o *chefe dos guarda-caças*. Ele é um *doce*!

Era exatamente isso que Esme tinha dito. Só pude imaginar que "doce" era uma gíria medieval para "homem bruto caladão".

– É, ele foi um príncipe – retorqui com ironia. – Realmente me deixou à vontade. Sabe *Taxi Driver*? Bom, ele foi como o Robert De Niro no filme. Só que um pouquinho menos falador.

Charlotte arregalou os olhos para mim e virou a cabeça na direção da empregada, que estava comprimindo os lábios finos. Eu não soube direito o que ela estava sinalizando, por isso fiquei quieta. Mas nesse momento o relógio em cima da lareira – quase o Horloge, de *A Bela e a Fera* – tocou e Charlotte soltou um guincho.

– *Meu Deus*, veja a *hora*! Agora que já tomou seu chá – eu só tinha tomado um gole –, você deveria se *vestir*. Bebidas às *sete e meia* na *sala de estar*.

Lamentando, pousei a xícara de porcelana. Charlotte levantou o vestido e o sacudiu, como se fosse uma toureira e eu, o touro.

– Hora da *Cinderela!*

Nem ela nem Betty deram qualquer sinal de que iriam sair, por isso não tive opção além de ficar de calcinha e sutiã enquanto elas permaneciam ali. Talvez fosse assim que o pessoal rico fizesse. Talvez fosse selvagem não querer tirar a roupa na frente dos outros.

Enfiei-me no vestido com a ajuda delas – nesse ponto precisei admitir que me senti agradecida por estarem ali. Foi então que me lembrei do filme *Elizabeth*, vendo Cate Blanchett como a rainha, parada de braços abertos e deixando que as damas a vestissem: vestido, anéis, tudo. Era por isso que os ricos não se vestiam sozinhos. As roupas eram tão complicadas que eles precisavam de ajuda.

Já vestida, minhas ajudantes me colocaram diante do espelho para arrumar meu cabelo. Num dia bom, meu cabelo preto cai liso e brilhante como uma cortina, a franja pesada fazendo cócegas nos cílios, as pontas raspando nos ombros. Naquele dia não estava particularmente bom, porque a chuva o tinha deixado meio ondulado, mas pelo jeito eu não precisaria me preocupar com isso.

– Betty é ótima com penteados.

Nos vinte minutos seguintes, devo admitir que Betty fez uma espécie de magia. Enrolou meu cabelo em cachos, varreu a franja para um lado, torceu as laterais para trás e prendeu com minúsculos cachos de botões de rosa da mesma cor do vestido.

Imaginei se Betty iria fazer minha maquiagem também, mas pelo jeito isso ficaria por minha conta. A empregada saiu, sem dúvida para cuidar de outra pessoa. Charlotte foi até a janela olhar para a noite e começou a mexer no trinco.

– Por *sinal*, você *deveria saber* que Betty é *casada* com *Perfect*. *Realmente vale lembrar* que a gente *nunca* deve fazer *fofocas* na frente dos *serviçais.*

Senti que essa não era uma regra que eu precisaria observar fora daquela casa. Fiquei me sentindo meio mal com o que tinha dito, mas, se aquela coitada tinha se casado com o chefe dos guarda-caças, eu não disse nada que ela já não soubesse. Tentando fingir que estava numa boa, falei:

– Bom, só posso dizer que ela é uma mulher de muita sorte.

Peguei meu delineador preto de sempre, depois parei com ele no ar. De algum modo, parecia não combinar com aquele vestido. Charlotte se aproximou, pôs uma mão fria em cima da minha e me fez baixar o pincel.

– *Menos* – disse ela. E levantou um potinho de sombra *nude*. – Que tal esta?

Então me sentei e deixei que ela fizesse tudo por mim. Dez minutos depois, quando me olhei no espelho, não me reconheci. Charlotte estivera certa com relação à cor do vestido: fazia minhas bochechas reluzirem. Meus olhos cinza foram acentuados pelo tom discreto nas pálpebras e meus lábios brilhavam com um pouco de gloss coral.

Eu tinha sido transformada.

De esquisitinha a rainha do baile. De selvagem a medieval.

Charlotte apertou as mãos no peito.

– Ah, *meu Deus!* Você está *divina!*

Eu estava em *O diário da princesa.*

8

Fiquei feliz por ter me esforçado.

Descemos por uma escadaria de mármore absurda, com pinturas enormes em todas as paredes. Eu me senti na Mansão Wayne de *Batman: O Cavaleiro das Trevas*. Quando Charlotte e eu entramos na sala de estar (nem precisamos tocar nas portas; dois empregados as abriram enquanto a gente se aproximava), pude ver que todo mundo estava megaformal: todos os garotos de casaca preta com abas compridas, camisa branca e gravata-borboleta. Por um minuto só vi um borrão de gente chique, mas então comecei a reconhecer os rostos acima daquelas roupas estranhas. Eu sabia, claro, que esse era o momento em que teria de conhecer os pais de Henry e possivelmente outros convidados adultos que tinham ido para o fim de semana numa casa de campo, mas as únicas pessoas que pude ver, de cara, foram os medievais. Henry, com seu cabelo louro, ao lado de Lara, vestida em azul profundo, Piers e Cookson conversando com um homem alto e moreno de costas para mim e, perto da lareira, Esme conversando com Chanel.

Chanel.

Um garçom estendeu uma bandeja para mim – espumante em taças altas. Eu estava tão chocada que peguei uma automaticamente.

Chanel Carphone. O que ela está fazendo aqui?

Não era de espantar que na aula de Latim ela estivesse olhando pela janela. Obviamente, se sentia tão ansiosa/empolgada quanto eu, e pelo mesmo motivo. Não dava para acreditar. Eu sabia que Chanel tinha passado por situações muito piores do que eu durante todo o período letivo. Tomei um gole da taça que estava na minha mão só para ter alguma coisa para fazer enquanto processava a presença dela. E a bebida, que suponho que devia ser champanhe, era tão amarga e gasosa que fez meus olhos lacrimejarem.

Então tive o segundo choque da noite. O cara moreno conversando com Piers e Cookson se virou. *Shafeen.* Olhei-o conversando tranquilamente, elegante e à vontade. Então ele levantou os olhos no meio da frase e me viu. Seus olhos brilharam um pouco, arregalando-se de surpresa. Não pude deduzir o que aquele olhar queria dizer. É meio difícil explicar, mas não creio que ele estivesse surpreso em me ver ali. Acho que ficou surpreso com a minha *aparência.* Eu devia estar bonita. As sereias – Charlotte, Esme e a mais linda de todas, Lara – estavam incríveis em seus vestidos de alta costura. Chanel também estava bem bonita em seu vestido branco, mesmo eu tendo quase certeza de que os medievais considerariam o bronzeado dela falso demais e o vestido um pouco claro demais. Tive a impressão de que eu conseguiria ficar no meio de todas elas numa boa. Ou, mesmo que Greer MacDonald não conseguisse, a princesa que eu tinha visto no espelho conseguiria. Levantei o queixo um pouco.

Devo admitir que Shafeen também estava incrível de gravata-borboleta branca e casaca. Ele era mais alto do que os outros garotos e sua pele morena fazia um contraste lindo com a impecável camisa branca. Seu cabelo meio comprido estava penteado para trás, o que o deixava mais bonito e meio *nobre.*

Príncipe Caspian, pensei.

Ele certamente parecia se encaixar no ambiente, mas por que diabo estava ali? Ele tinha sofrido mais com os medievais do que qualquer um de nós. Então o observei mais um pouco: sua postura, o modo como segurava a taça. Dei um sorrisinho. Ele era um deles. Eu tinha sentido pena de Shafeen durante todo o período, achando que ele estava sofrendo bullying com aquele negócio de "playboy de Punjab". Mas obviamente era apenas zoação, a versão medieval de humor. Afinal de contas, todo mundo dizia que Shafeen era uma espécie de príncipe indiano. Eu tinha sido uma otária. Ele devia ser amigo dos outros. Não pude deixar de me sentir meio mal por não ter percebido isso. Shafeen estudava na escola desde o preparatório, tinha crescido com os medievais. Mesmo assim, o fato de ele ser um deles me desapontou um pouco. Shafeen sorriu para mim, mas eu não sorri de volta.

Às oito horas fomos jantar no Grande Salão, um espaço vasto, com teto tão alto que os afrescos pintados nele recuavam para a escuridão, para além do alcance da luz das velas. As inevitáveis cabeças de cervos olhavam para baixo, as galhadas criando sombras malucas nas paredes. A mesa comprida estava coberta com uma toalha branca e atulhada de candelabros de prata, taças de cristal e uma espécie de suportes de prata com pirâmides de frutas.

Enquanto eu encontrava o meu lugar, indicado por um cartãozinho acetinado e caligrafado que dizia "Srta. Greer MacDonald" , um dos empregados saltou para pegar o meu guardanapo e puxar a minha cadeira.

Sentei-me na frente de mais talheres de prata do que meu pai e eu tínhamos em toda a nossa gaveta de talheres. Você já assistiu a *Vestígios do dia*? Sabe a parte em que todos os ajudantes do mordomo estão medindo o posicionamento dos talheres na mesa? Aposto que ali a medição foi feita milimetricamente por um dos muitos serviçais que estavam de pé junto às paredes do salão.

Olhei com medo os cartões ao lado do meu. Nada de Henry (ruim), nada de Shafeen (bom), Charlotte de um lado e Piers do outro (tudo bem, *acho*). Mas, estranhamente, antes mesmo que todo mundo estivesse sentado, contei somente nove lugares: seis medievais e os três convidados. Pelo menos isso me deu um assunto para começar a conversa com Piers, com quem eu nunca, jamais, tinha falado antes. Fiz a pergunta que vinha me incomodando desde a chegada.

– Onde estão os pais do Henry?

Piers pegou sua taça de vinho quase antes de o serviçal ter acabado de enchê-la.

– Em Londres – respondeu. – Eles têm uma casa em Cumberland Place, perto do Regent's Park. – Ele deu uma pequena gargalhada parecida com um gritinho. – Curioso, não? Longcross fica em Cumberland e a casa deles em Londres é em Cumberland Place.

O serviçal apareceu de novo, posicionou-se entre mim e Piers e colocou um pãozinho perfeitamente redondo no meu menor prato usando uma pinça de prata. Esse ato me deu tempo de processar a informação.

– Então não há... – Eu não queria usar a palavra "adultos", que me faria parecer ter uns 5 anos. – Não há mais nenhum convidado neste fim de semana?

Com a boca cheia de pão, Piers balançou a cabeça.

– É mais divertido assim.

Ele tentou dar uma piscadela, bateu a taça na minha e deu um grande gole. Eu devolvi a minha taça de vinho para a mesa e preferi beber um gole de água, tentando engolir um súbito e forte mau presságio. Os empregados eram adultos, claro, mas eram totalmente dominados por Henry. Eu me senti meio esquisita por não haver ninguém... no *comando*.

Nada de pais.

Apenas nove adolescentes numa casa enorme.

O jantar teve um início tenso. Estávamos sentados mais ou menos intercalando garotos e garotas, com Henry (claro) à cabeceira da mesa. Shafeen, sentado na outra ponta, conversava à vontade com Esme, os olhos escuros brilhando; uma mecha do cabelo preto puxada para trás havia se soltado, caindo sobre a sobrancelha.

Eu nunca o havia visto assim, falante e sociável, bem diferente do solitário, distante e desajeitado que eu pensava que ele era. Senti de novo que tinha sido enganada. Esme estava mostrando todos os sinais de estar absolutamente fascinada, o queixo apoiado na mão, rindo para ele. Chanel estava à direita de Henry, encantada, enquanto Lara conversava baixinho com Cookson.

Analisei o rosto de Chanel enquanto ela conversava com Henry. Ela estava adorando aquilo: o jantar, a companhia, o cenário. Dava para ver que estava engolindo tudo. Meu velho sentimento de mau presságio voltou.

Charlotte tagarelava empolgada de um lado ("Então você é de Manchester. Que incrível! Nunca estive lá. Como é?"), enquanto Piers parecia fascinado pelo que meu pai fazia. Talvez isso fosse parte de todo o processo de seleção para candidatos a medievais. Veja bem, nesse ponto eu ainda acreditava no que Jesus tinha dito, que o fim de semana de "caça tiro pesca" era uma espécie de entrevista de emprego para a medievalidade. Até que ponto alguém pode estar errado?

Piers estava amistoso, mas parecia estranhamente velho. Na ausência dos pais de Henry, era quase como se ele tivesse assumido aquele papel, assim como Charlotte havia me recebido como se fosse a mãe dele. De jeito nenhum Piers – com sua monocelha e seu relógio de bolso – parecia ter 18 anos. Era um cara de 50 preso no corpo de um adolescente.

– E o que, exatamente, *faz* um cinegrafista da vida selvagem?

Descartei a ideia de declarar, sarcasticamente, que um cinegrafista da vida selvagem era alguém que aponta a câmera para a vida selvagem.

– Ele opera a câmera naqueles documentários sobre a vida selvagem que a gente vê na TV, como os do *National Geographic*, sabe?

Ainda que a realidade do meu pai seja mais para, tipo, esperar três dias para uma lagartixa sair de um buraco em troca de apenas três segundos de imagens incríveis de uma cobra tentando comê-la, a maioria das pessoas fica razoavelmente impressionada quando conto o que ele faz. De Piers não recebi nada.

– Ele deve saber muito sobre a vida selvagem, não?

– É. Ele volta das filmagens com um monte de histórias e curiosidades. No momento está no Chile, filmando cavernas de morcegos. – Lembrei de novo da Mansão Wayne. – Sabia que o cocô de morcego era uma mercadoria valiosa no século XIX? Era chamado de guano. As pessoas usavam como fertilizante e os mercadores mandavam navios carregados daquilo para todo o mundo.

Isso despertou o interesse do velho Piers. Ele riu de novo daquele jeito esquisito, como um gritinho. E balançou a cabeça.

– Bosta de morcego... Verdade?

– É. E aqui vai outra: se você colocar uma quantidade mínima de álcool num escorpião, ele vai ficar maluco e se picar até a morte.

– Vou me lembrar disso.

– E os cervos... Meu pai disse que, quando estão sendo caçados, sempre procuram água e ficam nela para despistar os cães. É um instinto que eles têm.

Piers levantou sua monocelha.

– Veja só, *dessa* eu não sabia – disse, com ironia.

Eu sou uma imbecil. *Claro* que ele sabia disso. Havia cabeças de cervos em todos os cômodos daquela casa e iríamos caçar um no dia seguinte. Piers devia ter crescido com esse tipo de coisa.

Nos intervalos da conversa com Piers eu escutava Chanel conversando com Henry em seu sotaque chique treinado com perfeição. Ela balançando as mãos, com suas unhas brancas impecáveis, à medida que se animava mais. As bochechas estavam vermelhas, os olhos brilhavam e ela não poderia estar mais bonita enquanto falava sem parar sobre o pai, a casa em Cheshire, a piscina, a sala de cinema, a frota de carros. Então começou a falar sobre o Saros 7S e como seu pai tinha inventado o aparelho, e quanto dinheiro a invenção tinha rendido. Henry estava parecendo todo educado e atento, mas algo em mim queria alertar Chanel, dizer para ela parar.

Pelo que dava para ver, Esme e Shafeen estavam falando de um casamento ao qual ela havia ido no verão e como ele conhecia todas as pessoas que tinham estado lá. Shafeen não estava entregando nada. Mas, afinal de contas, lembrei, se ele era amigo dos medievais desde sempre, eles saberiam tudo que havia para saber a respeito dele, de qualquer modo. Se os medievais estavam mesmo procurando novos membros, Shafeen certamente tinha o pedigree certo.

O único consolo no jantar foi a comida. Deliciosa. Uma espécie de sopa branca, cremosa e saborosa, um peixe em um molho verde, um bife alto de carne vermelha com legumes assados. A carne tinha um gosto interessante.

– O que é isso? – perguntei ao Piers.

– Cervo – respondeu ele.

Com a boca cheia, olhei culpada para as cabeças de cervos na parede. Elas me olhavam com ar de acusação.

Aos poucos comecei a notar que Piers não estava somente agindo como um homem de meia-idade, mas que também bebia como um. Foi ficando cada vez mais bêbado. Eu estava tomando água porque a taça de champanhe na sala de estar tinha me deixado meio tonta, mas ele bebia todos os vinhos oferecidos, à medida que os pratos passavam: vinho branco para a sopa e o peixe, tinto para a carne, e um vinho amarelado, servido em pequenos cálices depois da sobremesa. E foi com a chegada do vinho do Porto, escuro como sangue, que a coisa começou a ficar feia.

Antes disso tínhamos pequenos bolsões de conversa – cada um se virando para um vizinho e depois para o outro –, mas, depois de a comida ser retirada e os serviçais terem desaparecido, a conversa ficou mais geral, incluindo todos nós, e foi então que começou o derramamento de sangue.

– Chega de falar de seu pai – disse Piers quando o vinho do Porto chegou. – Como é a sua mãe?

De repente todo mundo ficou em silêncio, escutando. Respirei fundo.

– Minha mãe foi embora quando eu tinha 16 meses.

Piers se inclinou para mim, a fala engrolada:

– Por quê?

Vi Shafeen lançar um olhar rápido e raivoso para ele. Ajeitei a faca de queijo no prato.

– Não sei.

Esperava que Piers largasse o assunto, mas ele não fez isso.

– A mamãe não *gotava* de *voxê*? – perguntou numa odiosa voz de bebezinho.

Dei de ombros.

– Acho que não – respondi em tom tranquilo, mas estava rezando para que ele não perguntasse mais nada. Achei que não conseguiria falar. Parecia haver um nó estranho na minha garganta.

Por sorte, Piers me deu as costas e gritou por cima da mesa:

– E você, Carphone? Sua mãe é uma vaca também?

– Eu não disse… – comecei a protestar.

– Shhh. – Piers se virou de volta para mim e colocou o indicador sobre os lábios. – Estou. Fazendo. Uma. Pergunta. A. Carphone. – Ele se virou de novo para Chanel, que tinha ficado branca como o vestido. – E então, *Chanel*? Como é a sua mamãe? Deve ser uma vaca para ter dado um nome assim para você.

Shafeen largou a faca no prato como se fosse um tiro. Todo mundo deu um pulo, mas todos os olhares permaneceram firmes em Chanel. De repente, a resposta dela parecia realmente importante. Olhei para Henry. Ele não podia parar com aquilo? Mas ele também estava olhando para Chanel.

Chanel se empertigou mais um pouco na cadeira. Olhou bem firme nos olhos de Piers e disse:

– Minha mãe é adorável.

Ouvi imediatamente. Debaixo de todas aquelas camadas de cuidadosas aulas de dicção, o sotaque de Cheshire ainda estava ali. E num momento de tensão tinha voltado. Ela falava como eu. Uma jeca. Então pude ver os riscos de fingir ser o que não se é, e fiquei feliz por nunca ter me incomodado com isso. Seria muito pior fingir ser um deles e escorregar em vez de falar como eu mesma o tempo todo.

Os medievais, claro, perceberam. As garotas deram risinhos de deboche. Cookson fingiu estar todo preocupado.

– O que aconteceu com seu sotaque, Chanel? – perguntou, como se ela tivesse perdido alguma coisa.

Piers, claro, foi o pior. Uivou gargalhando e de repente regrediu para uma criança de escola primária.

– Adorável! – grasnou com seu melhor sotaque do norte. – Eeepa! Minha mãe é *adorável*. – Ele se levantou e de repente pulou em cima da mesa, os pés grandes fazendo voar louças e talheres. – Adorável, adorável, adorável – cantou, com o ritmo marcado das bandas de metais do norte.

Ele balançava os braços como se estivesse regendo uma orquestra. E então, inacreditavelmente, todos começaram a cantar, todos os medievais em coro, todo mundo menos Henry:

– *Adorável, adorável, adorável.*

Olhei para Chanel, que tinha afundado na cadeira, o olhar fixado no prato de queijo. Em mais alguns instantes ela iria chorar.

Então, com urgência e em voz alta, Shafeen se manifestou:

– A *minha* mãe – disse asperamente, por cima da gritaria – é um animal selvagem.

Bom, isso atraiu nossa atenção. Todo mundo ficou quieto, as cabeças voltadas para Shafeen. Piers desceu da mesa e deslizou de volta para sua cadeira. Shafeen pôs as duas mãos na madeira envernizada, dos lados do corpo, e conseguiu toda a atenção da sala.

– O palácio do meu pai – disse devagar e deliberadamente, projetando a voz como um ator – fica nas montanhas Aravalli, no Rajastão, acima da estância de montanha de Guru Shikhar. Minha mãe conta uma história de quando eu era bebê e tinha começado a engatinhar. Estávamos no período mais quente do verão e eu era uma coisinha sedenta, por isso ela vivia me amamentando constantemente.

Todos escutávamos atentos, tendo esquecido o escorregão de Chanel. Shafeen, o tímido, que ficava desajeitado perto de garotas, estava transformado. Era um grande contador de histórias. De algum modo, sua voz fazia a gente ver o que ele contava, como se fosse um filme. Descobri que estava imaginando um pequeno Shafeen como o altivo pequeno marajá de *Indiana Jones e o Templo da Perdição*, mamando, de fraldas, com um turbante de seda e uma joia entre as sobrancelhas.

– Estávamos na varanda, minha mãe reclinada num divã. As cortinas brancas do palácio, finas como teias de aranha, se agitavam ao redor no ar quente. Os periquitos cantavam nas acácias. Bom, minha mãe estava exausta, já que eu a havia mantido acordada a noite toda, e caiu no sono enquanto me amamentava. Quando acordou, horas depois, as cortinas continuavam se agitando, os periquitos continuavam cantando, mas eu tinha sumido.

Estávamos absolutamente imóveis, escutando. Piers tinha se detido com o cálice de vinho do Porto a caminho dos lábios, como se num feitiço. O lugar de Shafeen na mesa havia se transformado: ele não estava mais na posição inferior, e sim na mais importante. Era o marajá no meio de nós.

– Minha mãe chamou meu pai e os empregados. Meu pai convocou os guardas do palácio. Eles procuraram em uma centena de aposentos, nos jardins aquáticos, nos estábulos, mas eu não estava em lugar algum. Por fim, saíram da propriedade e entraram na floresta, onde pararam e não puderam ir mais longe. Porque, embaixo de uma copa de acácias, havia um tigresa.

Ninguém se mexia.

– Aquela é uma região famosa pelos tigres. Mas essa era a maior tigresa que qualquer uma daquelas pessoas tinha visto. Estava deitada à sombra com os filhotes. E essas são as mais perigosas. As mães tigresas fazem qualquer coisa para proteger a cria. Minha mãe caiu de joelhos e começou a chorar, porque tinha me visto agachado no meio dos filhotes, perto da barriga da tigresa. Ela teve certeza de que eu estava morto e os filhotes tinham se reunido para me devorar. Meu pai disse para ela ficar quieta, já que os tigres não gostam de barulho.

Nossa! Nesse momento os tigres iriam gostar do Grande Salão. Ninguém respirava.

– Os guardas do meu pai tinham armas, mas não podiam atirar, por medo de acertar em mim. No fim das contas, minha mãe avançou sozinha. Olhou nos olhos da tigresa enquanto ia reivindicar o filho. Minha mãe diz que foi a caminhada mais longa da sua vida: olhos verdes encontrando olhos escuros, ser humano e animal, mãe e mãe. Quando chegou mais perto, caiu de joelhos outra vez, agora para agradecer pelo milagre que via. Eu estava vivo. Não somente isso, mas não corria nenhum perigo. Estava aninhado entre os filhotes, lutando pelo meu lugar, mamando no peito da tigresa.

Houve uma onda de sons ofegantes e um risinho nervoso. Shafeen permaneceu mortalmente sério. Obviamente, ainda havia um desfecho a caminho, e ele fixou o olhar em Henry.

– Desde então passaram a me chamar de *baagh ka beta*. O filho do tigre. Porque eu mamei na *teta* de uma tigresa.

Ele pronunciou *teta* como um desafio. Eu nunca o tinha ouvido dizer nem mesmo um palavrão leve, porque – como sabemos – os palavrões são selvagens. Mas Shafeen havia avaliado perfeitamente a plateia. A palavra em si, mordaz mas não exatamente um palavrão, era uma luva de pelica no rosto do anfitrião.

Henry se recostou na cadeira. Olhou para Shafeen especulativamente, como se os dois estivessem numa espécie de jogo de pôquer. O momento era tenso, perigoso. Então Henry sorriu.

– Impressionante – disse.

Essa era a dica para a aprovação. Os medievais começaram a gargalhar feito hienas. Acho que cheguei a soltar um suspiro de alívio e pude ver Chanel fazendo o mesmo. Piers deu seu gritinho, gargalhando, e repetiu "Teta de tigresa! Teta de tigresa!" várias vezes. Cookson, que obviamente estava tão bêbado quanto Piers, pulou e começou a lutar com o tapete de pele de tigre que ficava diante da grande lareira, beijando a cara com bigodes compridos e dizendo:

– Mamãezinha! Mamãezinha!

Shafeen ficou sentado, imóvel, com o olhar fixo em Henry. Então levantou sua taça saudando o anfitrião. Inclinando a cabeça para trás, engoliu a bebida de uma só vez. Henry bateu palmas e esfregou as mãos uma na outra, rápido e profissional, mas também como se antecipasse alguma coisa deliciosa.

– Senhoritas – inclinou a cabeça para Charlotte –, podem nos dar licença?

Todas as garotas medievais se levantaram, como se soubessem exatamente o que fazer. Eu tinha visto isso em *Maurice*: os homens e as mulheres se separando em salas diferentes depois do jantar. Isso significava que eu não teria chance de falar com Shafeen, o que queria de verdade. Tinha uma sensação esquisita de que precisava agradecer a ele em nome… bom, das *mulheres*, acho, por salvar Chanel.

Os homens também se levantaram, à medida que saíamos da sala. Eu era a última da fila. Assim, enquanto passávamos pela porta que dava para a sala de estar, aproveitei a chance e segurei a manga da casaca de Shafeen. Ele se virou com uma expressão estranha – contida, empolgada e impaciente ao mesmo tempo. Abri a boca para agradecer, percebi como isso seria idiota e simplesmente não pude. Em vez disso, sussurrei:

– Aquilo foi verdade? O negócio da mãe tigresa?

Ele franziu a testa.

– *Claro* que não. Meu pai administra um banco em Jaipur. Você é tão preconceituosa quanto eles.

Enquanto me afastava, compreendi. Shafeen não era amigo dos outros. Tinha inventado uma história para virar os canhões contra ele, para se tornar o foco e o alvo em vez de Chanel. E, mais do que isso, estava preso em alguma rivalidade estranha com Henry de Warlencourt, travada a partir das duas extremidades da mesa. Mas eu precisava ficar me lembrando, assim como na aula de História: Henry não tinha feito nada. Cookson e Piers eram seus cães de ataque. Henry era o príncipe renascentista que havia treinado seus cães para caçar homens. Não despedaçava pessoalmente, mas segurava as guias.

As garotas iniciaram uma conversa educada, tranquilizadora. Acalmaram Chanel, dizendo que só estavam de brincadeira e que tudo era diversão. Imaginei se o trabalho das garotas seria sempre remediar as coisas e pisar no freio quando os garotos fossem longe demais. Não acreditei em nenhum papo furado delas.

Só conseguia pensar em Henry olhando a carnificina no jantar, os olhos brilhando como os dos frades.

A caçada já havia começado.

9

A primeira coisa que vi quando acordei de manhã foi a cabeça de cervo olhando para mim de cima da lareira.

Claro que eu estava acostumada com esse tipo de troféu nas paredes da STAGS. Ainda assim, uma cabeça sem corpo era uma coisa estranha para se ter num quarto. Se você parar pra pensar, é realmente sinistro. Dava para ver os cílios grossos acima dos olhos de vidro e o pelo comido por traças, mas isso não tornava a coisa melhor. Sentei-me na cama de dossel e os olhos dele me acompanharam. Isso me inquietou um pouquinho, de modo que decidi dar um nome ao cervo. Um nome bobo que não assustasse ninguém.

– Olá, Jeffrey. – O cervo me encarou, mas já parecia um pouquinho menos assustador. Parecia que estava escutando. – E então, Jeffrey, o que você acha que o dia de hoje vai trazer? – Olhar de vidro. – Não. Estou perguntando de verdade. Estou mesmo querendo saber.

E estava. Depois do jantar na noite anterior – da pressão em cima de Chanel e da história maluca de Shafeen, estilo *Mogli*, para pôr um ponto final naquele bullying –, todas as garotas tinham ido para a cama. Precisávamos estar de pé bem cedo para a caça ao cervo. Apontei dois dedos para a cabeça de Jeffrey, engatilhei com o polegar e puxei o gatilho.

– Pou, pou.

Saí da cama e fui para a janela. A cabeça de cervo me olhava. Abri as cortinas pesadas e pisquei diante da paisagem. Praticamente até onde a vista alcançava havia gramados e parques, inclusive roseiras cercadas com muros e uma espécie de horta. Para além disso ficava um jardim formal, salpicado de estátuas, templos, lagos e fontes, onde as cercas vivas eram cortadas em forma de pavões. Mais adiante ainda havia uma espécie de padoque com, claro, cavalos. Ao longe ficava uma pequena franja de floresta e, subindo acima das árvores, as colinas púrpura do Lake District. Era estonteante e o mais distanciado possível de nossa casa geminada na Arkwright Road, em Manchester.

– Não estamos mais no Kansas, Jeffrey.

Tremi um pouco. O fogo da lareira havia se apagado e estava bem frio, mas não era isso que me fazia tremer. A entrada de veículos já estava em plena atividade. Land Rovers e jipes chegavam, e também havia um cavalo. Não um monte, como a gente vê naqueles filmes com cenas de caçada, tipo *Um punhado de pó*, apenas um, selado e se remexendo nervoso. Engoli em seco. Certamente não esperariam que eu montasse, não é?

Havia também um punhado de cães, pretos e marrons, latindo e balançando o rabo. Então vi uma coisa que realmente fez meu estômago se revirar. Aqueles caras com bonés chatos – inclusive Perfect, o homem-montanha tagarela – estavam colocando armas na traseira dos jipes. As espingardas tinham canos lisos, cinza-estanho, e brilhantes cabos de madeira cor de caramelo. Elas estavam sendo postas em espécies de suportes, fileiras e mais fileiras. Pareciam inofensivas e perigosas ao mesmo tempo.

– Jeffrey – falei, tentando parecer numa boa –, o que estou fazendo aqui?

Perfect terminou de guardar as armas, se virou e olhou para a minha janela, como se soubesse que eu estava vigiando. Nossos olhares se encontraram por um longo minuto antes que eu fosse para trás da cortina, como se tivesse sido apanhada fazendo algo errado.

Justo nesse momento alguém bateu à porta e abriu sem esperar uma resposta. Era Betty, com uma bandeja enorme – de prata, claro. Tinha um monte de coisas em cima: copos, xícaras, uma espécie de redoma de prata e um vasinho de cristal com uma flor.

Fui ajudá-la, mas ela disse com frieza:

– Está tudo certo, senhorita.

E colocou a bandeja na cama. Depois recuou, cruzou as mãos e franziu os lábios. Obviamente não tinha me perdoado por aquela fala sobre seu marido esquisito. Olhando para o chão o tempo todo, disse:

– Há toalhas no banheiro, senhorita. Se quiser tomar seu banho depois do desjejum, eu acendo a lareira e pego suas roupas.

– Claro – respondi. – Obrigada.

Não tinha certeza se conseguiria comer alguma coisa, mas, assim que ela saiu e eu subi de novo na cama, descobri que estava esfomeada. Havia torradas, suco de laranja, café num bulezinho de prata, um cesto de bolinhos e, embaixo da redoma de prata, um desjejum inglês completo: bacon, ovos, salsichas e chouriço. Era o melhor café da manhã que eu já havia provado, e podia apostar que era porque cada animal no prato tinha caminhado muito recentemente pela propriedade de Longcross. Comi até o chouriço, coisa que geralmente não faço porque sempre fico meio pirada por aquilo ser feito com sangue. Naquele dia estava delicioso; talvez porque era a coisa certa para comer num dia de caçada.

Sangue no café da manhã, pensei.

Com a barriga cheia, fui tomar um banho de banheira – nada de chuveiros em Longcross. Pelo visto, chuveiros são selvagens. Quando saí, toda enrolada num grande roupão branco, a cama estava feita e a lareira, magicamente acesa. Os olhos de Jeffrey brilhavam de novo e o pelo estava todo laranja embaixo do queixo. Sabe aquela parte de *Cinderela* da Disney em que ela está cortando legumes na cozinha e a fada madrinha chega? Quando ela se vira e todos os legumes estão cortados, os fogos acesos e as panelas brilhando? Foi igualzinho. Na cama havia roupas arrumadas. Esme estava certa: eu não precisava trazer nada além da roupa de baixo.

Havia uma blusa com um discreto xadrez verde, um suéter cor de barro, uma espécie de echarpe de seda (eu não sabia direito onde usar aquilo... Na cabeça?) e um casaco impermeável. Para a metade de baixo, uma calça cáqui feita de um tecido grosso e as inevitáveis galochas verdes. Também ganhei um chapéu – um negócio marrom, de aba larga, tipo Indiana Jones. Como sempre, nada parecia novo em folha. Todas as roupas eram de marcas que os medievais preferiam, nomes como Turnbull, Asser, Harvie e Hudson. Eram de qualidade, mas um pouco... de segunda mão. Tentei imaginar quem tinha usado aquilo antes.

Olhei para o espelho. Eu estava parecendo um *deles.* Tirei o chapéu de novo e o joguei na cama, estilo Indy. Ele parecia um pouco exagerado.

Então só fiquei sentada, cada vez mais nervosa. Ficava indo à janela e olhando a atividade crescente na entrada de veículos. Agora podia ver Henry, Piers e Cookson, todos com paletós de tweed e bonés chatos, rindo e fumando perto dos Land Rovers, completamente à vontade. Eu não sabia direito o que fazer, mas logo ouvi outra batida à porta.

– O lorde manda os cumprimentos, senhorita – disse minha carrancuda fada madrinha. – E pergunta se a senhorita pode se juntar a ele e aos outros convidados lá embaixo, na entrada de veículos.

10

Só quando cheguei à entrada de veículos percebi como a casa era realmente linda.

E como era gigantesca. Já assistiu a *Desejo e poder*? Lembra daquela casa enorme com a fonte, a cúpula e as gigantescas alas de empregados, os estábulos e os milhares de janelas e dezenas de colunas? Era assim. Era tão enorme e tão assombrosa que ficava difícil acreditar que pertencia a uma única família. Então me lembrei de que os Warlencourts não tinham somente aquela casa, possuíam uma em Londres também. E provavelmente uma tonelada de outras. Eu estava definitivamente em Oz.

Fui para onde estavam os carros e os garotos, com as galochas fazendo barulho no cascalho. Empregados usando casacos pretos compridos andavam de um lado para o outro com bandejas de prata servindo alguma bebida forte. Peguei uma e engoli, porque pareceu ser a coisa certa. No início achei que era um erro, porque aquilo se misturou com o chouriço e ameaçou querer sair do meu corpo de uma maneira nojenta. Mas depois de um tempo começou a esquentar meu estômago, me dando a coragem para ir até os garotos.

– Greer! Bom dia! – disse Henry. – Dormiu bem?

Dei um sorriso doce para ele.

– Sim, obrigada.

Eu não sabia o que pensar do Henry agora. Pensava que na noite anterior tinha visto uma espécie de prazer nos olhos dele, um desfrute intenso do que havia acontecido comigo e com Chanel. Mas hoje era difícil acreditar nisso. Ele estava amigável, muito normal e muito, muito bonito.

Piers e Cookson, sempre seguindo seu senhor, também sorriram, aparentemente tendo esquecido as piadinhas sobre minha mãe e a de Chanel. À luz fria do dia era difícil acreditar que aquela ceninha maligna no jantar tinha mesmo acontecido. Eles pareciam à vontade com as roupas de caça. Eu juro: Piers usava um chapéu de "caçador de cervos", daqueles tipo Sherlock Holmes. Mas não parecia ridículo, acho que era porque iríamos... bom... caçar cervos. Realmente não sabia o que dizer a nenhum deles. A situação era meio intimidadora. Mas os cachorros vieram me dar um olá. Circularam em volta de mim, pulando e lambendo, batendo com os rabos nas minhas galochas, até que Henry e eu caímos na gargalhada.

– Desculpe – disse ele, e os afastou. – Arcas, comporte-se! Não pule, Ladon! Sentado, Tigris!

– Que nomes bonitinhos – falei, e me ajoelhei para fazer carinho neles enquanto me babavam toda.

– Que lindo. – Henry ficou olhando para mim de maneira afetuosa, com as mãos nos bolsos. – Não sabia que você gostava de animais.

– Eu cresci no meio da vida selvagem.

– Ah, sim. Seu pai e as filmagens.

Fiquei meio surpresa. Não sabia que ele tinha ouvido minha conversa com Piers durante o jantar. Talvez os garotos tivessem trocado impressões ontem à noite, depois que as garotas saíram. Ainda estava irritada com o que havia acontecido no jantar e não queria deixá-lo escapar com tanta facilidade.

– E *você*, gosta de animais? Ou só de matá-los?

– Das duas coisas – respondeu ele.

E, como se quisesse provar seu argumento, o cavalariço trouxe o cavalo até Henry, que acariciou o pescoço aveludado do animal. Apesar de meu alarde sobre a vida selvagem, recuei um pouco diante daquela criatura enorme. Os cachorros latiram e Henry, como o cruzado cujo sangue ele herdara, pulou no cavalo e pegou as rédeas.

Foi um movimento impressionante e precisei me esforçar um bocado para ficar descolada, irônica e todas as outras coisas que eu me orgulhava de ser diante dos encantos de Henry. Ele disse de cima do cavalo:

– Se me der licença, vou na frente; hoje sou o albergueiro.

Ainda corajosa por causa da bebidinha feroz, falei:

– Não sei o que é isso.

Ele se inclinou para encostar uma luva quente no meu ombro, mas não explicou.

– Vejo você lá. Você vai com as garotas no *shooting brake*. Divirta-se.

Henry virou a cabeça do cavalo com as rédeas e bateu os calcanhares nas laterais lustrosas. O bicho partiu de maneira furiosa, mas Henry o controlou com facilidade, trovejando pela entrada de veículos com os cachorros correndo atrás.

Fiquei olhando, me sentindo como Guinevere, em *Lancelot, o primeiro cavaleiro*, vendo Lancelot se afastar. Não vou mentir: Henry partindo pela entrada de veículos daquele palácio, num cavalo preto, com os cachorros nos calcanhares, era uma das coisas mais empolgantes que eu tinha visto na vida. Apesar de Piers e Cookson serem obviamente uns sacanas, Henry era realmente legal.

Uma voz seca falou às minhas costas:

– O albergueiro vai à frente do grupo de caça, a cavalo.

Eu me virei e vi Shafeen parado atrás de mim. Ele parecia combinar com as cores discretas de outono tanto quanto havia combinado com a gravata branca na noite anterior. Ao mesmo tempo, era diferente dos outros, sem parecer deslocado. Tinha decidido não usar chapéu, como eu. Seu cabelo escuro caía macio em volta do rosto. Mas ele continuava parecendo sério, e falava sério também.

– O trabalho do albergueiro é escolher um cervo na manada, para ser caçado pelo resto do grupo.

– Certo. – Eu realmente não sabia o que dizer a ele.

Na noite anterior, Shafeen havia nos salvado com sua história da mãe tigresa, mas depois disse que eu era exatamente como os medievais. Tendo dado sua lição, ele não parecia disposto a continuar batendo papo, por isso olhei em volta procurando outra companhia. Vi as garotas medievais andando pela entrada de veículos e hesitei.

Eram *quatro*.

Quando chegaram mais perto, vi que eram as três sereias e Chanel. Estavam conversando e rindo, o cabelo louro balançando enquanto andavam. Pareciam um anúncio em câmera lenta. Existiam pouquíssimas variações nas vestimentas, na cor dos chapéus, no corte dos casacos impermeáveis, no nó das echarpes de seda no pescoço. Charlotte estava enrolada num daqueles enormes xales xadrez que são grandes a ponto de parecer um cobertor. Mas de longe elas pareciam completamente intercambiáveis.

À medida que chegavam mais perto, pude ver que havia uma diferença, e a que não combinava era Chanel. Eu soube imediatamente que todas as roupas que Chanel usava eram dela: não tinham sido postas na cama por uma empregada carrancuda. Ela havia comprado todas, novas em folha. As galochas tinham acabado de sair da caixa – com uma pequena etiqueta vermelha e branca dizendo "Hunter" na frente. O suéter era luminoso demais, as calças justas demais, o casaco impermeável não era desgastado como o meu, e sim novíssimo. A garota medieval mandada para vestir Chanel antes de ela sair da STAGS devia ter errado o tiro: Chanel possuía todo o equipamento certo, tinha encomendado o melhor dos melhores no minuto em que recebera o Convite. E, cara, ela estava empolgada. Seus olhos brilhavam e as bochechas estavam rosadas como na noite anterior, durante o jantar – antes, você sabe, do *incidente*.

Cumprimentei as garotas assim que elas chegaram perto. Todas deram sorrisos bem gentis, mas terminaram a conversa que estavam tendo, como se não quisessem falar na minha frente. Fui para perto de Chanel e dei-lhe um sorriso conspiratório. Realmente estava sentindo pena dela, por causa da noite anterior, e queria que ela soubesse que tinha uma aliada.

– Meio esquisito isso, não é?

Ela me olhou de cima a baixo.

– Ah, *eu* estou adorando – respondeu com frieza, cortando a minha.

Parecia igual a elas. Depois fez um negócio esquisito: levantou o cabelo com a mão e jogou de um lado para o outro. Os fios caíram perfeitamente. Era o movimento delas, o tique das sereias; elas jogavam o cabelo 24 horas por dia, sete dias por semana, e agora Chanel estava fazendo a mesma coisa. E realizava o ato com perfeição. *Meu Deus*, pensei, *ela seria uma medieval perfeita.* Tinha se recuperado das ofensas da noite anterior e agora tentava se encaixar perfeitamente entre as sereias. Obviamente achava que era amiga delas, e não minha.

Quatro contra uma, pensei.

– Venham, garotas! – trinou Charlotte, em seu papel de falsa anfitriã. – Vamos no *shooting brake*. – Pelo jeito, *shooting brake* era um carro comprido com painéis de madeira na lateral, o carro mais medieval que você já viu na vida. Podíamos todas nos sentar com facilidade na traseira, mas não confortavelmente. Partimos sacolejando morro acima, seguindo o caminho de Henry.

A caçada tinha começado.

11

Não vou mentir. O começo do dia foi bem chato. Só ficou empolgante mais tarde, e não no bom sentido.

Assim que os carros nos deixaram no topo de um morro enorme, simplesmente fomos andando – as três (quatro) garotas medievais na frente, eu atrás.

Não me entenda mal. Era mesmo um lugar lindo. À luz fraca do outono, as colinas pareciam ter sido cobertas de manteiga, como minha torrada do café da manhã. E ao longe os vales púrpura, cobertos de urzes, davam lugar ao vislumbre de um lago que parecia ser de vidro.

Longcross, muito atrás de nós, era uma espécie de propaganda do Império Britânico. Se tivessem me dito que iríamos apenas dar uma caminhada, provavelmente eu teria gostado. Mas, para uma caçada, uma caminhada seria… digamos que… pedestre demais. Ninguém falava de verdade comigo, a não ser para perguntar de vez em quando se eu estava "de acordo" (os medievais nunca diziam Ok"), e eu respondia com entusiasmo exagerado "Ótimo, obrigada!" e íamos em frente.

A verdade é que eu não queria *admitir* que não estava me divertindo. A expectativa para este fim de semana tinha sido tão grande que dizer que não estava curtindo seria como se eu tivesse fracassado de algum modo.

Ninguém estava sendo mau comigo; era só como se eu não estivesse realmente ali. As garotas medievais conversavam como loucas com Chanel. Quer dizer, realmente puxando o saco dela. Talvez a noite anterior houvesse sido uma espécie de cerimônia de iniciação maluca e Chanel tivesse passado no teste. Ou talvez as garotas se sentissem mal com o comportamento dos caras e estivessem compensando para ela. De qualquer modo, eu tinha quase certeza de que elas já haviam decidido que ela seria uma medieval e eu, não. Era como se eu não tivesse vindo.

Depois de um tempo, todas paramos numa encosta e ficamos ali durante séculos. As pessoas simplesmente batiam papo e tomavam bebidas de frascos guardados nos bolsos. Os empregados da caça nos alcançaram com o equipamento e outra matilha de cães. Chanel estava obviamente muito nervosa com os cachorros. Sentia medo deles ou tinha medo de que eles pulassem e pusessem as patas enlameadas em sua roupa imaculada. Dava para ver como ela os olhava apreensiva, passando em volta deles com cuidado, como se eles fedessem. E, de certa forma, fediam mesmo.

Eu gostaria de conversar com os empregados da caçada, talvez perguntar um pouco sobre a caça ao cervo, mas tinha quase certeza de que falar com eles não era a coisa certa. No fim, decidi me aproximar de Shafeen, que estava parado, confiante, com a arma meio equilibrada em cima do braço. Ele obviamente tinha trazido a própria arma, mas ela não parecia em condições muito boas – o cabo estava separado do cano.

– Sua arma está quebrada?

Ele *quase* sorriu. Quase.

– Não. É assim que a gente carrega. Vazia, aberta e em cima do braço. Impede que você atire por acidente na cabeça de alguém, se tropeçar.

– Ah. – Como ele não parecia incomodado, perguntei: – O que está acontecendo?

– Nosso estimado anfitrião, o albergueiro, cavalgou à frente com seus cães especiais. Eles são os *tufters*, escolhidos porque são firmes e não vão ficar eufóricos com o cheiro de um cervo. Ele terá separado o cervo escolhido do resto da manada e levado para outro ponto da colina, conhecido como *couch*. Assim que estiver abrigado no *couch*, o cervo ficará o dia inteiro, a não ser que seja incomodado.

– E *nós* vamos incomodá-lo?

– Correto.

Ele apontou para um homem alto com o inevitável casaco impermeável. Era Perfect, o ogro humano chefe dos guarda-caças. Não dava para ver os pés dele, de tantos cães em volta.

– Está vendo aquele sujeito ali? Ele é o cachorreiro. Henry combinou com ele para trazer o grupo de caça até este lugar, esperando que o cervo procure fugir por aqui.

Nesse ponto senti pena do cervo, mas ao mesmo tempo realmente queria vê-lo. Até então só tinha visto cabeças de cervos, depois de serem secas, dissecadas, empalhadas e montadas. Jeffrey e seus primos sem corpo.

– Henry vai voltar? – perguntei em tom casual. Lembrei-me da despedida dele: *Vejo você lá em cima.*

– Vai, não se preocupe – respondeu Shafeen secamente. – Vai voltar assim que o cervo começar a fugir, para trocar de cães. O cachorreiro vai levar os *tufters* e Henry vai levar o resto da matilha. Essencialmente, ele troca os cães calmos pelos matadores.

Olhei os cães pretos e marrons em volta de Perfect, todos balançando o rabo. Pareciam bem inofensivos.

– Na maior parte do dia o cervo vai estar à frente dos cães, correndo mais do que eles com facilidade. Mas terá que correr em charnecas e bosques, terreno difícil, pular muros, riachos e cercas. Com o tempo vai se cansar.

Eu já me sentia cansada.

– Nós ficaremos atrás dele o dia inteiro?

Ele assentiu.

– Os cães vão sentir o cheiro e nós vamos seguir o rastro. Pegadas dos cascos na lama, pedras molhadas… essas coisas revelam o caminho. Os *beat keepers* – ele apontou para os subalternos de Perfect com seus bonés chatos – impedem que ele saia muito longe da trilha. E, claro, vai haver um almoço em algum lugar. As classes superiores nunca matam sem comer.

Isso é que era estranho no Shafeen: ele obviamente *era* das classes superiores, sem dúvida sabia absolutamente tudo sobre a caça ao cervo, por exemplo, mas falava de seu pessoal com desprezo, como se estivesse fora do mundo deles. Eu não conseguia entendê-lo.

– E depois?

– Bom, quando o cervo não conseguir mais correr, vai se virar e enfrentar os cães. Isso é chamado de cervo encurralado.

– Meu pai me falou disso. Eles encontram água e ficam nela, tentando despistar os cães.

– Só que não funciona. Acontece de eles nadarem para salvar a vida, com os cães nadando atrás, os dentes cravados nas ancas.

Engoli em seco.

– E depois?

– Depois tudo acaba. Alguém mata o cervo. E o animal é recompensado por ter fornecido um bom dia de esporte tendo a barriga aberta e as entranhas jogadas para os cães.

Devo ter feito uma careta.

– Não se preocupe – disse ele gentilmente. – A maioria dos seguidores não chega a ver a matança.

– Mas ela terá *acontecido*. Não importa se eu estiver lá para testemunhar ou não.

Ele me olhou de um modo interessante e abriu a boca para dizer alguma coisa, mas de repente, e sem aviso, um cervo grande pra cacete passou por mim a toda velocidade, saltando pelo meio do nosso grupo, tão perto que pude sentir a agitação no ar.

Cambaleei para trás, com a mão no peito.

– Meu Deeeeus.

Shafeen me firmou.

– Você está bem?

– Estou.

Olhei o cervo saltar para longe em meio às urzes. Era uma visão linda, mas meio inesperada. Na mente tinha visualizado uma espécie de Bambi, todo fofinho, de olhos grandes e pernas bambas. Mas aquele era um animal ágil, forte, coberto de pelos escuros e oleosos e com chifres rígidos. Era rápido: tinha colocado uma boa distância entre nós e ele antes de eu ao menos recuperar o equilíbrio. Para minha surpresa, ninguém se mexeu. Os cães soltaram latidos agudos, mas seus condutores os contiveram.

– Por que não vamos atrás dele?

– Não é o cervo designado – respondeu Shafeen. – Henry terá escolhido um cervo "adequado", que tenha mais de 5 anos. Aquele é novo demais. Eles escolhem as vítimas com cuidado – comentou, irônico. – Se liquidarem aquele agora, o que vão matar no ano que vem?

De novo ele tinha usado a palavra "eles", como se não fosse da mesma turma. Shafeen era mesmo difícil de ser decifrado, especialmente porque tinha me dado as costas e estava examinando a colina.

– Olhe. – Apontou. – Ali está. É um velho astuto. Fez o outro cervo correr e depois se abaixou no meio das urzes.

Olhei, mas só pude ver o topo da galhada, apontando por cima das moitas como um arbusto de tojo.

Então os cachorros começaram a latir e o cervo se levantou do meio do tojo. Primeiro as patas de trás, depois as da frente, num movimento gracioso, oscilante. Era enorme, muito maior do que o primeiro. Um animal de aparência nobre, com a cabeça quase do mesmo tamanho da de uma vaca, a galhada erguida. Olhou direto para nós por uma fração de segundo, depois virou a cabeça para as colinas e começou a correr.

Nesse momento houve um enorme estardalhaço e Henry surgiu cavalgando, com os cães logo atrás. Saltou do cavalo e trocou sua matilha pela de Perfect. Os cães foram liberados e a caçada começou. Meu coração deu um pulo enquanto eu olhava, mas era para o cervo, e não para os cachorros, que eu estava torcendo.

Anda, anda, anda!, pensei, usando a Força, querendo que ele fosse mais rápido. Eu era Obi-Wan Kenobi, de *Star Wars. Este não é o cervo que vocês estão procurando.* E, como se meu truque mental Jedi tivesse funcionado, o cervo suplantou os cachorros com facilidade.

– Olhem para ele! – grasnou Piers enquanto todo mundo se movia para seguir o cervo. – Ele está *amando* isso! Vamos *pegá-lo.*

Nesse momento eu o odiei.

– Hora do show – disse Shafeen, pondo a arma no ombro.

Ele parecia saber o que estava fazendo.

– Você já atirou antes?

– Só em tigres – respondeu ele, e foi andando à minha frente.

Eu não soube se ele estava brincando ou não.

12

Nas horas seguintes, enquanto perseguíamos o cervo passando por bosques, riachos, colinas e vales, eu pensava naquele ritual estranho. Todos os empregados, todos os Land Rovers, todo aquele dinheiro só para que um punhado de garotos riquinhos pudessem matar um cervo.

Em outros momentos, quando víamos nossa presa nobre, eu até me pegava concordando com Piers. Às vezes o cervo parecia sentir algum tipo de prazer em ser mais esperto do que os cães, que latiam sem parar. E se a coisa pudesse ficar assim, nós indo atrás e ele sempre se safando, seria ótimo. Mas, claro, não podia.

Paramos para almoçar em uma cabana, enquanto o cervo ficava "abrigado" em segurança e aparentemente feliz em esperar por uma ou duas horas até que nossa perseguição fosse retomada. A cabana era agradável: um cômodo único com paredes de pedra, vigas de madeira no teto e piso de madeira, como um miniceleiro, mas tinha uma lareira acolhedora e uma mesa comprida arrumada para o almoço. Sobre a lareira havia – adivinhou! – um par de galhadas. Dessa vez sem cabeça, só as galhadas.

Mesmo depois do meu enorme desjejum, eu estava morrendo de fome. Sentei-me à frente de Henry e ao lado de Shafeen, de modo que me senti como um pequeno satélite entre duas superpotências. Na maior parte do tempo fiquei de cabeça baixa e comi.

Por sinal, o almoço foi ótimo. Tivemos um empadão feito com carne de cervo, couve-de-bruxelas (que eu jamais tinha comido fora do Natal) e cenouras, seguido por uma torta de maçã e cassis. Depois foi oferecido queijo Stilton, bizarramente acompanhado de bolo de gengibre. O almoço foi servido por um grupo diferente de empregados, trazidos só para isso.

Assim como no jantar, não havia coisas normais para beber, como suco ou refrigerante, apenas vinho. Fiquei sabendo que os vinhos chiques não são chamados de tinto e branco, mas têm seus nomes próprios. Esse vinho tinto era chamado de Clarete e o branco de Sancerre. Dessa vez, no fim da refeição não houve vinho do Porto, e sim a opção de licor de ameixa com gim ou uísque. Basicamente, você só podia beber água se não quisesse beber álcool. Notei de novo que os medievais bebiam como adultos. (Sei que a maioria tinha 18 anos, mas você entende o que quero dizer.) As garotas não ficaram muito mal e, se Henry ficou, não demonstrou. Mas Piers e Cookson beberam demais. E não aguentaram.

Enquanto comíamos e bebíamos, pensei no cervo lá fora, ofegando no meio das urzes. Sem comer, sem beber, talvez mastigando o capim amargo. Será que ele se permitia se deitar no meio do mato e descansar as patas exaustas? Será que pensava que tinha se livrado? Que os cães latindo e os humanos gritando tinham ido embora? Que estava salvo por mais um dia? Ou será que sabia como funcionava a caça e que, caso se aventurasse até muito longe, seria trazido de volta pelos cachorreiros parados ao redor da colina?

Minha enorme simpatia pelo cervo, que parecia destinado a virar decoração de lareira, tornava difícil ouvir todo o papo furado que escutei no almoço sobre sustentabilidade, abate seletivo e controle animal, e como isso era bom para a população de cervos. Na maior parte, isso vinha das garotas, de Piers e de Cookson, falando uns por cima dos outros com suas vozes de classe alta. Henry não participava.

– Isso tudo é verdade? – perguntei a ele.

Henry deu de ombros e tomou um gole de sua taça de vinho. Acima da borda de cristal, uma luz familiar brilhava em seus olhos.

– Eu simplesmente gosto de caçar – comentou, e senti respeito por sua honestidade, mesmo não concordando. – Mas, falando sério – a mesa ficou em silêncio e todos se viraram para olhá-lo –, na natureza tudo é uma questão de ordem e equilíbrio. Se uma espécie inferior começar a ficar abundante demais, ela deve passar por abate seletivo.

– É verdade – concordou Cookson, o eco de Henry. – Os cervos, por exemplo. Se ficarem numerosos demais, podem ser uma ameaça aos fazendeiros. Podem danificar os habitats da vida selvagem e interferir na criação de rebanhos.

– Um tremendo estorvo – concordou Piers, engrolando a voz ligeiramente.

– Para que as espécies mais elevadas prosperem – continuou Henry em tom comedido, razoável –, as inferiores precisam ser restringidas.

Havia uma energia estranha na mesa, uma atenção faminta.

– Então, o que você está *dizendo* – interveio Shafeen – é que *algumas* espécies não devem ter permissão de ascender.

– Acertou no alvo.

– Você está falando exclusivamente do reino animal?

Henry virou os olhos azuis e frios para ele.

– De que mais seria?

Depois do almoço nos preparamos para sair de novo. Chanel tinha ido ao toalete e os medievais se reuniram num canto. Havia muitos olhares de lado, balanços de cabeça e um estranho ar de antecipação e ansiedade. Shafeen, a meu lado, estreitou os olhos para o grupinho.

– Imagino o que vem por aí.

Vesti o casaco impermeável.

– Não faço a mínima ideia.

Chanel voltou e saímos de novo. Eu não estava errada. Havia um verdadeiro sentimento de empolgação nos medievais. Presumi que estivessem animados com a aproximação da matança. Ao mesmo tempo, Shafeen, que eu esperava que estivesse virando um aliado, ficou cada vez mais recolhido e silencioso à medida que a tarde continuava e a caçada se aproximava do fim.

E inevitavelmente terminou. Havia um sentimento de urgência crescente enquanto o sol descia para o horizonte e o crepúsculo começava a baixar. A temperatura esfriava, e nem mesmo o suéter e o casaco impermeável conseguiam afastar o frio dos meus ossos. Chanel também estava tremendo e, enquanto descíamos o vale, vi Henry alcançá-la, tirar o paletó de tweed e pendurar nos ombros dela. Era um gesto que eu tinha visto um milhão de vezes em filmes, especialmente nos antigos, mas quando Henry fez não pareceu uma coisa esquisita, e sim cavalheiresca e cheia de consideração. Chanel meio se aconchegou no casaco, apertando-o em volta do corpo e agradecendo com elegância. Só por um instante senti uma pontada de ciúme. Será que Henry gostava de Chanel? A ideia me deixou com mais frio ainda.

Descemos a colina até o lago que ficava no fundo do vale. Eu sabia, todo mundo parecia saber, que encontraríamos o cervo lá. E encontramos. Ele estava acuado na água, como meu pai, Piers e Shafeen já haviam me explicado: parado numa postura nobre na borda do lago, as patas desaparecendo sob a superfície, o reflexo perfeitamente replicado na água, naquele dia claro de outono.

Um dia lindo para morrer.

Os cães se amontoaram junto à margem, permanecendo fora da água, mas não por muito tempo. Pareciam não ter pressa, agora que o resultado era inevitável. Nem latiam. Não precisavam. Sabiam que era o final.

O cervo olhou para eles e eles olharam para o cervo. Caçadores e caça. O cervo parecia estar posando para um daqueles retratos que a gente vê reproduzidos um milhão de vezes em aquarelas ou pratos vagabundos, ou bordados em almofadas em casas de chá cafonas: O Cervo Encurralado. Parecia tão nobre e lindo! Muito mais nobre e lindo do que qualquer um de nós. Eu poderia chorar.

– Abaixados – disse Henry, com os dedos abertos, as palmas das mãos viradas para o chão. – Todo mundo abaixado. – E todos nos deitamos nas urzes frias e espinhentas, apoiados nos cotovelos como soldados espreitando o inimigo, praticamente sem respirar.

– Greer – disse Henry em voz baixa, lenta, como um hipnotizador, jamais afastando o olhar do cervo –, parece que você vai ser nossa despachante.

– Eu? – perguntei, incrédula.

Ele sorriu.

– Você está no lugar certo na linha. Ele é seu. – Perfect correu com o corpo dobrado, de cabeça baixa, para me entregar uma arma. Mas, antes que o guarda-caça pudesse chegar até mim, Henry me entregou a dele. – Use a minha.

Nesse ponto meio que parei de me preocupar com o cervo, porque, se *eu* é que iria atirar nele, o bicho jamais estivera mais em segurança na vida. Mas então Henry deslizou até onde eu estava e disse:

– Olhe, é assim.

Ele praticamente se deitou em cima de mim, às minhas costas, com os braços em volta, mostrando como segurar a arma. O cabo de madeira estava quente das mãos dele, o cano de metal frio encostado no meu rosto. Eu estava com mais calor do que tinha sentido durante toda a tarde, mas ainda tremia. Era como aquele momento em *A cor do dinheiro*, quando Tom Cruise mostra a Mary Elizabeth Mastrantonio como segurar um taco de bilhar só para passar os braços em volta dela.

A gente vê isso com frequência nos filmes: um cara mostrando a uma garota como segurar uma raquete de tênis, uma espada ou sei lá o quê. Pode ser bem sinistro se a garota não gostar do cara ou se ele for velho, feio ou mau. Mas, se ela gosta e o cara é um gato, pode ser bem romântico. Nesse momento eu estava sentindo todo tipo de coisa: que era ótimo ter o peso de Henry em cima e seus braços em volta de mim; que era horrível estar segurando uma arma de caça; que eu nunca tinha me sentido tão viva; que estava a ponto de matar uma coisa; que eu queria empurrá-lo de cima de mim e gritar; que queria que ele me abraçasse mais ainda. Era o momento mais empolgante, romântico, nojento e repugnante da minha vida. Eu queria rir e vomitar ao mesmo tempo.

Se eu fosse a pessoa que desejo ser, a pessoa que acho que sou, teria empurrado Henry e espantado o cervo. Mas só fiquei deitada, sentindo o hálito doce de licor de ameixa de Henry de Warlencourt em cima de mim, ouvindo-o dizer:

– *Apoie o cano nessa touceira para ter firmeza... encoste o rosto no cano, dobre o cotovelo um pouco... Isso.*

Ele apontou a espingarda, bem na direção do flanco do cervo; carne quente e peluda, cheia de sangue, nervos, tendões e vida, mas somente por mais alguns segundos. Henry fechou sua mão quente em cima da minha, que estava fria.

– *Agora feche um dos olhos* – disse ele.

Eu poderia dizer a mim mesma que, na verdade, era Henry que estava atirando no cervo, mas sei que fui eu, meu dedo é que estava encostado no gatilho. Ele era o maestro, mas eu era o instrumento.

Naquele longo momento, antes que ele, eu, nós puxássemos o gatilho, a história do cervo de Aidan saltou na minha mente. Pude ouvir o abade lendo o texto na capela da STAGS naquela última missa antes de partirmos para o Justitium.

Quando os cães estavam chegando perto, o bendito santo levantou a mão para o cervo e o tornou invisível. Desse modo, os cães passaram por ele e seus dentes não o tocaram.

Não sou nem um pouco religiosa, mas naquele momento rezei. Não sei se estava rezando a Deus, a santo Aidan ou a não sei quem, mas rezei. *Torne-o invisível*, pensei, espiando o cervo com o olho que mirava ao longo do cano. *Torne-o invisível, pelo amor de Deus. É a única coisa que vai salvá-lo agora.*

Mas dessa vez meus poderes de Jedi não funcionaram. O dedo de Henry apertou o meu sobre o gatilho; com força, doendo. Houve um estrondo enorme junto ao meu ouvido e a arma escoiceou no meu rosto e no ombro, como um soco.

No último segundo fechei os olhos, incapaz de olhar.

13

Achei que a caçada tinha acabado. Mas não.

Subitamente, com um cansaço mortal devido ao exercício e a um milhão de emoções, eu me sentei no cascalho frio e olhei o cervo morto na água rasa, um lado do corpo e um dos grandes chifres rompendo a superfície do lago.

Ele tinha parecido nobre em vida, mas agora era quase mítico. Tudo que dava para ver era meia silhueta acima da água prateada. A outra metade era de novo um reflexo perfeito, mas dessa vez completando a galhada e o corpo para formar uma estranha criatura alienígena. Era como aquela atividade que a gente faz no jardim de infância – você sabe, quando a gente pinta apenas a metade do desenho e depois simplesmente dobra o papel para completá-lo.

O lago estava todo tremeluzente no crepúsculo e parecia aquele de *Excalibur*, onde Artur consegue sua espada e depois a joga de volta, no final. De repente, o lago relampejou e ficou turvo quando meus olhos se encheram de lágrimas.

Deveriam deixá-lo aqui. É um lugar adequado para ele, pensei, enquanto enxugava os olhos.

Mas não. Os cachorreiros e Perfect entraram no lago e arrastaram o cervo morto para a margem. Fizeram isso puxando a galhada como se fosse um guidão de bicicleta. Assim que o cervo repousou no cascalho, Perfect pegou uma faca de caça e cortou a garganta dele. Enquanto o animal sangrava nas pedras, Perfect furou sua barriga e começou a abri-lo com uma espécie de movimento de serra. Então, como se eu estive assistindo a algum filme de terror, vi quando ele enfiou as duas mãos dentro do cervo e puxou as tripas para um saco forrado de plástico.

As entranhas tinham a aparência de cobras azuis e pareciam se mexer enquanto deslizavam e se acomodavam, fumegando com o último calor da vida. O vapor perolado no crepúsculo dava ao cadáver uma aparência ainda mais mágica, se bem que agora o cervo trucidado parecia mais uma coisa do Dia das Bruxas do que algo lendário. Tremi quando Henry se aproximou com Cookson a tiracolo.

– Está com frio, Greer? – perguntou, solícito. Ele não podia me dar seu paletó, já que o tinha oferecido a Chanel. Em vez disso, fez uma oferta muito menos charmosa: – Se o saco da caça não fosse tão pesado, eu perguntaria se você quer carregá-lo. As entranhas ficam bem quentes até chegarem em casa.

– É como uma bolsa quente – disse Cookson, com seu dom usual de repetir tudo que Henry diz.

Encolhi-me diante dessa imagem nojenta, mas então, para mostrar que não era totalmente ignorante das tradições da caçada, falei:

– É melhor deixar para os cães. Eu não gostaria de privá-los do prêmio.

Henry e Cookson voltaram para o cervo morto, e foi então que notei uma coisa estranha. Os cães não estavam ali. Não havia um único à vista. Isso era estranho de verdade. Talvez eles soubessem que a caçada havia acabado e simplesmente tivessem subido a colina como fantasmas, prontos para ser postos no canil para passar a noite. Parecia estranho não terem esperado a recompensa, mas ao mesmo tempo fiquei satisfeita porque não precisei olhá-los se refestelarem com as entranhas do cervo.

Mas o horror não havia acabado. Perfect parecia estar fazendo malabarismo com alguma coisa escorregadia, cortando pedaços e distribuindo-os. Colocou um pedaço na minha mão – parecia uma gelatina quente.

– Obrigada, eu acho. O que é?

Claro que Perfect não respondeu. Nunca o ouvi falar com ninguém a não ser o patrão.

– É o fígado do cervo – disse Shafeen ao meu lado. – Você deveria comer. Todo mundo que participou da matança recebe um pedaço.

– Cru? Verdade?

– Eles não chamam isso de esporte de sangue à toa – observou Shafeen, colocando o seu pedaço com cuidado na boca.

Larguei o meu no cascalho, enojada, e enxuguei a mão num lenço de papel. Sei que tinha comido chouriço no café da manhã, mas aquilo era um pouco demais. Porém os medievais estavam todos mastigando felizes, como se fosse um doce ou sei lá o quê.

Enquanto a carnificina na margem do lago continuava, Piers se aproximou.

– Quer um dos cascos? É tradicional dar um aos calouros, sabia?

Fiquei nauseada.

– Não precisa – respondi.

– Como quiser – disse Piers, obviamente desagradado com meu desrespeito pela tradição. –E você, Punjab? É uma boa lembrança. Um para você e um para a Carphone, hein?

– Não sou calouro – disse Shafeen com frieza. – Chanel pode querer, mas duvido. – Ele olhou em volta. – Aliás, onde está a Chanel?

Chanel tinha ido embora. Desaparecera completamente.

Olhamos em volta do lago, circulando em grupos de dois ou três. Shafeen e eu chamamos o nome dela até ecoar na água e nas montanhas. Encontramos os outros voltando, sem que nenhum de nós pusesse os olhos em Chanel. Enquanto fazíamos isso, Perfect foi verificar a cabana e os carros, mas voltou balançando a cabeça.

Era assustador. O terreno tinha mudado totalmente com o pôr do sol. O lago era uma coisa lisa e preta, o ar noturno cheirava a animal trucidado. As colinas eram ombros escuros e corcundas e as árvores, sem as folhas do verão, eram galhadas pretas contra o céu púrpura. A busca continuou com afinco, já que logo seria noite.

Eu esperava que os medievais gemessem e revirassem os olhos. Esperava que Piers a chamasse de esquisita e Cookson a rotulasse de "maldito estorvo". Esperava que as garotas, ao menos, optassem por ir para casa tomar banho enquanto os garotos e os empregados procuravam pela propriedade. Mas, talvez instigadas pela nova amizade, todas estavam ansiosas para ajudar a procurar. Na verdade, os medievais partiram para a ação como uma máquina. Caçadores durante séculos, aquele era o momento deles. Armaram-se com lanternas, cantis e facas de caça.

– Certo – disse Henry. – Quem a viu por último? E onde?

– Ela foi ao banheiro depois do almoço – falei, preocupada demais para me incomodar se estaria usando a palavra certa para toalete. – Mas estava com a gente quando descemos o vale até o lago.

– Ela estava definitivamente conosco no desfiladeiro – declarou Shafeen. – Você ofereceu seu paletó a ela.

– Ofereci mesmo – disse Henry. – Vamos voltar até o desfiladeiro, então. É um bom lugar para começarmos.

Então eu não era a única que tinha percebido o negócio do paletó; e pelo jeito não era somente Henry que gostava de Chanel. Shafeen tinha saltado para salvá-la da humilhação com a história da mãe tigresa e aparentemente estivera observando-a hoje. Sem dúvida, durante a busca ele tinha parecido mais preocupado com ela do que qualquer um de nós.

Ainda que eu não conseguisse deixar de pensar que os medievais estavam curtindo essa inesperada expedição ao crepúsculo como uma extensão do dia, Shafeen parecia preocupado de verdade. Estava atento e silencioso feito uma pedra, ouvindo com atenção. Olhando-o à meia-luz, quase pude acreditar que ele era filho de uma tigresa. Era furtivo, mas não deixava nada escapar.

Ele seguia a trilha de Chanel com a segurança de um grande felino. Enquanto os medievais bebiam de seus cantis e batiam papo, Shafeen foi quem descobriu as únicas pistas que tínhamos. Ele viu, embolada num arbusto de tojo, uma mecha comprida e loura do aplique de Chanel. E viu, pisoteado na lama, o boné chato de tecido xadrez cor de gengibre chique demais. Amassou-o nas mãos como se fosse um lenço. Ele parecia empenhado.

– Pelo menos sabemos que ela veio nessa direção – consolei-o. – Uma pena não termos os cães. Poderíamos mandar que eles farejassem o boné.

Minha observação foi recebida com um estranho silêncio por parte de todos os medievais, mas Shafeen se virou para me olhar e, mesmo ao crepúsculo, pude ver uma expressão estranha no seu rosto, como se ele tivesse acabado de perceber uma coisa. Ele abriu a boca para falar, mas nesse momento ouvimos dois sons pavorosos vindo dos morros escuros.

Os latidos dos cães.

E um berro humano.

Com os fachos das lanternas se entrecruzando em padrões loucos, corremos na direção do barulho. O som dos latidos era fantasmagórico, e uma lembrança de ter assistido a uma versão antiga de *O cão dos Baskervilles*, em que havia um cachorro enorme com mandíbulas pingando sangue, não me ajudou nem um pouco. Pior ainda eram os gritos, um som que eu sabia que era produzido por Chanel. E o pior de tudo foi o momento em que os gritos pararam. Como bem diz Hannibal Lecter em *O silêncio dos inocentes*, é quando os gritos param que a gente precisa se preocupar.

No escuro e na confusão, e devido a algum truque esquisito da acústica naqueles morros, era difícil saber de onde, exatamente, vinha o som. Até que Shafeen nos levou para um estreito desfiladeiro de pedra onde fendas de calcário penetravam no morro. Parecia que algum monstro gigantesco tinha aberto três rasgos na paisagem. Na boca do maior deles, os cães estavam embolados, frenéticos, com sede de sangue. Shafeen e eu avançamos correndo, com Henry logo atrás, abrindo caminho por entre os cachorros.

– Chanel! – gritamos. – Chanel!

Então ficamos em silêncio, fazendo força para escutar. Em algum lugar, abaixo dos latidos frenéticos dos cachorros, escutei uma voz fraca:

– Aqui!

Shafeen estava à minha frente, enfiando o corpo na fenda mais comprida.

– Sou alto demais – ofegou ele.

– Deixe que eu vou. – Empurrei-o para fora do caminho e me arrastei no espaço minúsculo. Não conseguia ver nada. – Uma lanterna – pedi, estalando os dedos com impaciência do lado de fora da fenda.

Shafeen pôs uma lanterna na minha mão e eu a apontei para dentro da fenda. Ali, embolada, imunda e coberta de lágrimas, estava Chanel. Quase gritei de alívio. Até aquele momento não tinha percebido que, desde que os gritos haviam parado, eu pensava que ela estava morta.

Estendi a mão.

– Venha. Agora você está em segurança.

Ela balançou a cabeça várias vezes, desesperada como se quisesse arrancá-la do corpo.

– Não posso sair – disse, com mais decisão do que eu jamais a tinha ouvido dizer qualquer coisa. – Os cachorros.

– Chanel, você está bem. Estamos todos aqui.

Mas ela só balançava a cabeça, encolhida no canto. Voltei me arrastando até Shafeen e Henry. Eles estavam com expressões idênticas de expectativa e preocupação.

– Ela está bem – gritei acima dos latidos. – Mas não vai sair enquanto os cachorros estiverem aqui.

– Você não pode mandá-los embora? – gritou Shafeen para Henry.

De algum modo, na emergência, os dois tinham se aliado.

– Sem dúvida – respondeu Henry. – Deixe comigo. – Ele assentiu na minha direção. – Diga para ela se preparar.

Enfiei a cabeça de volta na caverna e estendi a mão.

– Henry está cuidando dos cachorros. Ele disse para você se preparar.

Evidentemente, ela confiava mais em Henry do que em mim, porque dessa vez pôs a mão na minha. Estava gelada.

Puxei-a até a boca da fenda, com o corpo entre os cachorros e ela, mas até eu estava com medo deles. Deviam ser uns cinquenta e pareciam transformados, diferentes das criaturas que eu tinha visto de manhã, amistosas, babonas e balançando o rabo. Seus dentes eram afiados e brancos, as línguas, vermelhas, as mandíbulas espumando.

Eu me lembrei de uma aula de Latim na STAGS. Os cinquenta cachorros que tinham devorado o pobre Acteon tinham entrado num "frenesi lupino". Bom, isso aqui era um frenesi lupino, sem dúvida. Alguma coisa em Chanel estava deixando-os loucos.

Então vi Henry sair da escuridão atrás deles, segurando a sacola da caça no ombro.

– *Agora!* – gritou e abriu a sacola, derramando as tripas do cervo, ainda fumegando, no meio da matilha de cachorros.

Num fervor, eles rasgaram as entranhas, com sangue voando para todo lado. No mesmo instante, puxei Chanel para fora da caverna e passamos por eles, mas grandes riscas de sangue foram jogadas no paletó de Henry, fazendo-a berrar de terror. Não era exatamente *Carrie, a estranha*, mas não estava longe disso. Arrastei-a o mais para longe que pude morro abaixo, mas as pernas dela cederam e Chanel desmoronou no capim. Arrasada, me deixei cair ao lado dela.

Shafeen veio correndo e se ajoelhou.

– Você está bem? – perguntou.

Chanel estava esticando o pescoço e tentando enxergar em volta, a fim de garantir que os cachorros não a perseguiam mais. Os animais estavam preocupados com outra coisa, alimentando-se como uma matilha de lobos, acalmados pelo sangue. Mesmo assim, Chanel só conseguiu falar quando os cachorreiros os levaram até uma boa distância.

– *Agora* estou bem.

Henry veio para perto e se ajoelhou também. Shafeen e ele pareciam rivais brigando pela mão da princesa, um moreno e outro louro. E ainda que agora a princesa estivesse bem maltrapilha, com o cabelo louro e comprido todo embolado e as roupas arruinadas, eles ainda tinham olhos somente para ela. Então Henry fez uma coisa esquisita. Achei que ele iria abraçá-la, mas em vez disso pegou seu paletó de volta. Tirou-o dos ombros dela.

– Está todo coberto de sangue – disse, explicando. – Vou mandar Perfect trazer um dos Land Rovers o mais rápido que puder, para pegar você. Você vai estar quente e seca num instante.

Ele foi instruir seu guarda-caça e os cães, vendo-o no mesmo instante, se juntaram ao redor dele, devotados, de novo brincalhões como filhotes. Ficaram nos calcanhares de Henry enquanto ele dava ordens a Perfect, mas por acaso o transporte do chefe dos guarda-caças não era necessário. Shafeen literalmente tomou a coisa nas próprias mãos.

– Venha – disse a Chanel. – Não adianta esperar o protocolo. Você vai congelar.

Em um movimento fluido, ele a pegou no colo e subiu a montanha com ela na direção dos carros, com todos os medievais olhando boquiabertos. Era como aquela cena de *Razão e sensibilidade* em que Willoughby carrega Marianne para fora da tempestade.

Deixei-me cair na grama fria, deitada, olhando as estrelas. Estava exausta. Uma manhã inteira andando. O cervo encurralado. O tiro. E depois, antes mesmo de eu ter processado a realidade de ser uma assassina de cervo, todo o drama de procurar Chanel. (Por sinal, se você está pensando que a morte do cervo era o assassinato que eu cometi e que ele foi a minha única vítima, está errado ou errada.)

Acabei me levantando. O medo de ser deixada para trás me deu força para mexer os ossos cansados. Com as pernas bambas, segui as lanternas de volta aos carros. E durante todo esse tempo, depois de tudo que tinha acontecido, eu só pensava (e sei que para uma feminista convicta isso não me coloca sob uma luz muito boa) que eu *realmente* gostaria de ter alguém para *me* carregar montanha acima, daquele jeito.

14

É realmente inacreditável o poder revigorante de um banho quente, de uma xícara de chá e de uma lareira acesa. Menos de uma hora depois de voltarmos para casa no nosso comboio de Land Rovers, eu me senti humana de novo. E foi ótimo, já que aparentemente a coisa seguia como sempre em Longcross.

Vestido em cima da cama. Bebidas às sete e meia. Jantar às oito.

Peguei o vestido. Esse era de um vermelho-escuro, tipo sangue arterial. Lembrei-me do sangue do cervo no cascalho, do fígado quente que eu deveria comer. Jeffrey me olhava da parede e eu me peguei *desejando* que Betty aparecesse. Era difícil estar sozinha no Lowther com Jeffrey, e naquela noite senti que a cabeça do cervo tinha uma expressão particularmente crítica.

– Sinto muito – falei.

E sentia mesmo. Agora sabia que Jeffrey não era uma piada. Agora sabia que ele não tinha vindo a este mundo como uma cabeça numa placa. Sabia como ele havia morrido e que tinha sido uma criatura viva, que respirava. Como a que tinha passado correndo por mim e agitado o ar do outono e como a que eu tinha despachado enquanto estava sem saída naquele lago. Esperava que Jeffrey soubesse que eu não teria puxado o gatilho sozinha. Mas isso tornava a coisa melhor? Mais do que nunca eu sentia a falta de uma TV para preencher o silêncio acusador. Em vez disso, sequei o cabelo na frente da lareira, olhando para o fogo. Era bastante hipnótico. Uma TV com só um canal.

Quando Betty veio me vestir, meu cumprimento foi meio exagerado, de tanto alívio. Agora acostumada com os procedimentos, deixei que ela me ajudasse a entrar no vestido. A cor de sangue combinava comigo, fazendo com que eu me sentisse mais culpada ainda. Quando ela me sentou diante do espelho para arrumar o cabelo, falei:

– Betty... será que poderia ficar menos... cacheado do que ontem à noite? Sabe, mais ondulado do que encaracolado? Por favor?

Como você provavelmente imagina, eu não sabia como falar com os serviçais, mas não precisaria me preocupar; ela foi bastante obediente, do seu modo carrancudo.

– Claro, senhorita.

E fez um bom trabalho. Dessa vez foram ondas suaves, com minha franja pesada partida no meio. A cor forte do vestido vermelho exigia um pouco mais de maquiagem do que o rosa suave da noite anterior. Assim, coloquei um pouco de sombra cinza esfumada nas pálpebras. Fiquei satisfeita com a minha aparência, mas pensei de repente em Chanel. Como ela devia estar se sentindo?

Espantosamente, depois de todo o drama, não nos atrasamos para o jantar. Mas vi na mesma hora que a mesa estava arrumada apenas para oito. Chanel não estava lá e não havia lugar posto para ela, como se os empregados soubessem.

Sentei-me, agora familiarizada com a quantidade de talheres de prata. Nessa noite eu estava sentada entre Esme (zzzz...) e Cookson (eca).

– Chanel está bem? – perguntei a Esme.

– Está – respondeu ela me tranquilizando. – Só ficou meio abalada, por isso tomou um banho e foi para cama. Henry mandou que o jantar fosse levado ao quarto dela.

De imediato senti uma pontada de inveja. Seria bom jantar na cama. De repente pareceu uma tarefa impossível suportar todos aqueles pratos chiques enquanto batia papo com medievais aleatórios. Shafeen e Henry, meus únicos aliados e colegas no resgate de Chanel, estavam na outra ponta da mesa.

Contido, Shafeen conversava com Piers quando não tinha que suportar Charlotte pondo a mão nele do outro lado. Obviamente, ela também tinha ficado impressionada com seu cavalheirismo na montanha. Henry e Lara conversavam com as cabeças louras juntas, em voz baixa. Ela parecia bem chateada com alguma coisa – talvez não tivesse gostado de Henry ter dado o paletó a Chanel ou, mais provavelmente, de ele ter deitado em cima de mim quando atiramos no cervo. Ele certamente não parecia um homem de uma mulher só.

Lembrei-me dos braços de Henry em volta de mim, aquela sensação que tinha morrido junto com o cervo. E, como se minha lembrança o tivesse instigado, Henry se levantou com a taça na mão.

– Um brinde muito especial a Greer, uma caçadora novata que despachou um cervo na primeira caçada. – Ele me fitou com seus olhos azuis muito diretos e o sentimento caloroso retornou. – Senhoras e senhores, um brinde a Greer MacDonald.

Eu não sabia direito o que fazer, por isso fiquei sentada feito uma imbecil enquanto todos se levantavam e erguiam as taças. Repetiram meu nome, todos me olhando, depois esvaziaram as taças e se sentaram. Houve aplausos. Era surreal. Nunca tinham feito um brinde para mim.

Desejei que o brinde não tivesse sido por matar um animal. Na ocasião acreditei que Henry achava que estava sendo galante, mas preferiria que ele não tivesse sido – preferiria que ele tivesse assumido o crédito e a culpa.

Então a coisa piorou. Dois empregados trouxeram um grande livro preto e o abriram na frente de Henry, na página certa. O volume parecia realmente antigo, com uma capa de couro preto. Um terceiro empregado entregou uma caneta a Henry. Não era exatamente uma pena, mas parecia tipo a caneta mais antiga que você pudesse arranjar; uma daquelas canetas-tinteiro dos tempos de guerra que os ministros usavam para assinar tratados de paz.

– O que está acontecendo? – perguntei a Esme.

– Henry está colocando seu nome no livro de caça.

Meu Deus.

– Só o meu?

– Não, sua boba. A data. Quem estava lá. O que nós matamos. E o seu nome como a responsável pela morte.

Fantástico, pensei. *Meu assassinato estava entrando literalmente nos anais da história.*

– Ah, maravilhoso. Que bom que meu feito nobre será registrado para a posteridade.

Ela não percebeu o sarcasmo.

– Eu sei! Você deve estar muito orgulhosa.

Os criados estavam servindo o prato principal em louças com bordas de ouro.

– Não é o cervo que eu matei, é? – perguntei, não totalmente brincando. Não sabia se suportaria comer a minha vítima.

Esme me olhou como se eu fosse louca.

– Não se pode comer carne de cervo imediatamente – respondeu escandalizada. – É carne de caça. Precisa ser pendurada.

Aparentemente o cervo não tinha sofrido o suficiente.

– *Pendurada?*

– Para começar a apodrecer. Isso amacia a carne.

A conversa estava assumindo um rumo nojento, por isso desisti de Esme e me concentrei no jantar. Depois de todo o drama, estava morrendo de fome. Parti para o que quer que estivesse à minha frente – algum tipo de carne de ave com molho de vinho. A princípio estava muito bom, bem gostoso. Então mordi uma coisa pequena e dura.

Minha mente saltou para todas aquelas histórias que a gente lê na internet sobre pessoas que encontram uma obturação de dente em seu nugget de frango. Discretamente cuspi a coisa no prato, onde ela soltou um *ting* metálico e agudo ao bater na louça. Ali estava uma bolinha mais ou menos do tamanho e da cor de uma daquelas continhas prateadas que vêm em cima dos docinhos nas festas infantis.

– O que é *isto*?

Cookson, do outro lado, se virou para mim.

– O que foi?

Apontei a faca para a bolinha de metal.

– Ah, você está comendo faisão – disse Cookson. – Ele levou um tiro de espingarda.

Eu estava ficando meio aborrecida. Não precisava de uma autópsia.

– Não preciso saber *como* ele morreu.

Cookson começou a rir. Ele tinha um daqueles risos silenciosos, sacudindo os ombros.

– Não, quer dizer, é do tiro. Você está comendo o *chumbinho*. As bolinhas que mataram o faisão.

Fiquei chocada.

– Não podem tirar as balas antes?

– Eles até tentam, mas raramente conseguem tirar todas. No tiro ao pássaro a gente usa uma espingarda que espalha chumbinho. Não é como a que você usou hoje para matar aquele cervo.

As pessoas precisavam ficar me lembrando disso?

Cookson continuou a explicar:

– Cada cartucho de espingarda tem uma tonelada dessas bolinhas de chumbo dentro. Quando você atira, as balas saem num arco largo. – Ele descreveu a trajetória com as duas mãos, separando-as num cone amplo. – Isso dá maior chance de acertar em alguma coisa. As danadas se espalham para todo canto. – Ele tomou um gole. – Amanhã você vai ver.

Na hora eu não soube como as palavras dele eram verdadeiras.

Fiquei de cabeça baixa durante um tempo, ouvindo a conversa. Esperava que o papo fosse sobre Chanel e o que havia acontecido na montanha. Mas isto é que é esquisito: ninguém disse *absolutamente nada*, a ponto de eu me perguntar se seria uma questão de bons modos. Talvez fosse deselegante se referir, diante do anfitrião, ao fato de que a caça ao cervo tinha se transformado numa caçada humana. Sem querer ser selvagem, também não mencionei o incidente, até que Cookson se encheu de vinho e acabou puxando o assunto:

– Tremendo azar o da sua amiga.

– Eu não diria que ela é minha amiga – respondi afável. – Só a conheci direito ontem.

– O negócio com os cães – continuou Cookson como se não tivesse me ouvido – é que eles seguem a natureza. São criaturas de instinto.

Então se inclinou suficientemente perto para eu sentir seu hálito de vinho azedo e disse uma das coisas mais desagradáveis que tinham sido sussurradas no meu ouvido em todos os meus 17 anos:

– Pergunte à sua amiguinha se ela estava menstruada. Os cães velhos sentem o cheiro. Era atrás do sangue que eles estavam.

Nojento. Tinha sido um dia de sangue: chouriço, assassinato do cervo, fígado distribuído e uma sacola cheia de entranhas, um vestido vermelho e agora esse fato interessantíssimo. Depois dessa excelente observação sobre a biologia feminina, ainda por cima saída dos lábios de Cookson, praticamente perdi o apetite, além da capacidade de jogar conversa fora. Fiquei aliviada quando as sereias foram para a sala de estar e eu pude pedir licença e ir para a cama.

Eu estava tão cansada que mal consegui subir a escada da Mansão Wayne. Com seu grosso tapete escarlate, as pinturas enormes e opressivas, ela parecia mais alta do que as colinas por onde andamos o dia todo.

Quando finalmente cheguei ao topo, só precisava virar à direita para chegar ao Lowther, sair do vestido vermelho e cair na minha linda cama.

Hesitei só um momento, deliberando, oscilando de cansaço. Então o sentimento de sororidade venceu.

Merda, falei baixinho, e me virei para a esquerda, em direção ao quarto de Chanel.

15

O quarto de Chanel também tinha nome. Estava escrito em ouro desbotado num painel de madeira acima da porta. *Cheviot.* Li enquanto esperava que ela atendesse à batida. Esperei um tempão. Ela não atendeu, por isso, depois de um tempo, girei a maçaneta e entrei.

Chanel estava sentada na cama, ainda acordada. A bandeja do jantar estava ao lado, sobre a colcha. Sem que ela me convidasse, fechei a porta e fui me sentar na cama. Precisei empurrar a bandeja um pouco e pude ver que a comida não havia sido tocada.

O fogo na lareira ardia alegre e o quarto estava quente, mas Chanel usava seu grosso roupão atoalhado, numa palidez fantasmagórica e com uma expressão assombrada e vagamente familiar. De repente, como um soco no estômago, me lembrei de onde tinha visto aquilo antes. Foi no rosto de Gemma Delaney, a garota da minha antiga escola que havia me alertado para, de jeito nenhum, aceitar o convite.

Chanel não disse nada quando me sentei. Só afundou nos travesseiros. Eu não estava esperando uma recepção calorosa nem um agradecimento por tê-la tirado daquela caverna. Ela franziu os lábios numa linha fina e não disse nada.

– Belo quarto – falei, tentando quebrar o gelo.

E era: as paredes e as colchas eram de um azul ovo de pata e ouro desbotado. Olhei instintivamente acima da lareira e notei um espaço vazio com um trecho mais claro de papel de parede no local equivalente a onde Jeffrey estava no meu quarto. Achei que ela tinha sido poupada da companhia da cabeça de um animal morto até ver uma cabeça de raposa sarnenta, com os dentes à mostra, no cesto do lixo.

– Cheviot, não é? – perguntei. – O meu quarto se chama Lowther.

Nada.

– Que tipo de gente dá nome aos quartos? – Chanel continuou sem dizer nada, por isso comecei a me remexer, nervosa. – Quer dizer, já ouvi falar de gente que dá nome às casas, fazem isso até na nossa rua, e é só uma casinha geminada vagabunda, com "Dunroamin" ou algo do tipo pintado, para tentarem se enganar e pensar que não estão morando numa rua com umas quinhentas casas idênticas. Mas um quarto com um nome, dentro de uma casa? Nunca. Quer dizer, é tipo...

Ela cortou meu monólogo:

– Eles estavam *me* caçando, Greer.

– Quem? Os cachorros?

– Não – respondeu ela com clareza. – Os medievais.

Fiquei sentada em silêncio por um momento, absorvendo o que ela dissera. Até aquele momento eu não tinha percebido o preço psicológico que a tarde havia cobrado de Chanel. Francamente, ela estava dizendo coisas malucas.

– Acontece, Chanel – falei com gentileza –, que pode haver uma explicação simples para tudo aquilo. Você está... naqueles dias?

Bom, odeio essa expressão e sempre odiei. Acho que é porque é a que meu pai usou quanto tentou me explicar o conceito de menstruação. Coitado. Na ausência da minha mãe, sobrou para ele, e estava tão desajeitado e desconfortável...

Mas Chanel não pareceu se incomodar.

– Esme também me disse isso.

– E... você *está*?

– Estou – respondeu ela.

– Bom, é isso aí. Os cachorros ficaram confusos, agitados com o cheiro de sangue. Afinal de contas, eles foram treinados para isso.

– *Não* – disse ela. Foi quase um grito. E começou a balançar a cabeça, como tinha feito na caverna. – Não. Eles estavam me caçando. Eu estava mesmo com frio quando desci a colina, apesar de Henry ter me dado o paletó. – Sua voz se aqueceu um pouco. – Aquela galocha nova que eu tinha comprado estava me matando e fiquei para trás. Fui separada dos outros, como o cervo. – Ela passou a mão pelo cabelo, tentando subconscientemente jogá-lo como as garotas medievais faziam. Não deu certo. – Perdi vocês de vista. Por isso pensei em voltar para os carros, mas devo ter me perdido. Então eles vieram atrás de mim. – Ela se encolheu mais ainda dentro do roupão. – Foi horrível, Greer. Como um pesadelo. Eles saíram da escuridão, uns vinte ou trinta, latindo feito loucos. Eu simplesmente corri. – Ela estremeceu. – Fiquei pensando no Acteon, da aula de Latim de ontem.

Ontem? Aquela última manhã de aulas na STAGS parecia ter acontecido anos atrás.

– Lembra? Acteon viu a deusa Ártemis nua e, como castigo, foi despedaçado por cinquenta cães.

– Lembro – respondi baixinho.

– Eu achei que ia acontecer *comigo*, Greer. Tentei escapar, ir para lugares onde eles não poderiam me alcançar, entrando na floresta, atravessando riachos, mas eles sempre me achavam. *Sempre.* Se eu não tivesse encontrado aquela caverna…

Ela parou e olhou para as próprias mãos e eu vi que suas lindas unhas, as que tinham pequenas luas crescentes, estavam todas sujas e lascadas. Estranhamente, foi a visão das unhas, mais do que qualquer coisa que ela havia contado, que me deu vontade de chorar. Chanel havia quebrado as unhas em desespero tentando entrar naquela caverna. Mas o que ela estava dizendo *não podia* ser verdade. Podia?

Chanel estava falando de novo em voz baixa:

– Quando papai inventou o smartphone Saros, nós ficamos ricos bem depressa. Quando saiu o Saros 7S, eu estava rica demais para ficar na escola antiga: minhas amigas achavam que eu estava metida a besta. Papai e mamãe pensaram que eu ia me encaixar melhor na STAGS. Papai dizia que agora eles eram nosso tipo de gente. Mas não foi assim. Ninguém falou comigo durante o período inteiro.

Agora foi minha vez de olhar para minhas mãos. Se eu ao menos soubesse que Chanel estava se sentindo como eu, teria me esforçado mais para ser amiga dela.

– Quando recebi o Convite para vir para cá, fiquei feliz demais. Pensei que isso significava que eu tinha superado as barreiras. Consegui todas as roupas certas, tudo. Treinei como iria falar, estudei bons modos, etiqueta, que tipo de garfo usar... Se eu não me encaixo aqui e não me encaixo lá, qual é o meu lugar? Será que eles me trouxeram aqui como uma *caça*? Será que eu sou só isso para eles?

Notei que, quando Chanel não tentava parecer chique, ela falava com um sotaque suave de Cheshire bem legal. Mas o que estava dizendo era insano.

– Você está deixando sua imaginação dominar sua razão. Se for honesta consigo mesma, vai saber que já estava com medo dos cachorros, não estava?

Eu me lembrei de sua expressão cautelosa na entrada de veículos antes da caçada, de como evitava os rabos deles batendo nas pernas.

– É – admitiu ela. – Eu não gostei deles, nem de manhã.

– Tudo que aconteceu é que, assim que o cervo foi morto, eles ficaram entediados, pegaram outro cheiro e foram atrás de você. Claro que foi assustador, mas foi só um jogo para eles.

– E para os medievais – disse ela com amargura. – Eles *planejaram* isso. Eu *sei*. A caça ao cervo era só o aquecimento. Como eles pareciam, quando foram me procurar?

Para dizer a verdade, apenas Shafeen tinha parecido genuinamente preocupado, mas, depois da fala de Chanel e de sua paranoia ridícula sobre estar sendo caçada, eu não queria deixá-la pior sugerindo que os medievais não eram seus amigos de verdade. Por isso contei parte da verdade:

– Eles estavam ansiosos para achar você. Todos se uniram para procurá-la, absolutamente todos. Na verdade, foi o Henry que distraiu os cachorros.

– Não estou falando do Henry. O Henry é legal. – Ali estava, de novo, o calor na voz dela. – São os *outros*.

Dei um tapinha na colcha azul e dourada.

– Você só precisa dormir.

Ela me olhou apreensiva, com os olhos avermelhados.

– Você fica comigo? Até eu dormir?

Eu estava morrendo de cansaço, mas concordei:

– Claro. Tudo vai ficar bem amanhã de manhã. Essa tarde foi apenas um terrível acidente, você vai ver.

Segurei uma das suas mãos com as unhas quebradas. O punho estava fechado com força. Sorrindo, de brincadeira, abri-a, dedo por dedo, tentando fazê-la relaxar para poder segurá-la direito.

Havia alguma coisa em sua mão fria.

Várias coisas.

Abri a mão dela totalmente e olhei. Eram sementes compridas e claras.

– O que é isso?

Ela encolheu os ombros no roupão de banho.

– Não sei. Estavam no bolso do paletó do Henry. Quando eu estava na caverna, fiquei procurando nos bolsos alguma coisa para jogar para os cachorros, qualquer coisa tipo comida, para distraí-los. Mas só havia essas sementes.

Olhei as sementes com atenção. Eram um pouco maiores do que grãos de arroz, com pequenas saliências correndo por toda a extensão. Era o tipo de coisa que o pessoal do campo sempre carregava nos bolsos. Talvez fossem sementes de grama, não sei.

– Bom, você não precisa disso agora.

Peguei-as uma a uma da palma da mão dela e coloquei num minúsculo jarrinho esmaltado em estilo chinês na mesinha de cabeceira.

– Estão em segurança aí. Deite-se.

Peguei um travesseiro e a ajudei a se acomodar na cama. Depois segurei sua mão de novo, enquanto ela fechava os olhos, e soltei apenas quando tive certeza de que ela estava respirando com tranquilidade.

De repente, senti um afeto de verdade por ela. Chanel parecia uma menininha. Se Cookson dissesse que ela era minha amiga agora, eu não iria corrigi-lo.

– Boa noite, Chanel – sussurrei.

Já estava junto à porta quando ouvi sua resposta:

– Greer.

Virei-me, com a mão na maçaneta. Seus olhos ainda estavam fechados, a voz realmente sonolenta.

– É Nel – disse ela. – Tentei dizer a todo mundo o período inteiro, mas não pegou.

Eu sorri.

– Durma bem, Nel.

16

Assim que fechei a porta suavemente e me virei para voltar ao meu quarto, minha alma quase pulou para fora do corpo. Henry estava no corredor, logo atrás de mim, encostado no lambri de carvalho, os pés cruzados, as mãos nos bolsos, a gravata-borboleta branca desamarrada e a camisa aberta no pescoço. Parecia um modelo.

Pus a mão no peito.

– Você me deu um susto!

Ele sorriu e levantou as mãos, pedindo desculpas de um jeito gracioso.

– Desculpe. Ela está bem? Eu ia dar uma olhada.

Ele estava *preocupado*. Não pude deixar de sentir um pouco de ciúme. Talvez Nel fosse mesmo o motivo para Lara estar tão irritada durante o jantar, e não eu.

– Está dormindo – respondi. – É melhor deixá-la descansar.

Garanto que eu não estava tentando mantê-los separados; estava pensando genuinamente em Nel, mas sei que você não vai acreditar quando ouvir o que aconteceu em seguida.

Henry assentiu, me olhando com atenção o tempo todo.

– Venha – disse ele. – Quero mostrar uma coisa.

Ele pegou minha mão. Sem dúvida essa seria a noite que não acabaria nunca, mas de repente eu não estava nem um pouco cansada.

Ele subiu uma escada comigo e eu não resisti. Deixei minha mão repousar na dele, sentindo, como acontecia com frequência, que estava num filme. Ele de gravata branca, eu no vestido de noite, ele me puxando por uma casa escura, subindo, sempre subindo.

Crepúsculo, pensei. *Edward e Bella.*

E, como naquele filme, era perigoso, era errado. Mas, de algum modo, era certo. No topo da casa havia uma espécie de galeria comprida, com piso encerado que seria fantástico para escorregar usando meias. Dos dois lados havia pinturas estilo Velho Mundo, de pessoas que se pareciam todas com Henry. Elas olhavam de cima de seus narizes Warlencourt ao longo do piso enluarado, que brilhava como um tentador rinque de patinação, parecendo que certamente não aprovariam alguém deslizando com meias. Mas Henry se virou para mim com um brilho nos olhos e um sorriso malicioso. Chutou os sapatos para longe. Obviamente estava pensando a mesma coisa.

– Venha – disse ele.

Deslizamos sob os olhares desaprovadores e os narizes Warlencourt, guinchando feito criancinhas.

– Eu fazia isso com os meus primos o tempo todo quando era pequeno – gritou Henry do outro lado da galeria. – Eles eram gêmeos, um garoto e uma garota, um pouco mais novos do que eu. Passavam feito raios por aqui. Era divertido demais.

Nós deslizamos para um lado e para o outro dez, vinte vezes, até desmoronarmos sob um retrato particularmente esnobe, ofegando e rindo.

– Era isso que você queria me mostrar? – perguntei com dificuldade.

– Não. Isso foi só uma distração. Calce os sapatos.

Ele me levou para além dos curiosos olhos pintados. E então – não estou brincando – abriu uma porta escondida na parede de lambri. Atrás havia uma escada em caracol com uma portinha tipo *Alice no País das Maravilhas* no alto. Henry a abriu, nós saímos e de repente estávamos no telhado.

O vento me golpeou, mas Henry ainda estava segurando a minha mão. Inspirei o ar frio e me soltei dele, girando e girando, olhando boquiaberta a paisagem.

Tudo estava azul ao luar. Dava para ver quilômetros e quilômetros de telhados meio prateados, torrinhas e chaminés; e, para além disso, hectares de florestas, borbulhantes como espuma do mar, e as colinas se erguendo a distância.

– Vamos nos sentar aqui – disse Henry. – Você se incomoda com o frio?

– Eu gosto.

E gostava mesmo. Precisava sentir alguma coisa depois do choque entorpecedor do dia, e o frio era como um tapa reanimador no rosto. Mesmo assim, Henry tirou a casaca e a colocou em volta dos meus ombros. Estava quente e cheirava ao seu perfume. Isso poderia facilmente fazer parte do filme que eu estava vivendo, mas o gesto na verdade me arrancou da minha fantasia idiota. Ele tinha feito a mesma coisa mais cedo, com Nel, logo antes de ela ser caçada feito um cervo.

Ficamos sentados juntos, com uma balaustrada de pedra nos protegendo às costas e uma vista ininterrupta dos gramados e jardins perfeitos na frente da casa.

– Olhe – disse Henry, e apontou para baixo. Uma raposa estava trotando confiante no gramado prateado, seguida por sua nítida sombra enluarada. – É uma fêmea.

Como se pudesse escutar a voz de Henry, ela parou com uma pata levantada, a cauda esticada atrás do corpo, atenta e tentando ouvir algum perigo.

– Então ela está a salvo de você? – perguntei secamente.

– Está. – Havia um sorriso na voz dele. – Não caçamos raposas em Longcross. Não temos nenhum cão raposeiro.

Têm, sim, pensei, pensando em Piers e Cookson. Olhei a paisagem até o horizonte. – Isso *tudo* é seu?

– Bom, é do meu pai.

– Vai ser seu um dia.

– É. – Ele disse isso quase com desejo, como se nunca fosse acontecer.

– Até onde vão suas terras? – perguntei, incrédula.

Ele apontou: um pináculo a distância, de um azul leitoso ao luar, se projetava como a lâmina de um relógio de sol.

– Até lá – disse ele. – É a igreja de Longcross. Data de 1188. Quando Conrad de Warlencourt voltou das Cruzadas, dizem que ele trouxe a Vera Cruz, a cruz em que Jesus foi crucificado. Ele a colocou na colina ao amanhecer e a longa sombra da cruz se estendeu pela terra. Longa cruz… *Long cross*… entendeu? Onde a sombra caiu, ele prometeu construir uma igreja.

Um povoado cresceu em volta da igreja e Conrad construiu uma casa senhorial. Gerações seguintes a aumentaram e, no reinado da rainha Anne, Edward de Warlencourt construiu esta parte principal da casa. É um belo projeto de família.

Pelo calor em sua voz, dava para ver que ele sentia um orgulho enorme de seu direito de nascença. Pensei na minha casinha em Arkwright Terrace, Manchester.

– Você tem muita *sorte* – comentei, com um leve tom de ironia.

Estranhamente, ele não concordou de imediato, como achei que faria. Em vez disso, ficou em silêncio. Uma coruja teve tempo de piar duas vezes antes que ele falasse de novo:

– Este mundo está desaparecendo.

Parecia uma coisa estranha para um adolescente dizer, mas ele obviamente falava a sério.

– Não acho – falei, tranquilizando-o. – Metade do ministério estudou numa escola como a nossa. Pessoas como você governam o país.

– Isso está mudando. Privilégio está virando um palavrão. Propriedades como esta estão se transformando em parques temáticos. A tradição está ficando irrelevante. O mundo inteiro está na internet. Não importa mais a escola onde você estuda, só quantos seguidores tem no YouTube.

Ele mencionou a internet com desprezo, como se fosse uma terra estrangeira. Um tom selvagem para um mundo selvagem. Mas havia um embargo em sua voz e, por um momento, pensei que ele até poderia chorar.

E o esquisito é que senti *pena* dele. Naquele momento eu me esqueci de Nel e do drama do dia, fiquei sentada no telhado daquela casa gigantesca, em meio a seus hectares de terras, com aquelas dezenas de milhões de tijolos embaixo da minha bunda, e senti *pena* de Henry de Warlencourt. Ele estava certo. Estava tentando preservar uma coisa que não podia ser preservada. Eu até poderia sentir mais pena ainda se soubesse que ele não viveria para herdar Longcross.

– Lamento muito que Chanel tenha se amedrontado – disse ele. – E me sinto completamente responsável, já que ela é minha hóspede. – Henry parecia sincero. – Pode ser que... Não sei se alguém explicou... Pode ser que...

Os bons modos lutavam com a necessidade de se apresentar como o anfitrião mais correto.

– Que seja a época errada do mês. Foi o que Cookson disse.

Ele captou meu tom de voz.

– Você não acredita?

Pousei o queixo nos joelhos.

– Você assiste a filmes? – perguntei. – Ou a regra monástica dos medievais não permite?

– Sim, assisto a filmes. Não com frequência, mas às vezes. – Ele pareceu achar isso vagamente divertido.

– Já viu um filme chamado *O declínio dos anos dourados*?

– Não – respondeu com educação. – Não vi.

– Ele se passa numa grande mansão como esta, logo antes do início da Primeira Guerra Mundial. O lorde tem um grupo de caça e seu netinho está hospedado na casa. Bom, o neto tem um pato de estimação, e o roteiro mostra o pato logo no início e o relacionamento do menino com ele. – Houve uma brisa súbita e apertei a casaca de Henry com mais força em volta dos ombros. – A história fica voltando a esse pato, que faz coisas tipo invadir o chá na sala de estar, você sabe, aquelas coisas bonitinhas. Bom, é claro que o pato desaparece logo antes da caçada e o garoto fica perturbado. Ele e a babá saem procurando o bicho e o tempo todo a gente pensa: *Esse pato não vai chegar ao fim do filme.* Vai terminar como uma pilha de penas e o garoto vai ficar arrasado, a trilha sonora vai subir, todo mundo vai chorar e será uma grande premonição da carnificina da Grande Guerra, blá-blá-blá.

– E o que acontece?

– Bom, o pato sobrevive. Mas na última caçada do fim de semana uma *pessoa* leva um tiro. Um camponês que por acaso estava no lugar errado na hora errada.

Houve um longo silêncio, então Henry disse:

– Faço uma promessa solene. Não, dou minha palavra de *cavalheiro:* você não vai levar nenhum tiro. Nem Chanel. – Ele parecia sincero. – Na verdade, vou sugerir algo. Amanhã, para o tiro ao pássaro, você gostaria de ficar de fora? Não precisa participar. Pode nos encontrar para o almoço depois da primeira saída.

– É assim que as coisas eram antigamente? – zombei com gentileza.

– É – respondeu ele com certa rigidez. – Mas eu não estava tentando ser machista. Estava pensando mais nos seus sentimentos do que nas tradições antigas. Todos os atiradores precisam estar acordados às seis horas. Chanel ainda deve estar abalada. Talvez queira dormir até mais tarde. Você pode ter uma manhã livre e depois nos encontrar para o almoço.

Devia ser mais de meia-noite. Um bom sono e, aposto, outro desjejum numa bandeja de prata pareciam uma ótima ideia.

– Ok.

– Então está resolvido – retrucou ele, falando ao seu modo medieval exatamente o que eu havia dito em duas letras. – Lara vai pegá-la ao meio-dia.

A terceira sereia. Eu tinha imaginado quando ela entraria em cena. Não sei se foi o champanhe ou o luar, mas me senti meio corajosa.

– Lara é muito linda – falei com sinceridade.

Então ele se virou e segurou meu rosto com as duas mãos. De algum modo, mesmo eu estando com a sua casaca, as mãos dele continuavam quentes.

– Não é tão linda quanto você.

Desafio você a saber o que fazer com a cara se alguém a estiver segurando e disser isso. Não quero dizer que não gostei do elogio; só que tenho quase certeza de que fiz uma expressão de pateta.

– Você é a mais bela de todas.

Senti que estava derretendo. A linguagem combinava exatamente com o cenário de contos de fadas. Era bem romântico, mas eu precisava me certificar.

– Você e Lara… – eu não sabia como imitar sua linguagem da corte – estão ficando?

De repente, o rosto dele estava muito perto do meu.

– Não mais.

E Henry de Warlencourt me beijou na boca.

TIRO

17

Como geralmente acontece quando pretendo dormir até mais tarde, acordei cedo demais.

Fiquei deitada à luz fraca, com Jeffrey me olhando, pensando no Beijo. Revivi o Beijo umas cem vezes e então repassei cada segundo de Henry me acompanhando, como um perfeito cavalheiro, até a porta do quarto, me beijando de novo na soleira e dizendo boa noite.

Imaginei se teria sido um beijo impulsivo devido ao álcool, mas ele parecia completamente sóbrio. Talvez fosse consequência do dia, uma liberação da tensão. Mas não parecia. Se fosse, por que ele não foi procurar Lara?

Você é a mais bela de todas.

Abracei o elogio, mas então pensei em outra coisa. Será que Henry queria… *mais*? Nós íamos passar o resto do fim de semana aqui. Não havia pais, cada um tinha o seu quarto e os únicos adultos *obedeciam* aos garotos, e não o contrário. Meu estômago deu uma cambalhota. E se houvesse uma ocasião em que Henry não dissesse boa noite e entrasse? E se ele *parasse* de ser um cavalheiro?

O pensamento era tão aterrorizante e tão empolgante que de súbito fiquei totalmente desperta e precisei me levantar.

– Bom dia, Jeffrey – falei para a cabeça do cervo e fui abrir as cortinas.

A paisagem parecia bem diferente de ontem. Ainda era linda a ponto de ofuscar, mas o céu estava cinzento: um daqueles dias em que, se ainda não estava chovendo, choveria logo.

O relógio Horloge no console da lareira marcava sete horas. Gemi. Passava da meia-noite quando saí do quarto de Nel, de modo que só Deus sabe que horas eram quando Henry me trouxe de volta ao Lowther. Devo ter dormido pouquíssimo.

Pensei em acordar Nel. Depois de semanas de isolamento, era um tremendo luxo ter alguém com quem falar. Mas era cedo demais. Melhor deixá-la dormir. Além disso, eu me sentia meio culpada. Será que ela também gostava do Henry, antes de eu roubá-lo? Ela tinha parecido estranhamente pronta para inocentá-lo das ideias paranoicas de ser caçada.

Senti de novo aquele incômodo no estômago ao pensar em Henry e decidi que devia estar com fome. Mas não havia sinal de Betty – sem dúvida ela recebera instruções para me deixar dormir. Encorajada pelo Beijo do patrão dela, olhei ao redor procurando algo que sabia que devia estar ali. Encontrei atrás de uma cortina: um botão de mármore cercado por um ornamento dourado. Apertei e, em menos de dois minutos, ouvi uma batida à porta e Betty entrou. Parecia adequadamente irritada por ser chamada por gente como eu, e me lançou uma careta pior do que a costumeira, os lábios comprimidos na linha desaprovadora de sempre.

– Posso tomar o café da manhã, por favor? – pedi.

– Claro, senhorita – respondeu ela rigidamente. – Vou trazer agora mesmo.

E trouxe: a mesma bandeja de prata, a mesma redoma de prata e o bule de café de prata. Em menos tempo do que parecia humanamente possível. Depois que colocou a bandeja na cama, comentou:

– Vou acender o fogo quando a senhorita estiver tomando banho, para não incomodá-la.

Assim era Betty. Tudo que ela dizia era perfeitamente cheio de consideração e prestativo, mas dava para ver que no fundo ela me odiava. Betty fazia tudo com um olhar estranho. E o engraçado era que eu a tratava melhor que qualquer um dos medievais. Nunca ouvi nenhum deles dizendo "por favor" ou "obrigado". Simplesmente rosnavam as ordens para os serviçais. Mas no mínimo eu passava do ponto, porque ela me deixava nervosa.

Passei do ponto naquele momento.

– *Muito* obrigada, Betty – falei, ensaiando na cabeça uma fantasia tipo *Rebecca, a mulher inesquecível*, em que eu era a nova noiva do senhor da mansão e Betty era aquela empregada que parecia um morcego velho. Só que, em vez de ser a jovem senhora de Winter, eu era a jovem lady de Warlencourt.

A ideia de ser a lady da casa não queria sair da minha cabeça. Quando vesti a roupa deixada por Betty – semelhante à roupa de caça, só que com uns cinquenta bolsos –, decidi que, como tinha tempo para matar (demoraria muito até a hora do almoço, até que eu visse Henry), iria explorar a casa.

Enquanto conhecia Longcross, passando de um cômodo enorme e dourado para outro, me transformei de Joan Fontaine em *Rebecca* para Keira Knightley em *Orgulho e preconceito*. Eu era Elizabeth Bennet, xeretando em Pemberley, absolutamente embasbacada com as riquezas do Sr. Darcy. Não estava achando que Henry e eu iríamos nos casar ou alguma coisa idiota assim. Mas pensava, o tempo todo, em como seria ser namorada dele e ter acesso a esse lugar 365 dias por ano. Longas férias de verão, natais; uau, Longcross seria uma casa fantástica para o Natal, com azevinho por toda parte e uma árvore gigantesca no átrio, chegando ao topo da escadaria grandiosa.

Imaginei-me embaixo de uma árvore assim, usando um suéter natalino, bebendo vinho quente com especiarias com Henry. Keira e Joan fugiram quando me coloquei em cena. De súbito pareceu completamente possível. Quando Henry tinha dito que não estava mais com Lara, isso não quis dizer que estava *comigo*?

A partir daí andei pela casa como se fosse dona. De vez em quando, via um empregado, uma criada, um mordomo, um secretário ou algo assim, mas eles apenas diziam: "Bom dia, senhorita", e paravam respeitosamente o que estavam fazendo e ficavam em posição de sentido até que eu saísse do cômodo. Era como se os empregados achassem que eu era superior demais para ter permissão de vê-los fazendo suas tarefas insignificantes, e seu comportamento só alimentava minha fantasia.

Fui até a galeria comprida no topo da casa, onde tinha deslizado com Henry, mas não pude encontrar a porta no lambri, por onde ele tinha me levado ao telhado. Era como em *O leão, a feiticeira e o guarda-roupa*, em que numa ocasião você consegue encontrar uma porta para Nárnia no armário e, quando procura no mesmo lugar, não encontra de novo. Por um minuto me perguntei se teria imaginado a coisa toda: aquela paisagem incrível, Henry me dando a casaca dele, a conversa sobre *O declínio dos anos dourados* e, claro, o Beijo. A ideia de ele nunca mais me beijar, de a porta estar se fechando sobre isso também, de repente me deixou com frio.

Continuei o passeio. Havia dezenas, centenas de cômodos naquele lugar; muitos eram quartos. Cada um tinha um nome: Grey, Bamburgh, Levens, Clifford, Fewick. Eu não sabia se eram pessoas ou lugares, mas todos pareciam vir do mundo que Henry reverenciava. Não havia nomes modernos. Nenhum quarto se chamava Kanye.

Desci e andei pelo térreo. No final de um corredor pavimentado com pedras encontrei uma sala com uma parede coberta por um enorme mapa de aparência antiga, com uma gigantesca escrivaninha de nogueira na frente, como se pertencesse a um navio, e um globo de aparência antiga em cima, como se Henry fosse dono de todo o mundo. Encontrei cozinhas, depósitos, lavanderias, adegas. Não havia tecnologia em lugar nenhum. Essa casa que parecia um navio de cruzeiro, uma *nação*, obviamente era administrada sem a ajuda de nenhum equipamento eletrônico. As cozinhas tinham fogões antiquados. As adegas estavam repletas de garrafas empoeiradas em suportes, como seria de esperar, mas nenhum umidificador elétrico nem termômetro digital. E mais uma coisa engraçada: não vi nenhum telefone. Nem fixo. Nem um daqueles antigos com disco e fone curvo, nem aqueles mais antigos ainda, pretos e verticais, com a trombetinha engraçada que você solta e segura perto do ouvido. Talvez todos os telefones fossem considerados selvagens, não somente os celulares.

Depois dos conveses inferiores saí por uma porta nos fundos e percorri os estábulos, os canis e as salas de armas atrás da casa. Acariciei os pescoços aveludados dos cavalos quando eles punham a cabeça por cima das meias portas para me cumprimentar, gostando de seu maravilhoso cheiro de feno e cocô. Seus flancos soltavam vapor no frio, mas me imaginei cavalgando com Henry através de campinas floridas nos dias de verão, nós dois usando calças de montaria e camisas brancas iguais.

Meu Deus. Minhas fantasias eram tão antiquadas quanto o mundo habitado por Henry.

Cumprimentei a multidão de cachorros pretos e marrons que balançavam os rabos em seus canis.

– Olá, Arcas. Olá, Tigris – chamei, presumindo que os cães que eu tinha conhecido com Henry estariam em algum lugar naquela massa agitada.

Não consegui lembrar o outro nome. Os cachorros pareciam felizes, inofensivos e completamente diferentes da aparência assassina de ontem. Depois de um tempo me virei e foi então que vi uma figura do outro lado do pátio do estábulo, me observando.

Eu o reconheci imediatamente pelo simples tamanho e volume. Era Perfect, com seu colete acolchoado que parecia de Kevlar, pronto para atirar em aves. Imaginei por que ele estaria em casa, se a caçada havia começado tão cedo como Henry tinha dito. Todas as suas roupas eram marrom-lama e verde-musgo, e no meio dos bosques e do matagal ele estaria bem camuflado, mas no pátio de calcário se destacava. E não parecia que estava tentando se esconder. Sabe quando você pega uma pessoa olhando e ela se vira imediatamente? Bom, ele não fez isso. Só continuou olhando.

Somente Perfect, dentre todos os empregados que tinham me visto xeretando, não me cumprimentou nem desviou os olhos respeitosamente. Ele estava olhando antes que eu o visse e continuou olhando depois. Eu não sabia se ele não gostou de eu estar perto dos cachorros ou se simplesmente não gostava de *mim*. De qualquer modo, era intimidador. Saí do estábulo e de sua linha de visão.

Nesse ponto eu estava tremendo um pouco, em parte porque tinha deixado o casaco impermeável no quarto e em parte por causa do olhar arrepiante de Perfect. Por isso entrei num lugar chamado de Orangery (não eram só os quartos que tinham nome). Orangery era quente como uma estufa, apinhado de parreiras e árvores frutíferas. Contei as laranjas de cor intensa e os cachos de uvas pendurados nos galhos, mesmo o outono estando tão adiantado. Fui aos porões de gelo, grandes salas subterrâneas de pedra, agora sem gelo e atulhadas com velhos trenós e patins de gelo, mas de algum modo guardando um inverno próprio. Fazia tanto frio ali que logo voltei correndo para dentro da casa principal.

No térreo, encontrei mais salas de estar, com lareiras vazias, e uma sala de música com fotografias em preto e branco em molduras de prata sobre o piano. Fotos de garotos louros que podiam ser Henry, o pai de Henry ou mesmo o avô de Henry quando era pequeno. Vi uma armaria cheia de arcos e flechas e, melhor do que tudo, uma enorme biblioteca.

Gosto de bibliotecas, com seu cheiro de couro, papel e poeira, e aquela era boa, por isso passei um bom tempo ali. O piso era de madeira encerada, com pequenas tábuas arrumadas numa espécie de padrão espinha de peixe. Havia um lustre enorme suspenso de um altíssimo teto com afrescos. Uma grande porta de vidro se abria para o exterior, com uma visão ininterrupta do gramado até uma fonte. Havia um pequeno mezanino acima da parte principal, com um monte de livros a mais e pequenas escadas de madeira para alcançá-los.

Olhei as prateleiras e visualizei o pequenino Henry louro das fotos no piano subindo as escadas para alcançar os volumes que desejava ler. Às vezes, particularmente ao observar Piers e Cookson agindo, era difícil se lembrar de como os medievais eram inteligentes. Mas todos sabiam um monte de coisas sobre tudo e agora eu achava que entendia por quê. Se todos cresciam com um trilhão de livros assim, não era de espantar que fossem crânios.

Dei uma olhada nas lombadas. Coleridge. De Quincey. Wordsworth. Os poetas que eu reconhecia das aulas de Inglês. E então encontrei outros poetas mais antigos: Dante, Baudelaire e nosso velho amigo Ovídio. Folheei alguns livros. Eram bem velhos, deveriam estar num museu. Mas, afinal de contas, Longcross *era quase um museu.*

Subi ao mezanino e perambulei um bocado. Ali em cima o cheiro de couro, papel e poeira era mais intenso. Examinei um pouco e vi que, seguindo pela prateleira de baixo de todo aquele andar, quase escondidos na sombra da balaustrada, havia um monte de livros sem nomes, mas com datas. Fileiras e fileiras, toda uma coleção de livros pretos com números gravados em ouro na lombada e encadernados em couro preto. Passei o dedo pelas lombadas. Cada um representava uma década e abarcavam séculos, desde a Idade Média até os dias atuais. Imaginei se seriam álbuns de fotografias, então disse a mim mesma para não ser idiota; na época a fotografia não tinha sido inventada, dããã. Já ia puxar um e dar uma olhada quando o toque de um relógio de parede me trouxe de volta ao presente. Eu tinha me acostumado tanto ao silêncio da biblioteca que pulei de susto.

Era meio-dia e eu deveria me encontrar com Lara no meu quarto.

Enfiei o livro de volta no lugar e, enquanto descia ruidosamente a escada em espiral, os doze toques metálicos me atiçaram como uma espécie de Cinderela às avessas. Tinha demorado apenas uma manhã para me transformar, não da riqueza aos trapos, mas dos trapos à riqueza. Eu estava totalmente vendida ao universo de Henry. O que não haveria para gostar em um mundo que não era atulhado de TV, Google, YouTube, iTunes, bipes de micro-ondas? Quem não conseguiria viver assim, sem todo o barulho e toda a loucura da modernidade? Se você precisasse de um pouco de empolgação, sempre poderia praticar "caça tiro pesca".

18

No degrau de baixo da escadaria grandiosa, Lara Petrova, a terceira sereia, estava refestelada como um gato. Levantou-se enquanto eu me aproximava e bloqueou meu caminho, quase como se estivesse guardando a casa. Semicerrou seus olhos azuis frios para mim.

– Onde você estava? – perguntou.

– Só dando uma olhada.

– Em *quê?*

Eu não sentia mais medo de Lara. Tinha o talismã do Beijo de Henry ainda gravado nos lábios, como um superpoder de um filme da Marvel. Por isso dei de ombros, insolente, antes de responder:

– Só xeretando, acho.

Ela me olhou com intensidade.

– E o que encontrou?

Era uma pergunta engraçada. Pensei na coisa de Nárnia e senti vontade de contar que tinha encontrado outro mundo. Depois lembrei de todos aqueles poetas.

– Beleza – respondi.

Ela pareceu aliviada e deu para ver que estava descongelando um pouco.

– Eu fui encontrá-la, mas você não estava lá. Já ia chamar a Chanel.

Dei um sorriso agradável. Não achava que ela estaria indo a lugar algum. Acho que estava me esperando. Imaginei se Henry já teria contado sobre ontem à noite.

– Vou chamá-la, se você quiser – ofereci.

Estava meio desconfortável ficar sozinha com Lara. Ou ela já sabia que Henry tinha me beijado e fingia que não ligava, ou não sabia de nada e ignorava o fato de que estava prestes a levar um pé na bunda. De qualquer modo, senti um pouquinho de pena.

– Vamos juntas, está bem? – disse ela em tom despreocupado, dando seu sorriso charmoso, totalmente em oposição à atitude fria e cheia de suspeitas com que tinha me recebido.

Tive a sensação nítida de que ela não queria deixar que Nel e eu ficássemos sozinhas. Lara pegou meu braço de um jeito conspirador e subimos a escada assim, como se ela fosse minha melhor amiga. Evidentemente Henry não tinha contado nada.

Nel estava sentada na cama, pronta mas contida. Como sua linda roupa de caça tinha sido destroçada no dia anterior, ela usava roupas de Longcross, que a deixavam meio desbotada. Estava pálida e não parecia ser ela mesma. Então pude ver que o estilo de Nel – novo em folha, colorido – realmente combinava com ela. Agora que estava parecida com as medievais, era como se alguma coisa tivesse se perdido. Peguei meu casaco no quarto e, como tinha começado a garoar, cedi e coloquei um boné. Descemos a escada e saímos pela porta da frente.

Então Lara nos levou para a floresta.

O dia de tiro ao pássaro estava totalmente diferente do da caça ao cervo. Na véspera havia um céu límpido e ensolarado; agora estava cinzento e garoando. Antes estávamos em terreno aberto, no alto das montanhas, com os picos cobertos de urzes e lagos. Agora estávamos na floresta profunda da propriedade, sob copas de árvores que pingavam.

Mas hoje era um dia igualmente lindo, a seu modo. As cores outonais da floresta de Longcross eram como fogo. Uma névoa perolada pairava como fumaça nas clareiras. A camada de folhas mofadas no chão exalava um intenso cheiro terroso e o piso era macio como um tapete grosso, abafando o som dos nossos passos. De fato, até agora a sessão de tiro estava estranhamente silenciosa. Nada podia ser ouvido, a não ser os gritos arrogantes e confiantes das gralhas no alto e, no mato baixo, os pios tímidos dos pássaros escondidos que estavam prestes a encontrar Deus. Bem, o som *das gralhas, dos pássaros e da Lara.* Lara falava o tempo todo. Não tive chance de conversar com Nel – Lara se enfiou entre nós duas e não conseguimos dizer mais do que um rápido "oi".

Sabia que Lara vinha de uma família russa. Por isso, antes de se dignar a conversar comigo, sempre imaginei que ela falaria como alguma arquivilã, tipo Xenia Onatopp em *007 contra GoldenEye.* Na verdade, ela era mais chique do que todos os medievais, até mesmo Henry. Tinha uma daquelas vozes tão de classe alta que soavam preguiçosas, sabe? Seu sotaque combinava com todo o seu estilo: ela parecia achar tudo mortalmente chato, como se tudo fosse uma gigantesca perda de tempo. Era bem diferente das outras medievais – não era falsamente amistosa como Esme nem cheia de entusiasmo como Charlotte. Nunca fazia movimentos bruscos, parecia quase flutuar. A única vez que a ouvi parecendo afiada e alerta foi quando me interrogou sobre o passeio pela casa. No resto do tempo parecia meio adormecida. Mas não se engane. De vez em quando ela dizia alguma coisa que fazia a gente lembrar como ela era inteligente. O efeito era bem irritante. Era uma sorte ela ser tão linda de se olhar. Caso contrário, eu não imaginava como alguém iria querê-la por perto. A única semelhança entre ela e as outras sereias era a inevitável jogada de cabelo. Fazia o mesmo que as outras e todas as vezes seu cabelo caía perfeitamente. Notei que Chanel tinha parado de fazer isso.

Lara preenchia o silêncio contando, em seu sotaque preguiçoso, tudo que acontecia no tiro ao faisão:

– Longcross tem abrigos famosos. As pessoas vêm de toda parte para caçar aqui, inclusive membros da realeza britânica, da realeza estrangeira... você sabe... – Ela deixou o resto no ar, como se não pudesse se incomodar em terminar a frase, depois juntou energia para falar de novo: – Cada atirador tem um ajudante que segura as espingardas de reserva, certifica-se de que elas estejam carregadas e conta as aves abatidas. Pode ser um esporte bem competitivo. Você não deve contar quantos faisões abateu, não são consideradas boas maneiras, mas claro que as pessoas contam. Só que a maioria não tem chances contra Hen.

A princípio eu não soube de quem ela estava falando, mas então percebi que ela estava falando de Henry. *Hen*. Eu nunca tinha ouvido ninguém chamá-lo de qualquer coisa que não fosse Henry; ele não parecia do tipo que aceitava um apelido mais informal. Aquilo não era parte da preguiça de Lara, não era que ela literalmente não pudesse se incomodar em terminar o nome dele; era mais do que isso. Era seu nome especial para Henry. Era um distintivo de posse. Por um momento, aquele incômodo voltou ao meu estômago. Como será que ela reagiria quando descobrisse que *Hen* não era mais dela?

– Hen é um atirador brilhante – disse com mais ênfase do que tinha dito qualquer outra coisa. – Contam que uma vez ele matou sete aves no ar ao mesmo tempo. Mas isso foi antes da minha época – disse ela, como se essa época ainda fosse sua.

De repente eu mal podia esperar para vê-lo. Queria que ela soubesse.

– Cada sessão de tiro é chamada de *drive* – continuou. – Os atiradores se posicionam numa linha longa, espalhada, numa clareira. A posição dos atiradores num *drive* é chamada de *stand*. As pessoas da aldeia de Longcross andam pela floresta com varas compridas, batendo no mato baixo e fazendo estardalhaço, para que os faisões voem por cima das cabeças dos atiradores. Cada atirador tem uma área específica para atirar. Eles não devem derrubar a ave de outro atirador; isso vai rigidamente contra a etiqueta do tiro. A espingarda precisa ser recarregada constantemente, de modo que o atirador possa derrubar o maior número possível de aves em cada *drive*. As aves caem e os cachorros as capturam.

– Cachorros? – Era a primeira palavra que Nel havia pronunciado além do "oi".

– É, cachorros. – Lara pôs a mão na boca. – Meu Deus, eu esqueci. Não são aqueles tipos de cachorro, querida. São pequenos cães. Spaniels. Eles pegam as aves que caem, só isso.

Nel não pareceu tranquilizada, mas continuou andando conosco – não podia fazer muito mais do que isso.

De repente houve um tremendo estrondo de tiros que ricocheteou em todas as direções, ecoando nas árvores densas e assustando Nel e eu. Enquanto nos aproximávamos, meu desejo de ver Henry se transformou em algo parecido com medo. Eu o vi imediatamente – como sempre acontece quando a gente gosta de alguém; se você estiver numa festa ou algo assim, pode estar a quatro salas de distância e sentir quando a pessoa chegou. Ele estava atirando, concentrado, um boné chato no cabelo louro, os ombros encolhidos embaixo da espingarda, a bochecha junto ao cano apontado para o céu. Sou uma pessoa pacífica, não sou grande fã de armas, mas devo admitir que ele estava incrível. Hábil e perigoso ao mesmo tempo.

O tiroteio continuou, como uma noite de fogos de artifício. O barulho era ensurdecedor e eu não conseguia acreditar que, enquanto estava no meio da floresta, havia pensado que o tiro ao faisão poderia ser uma coisa pacífica e silenciosa. Podia ver Nel dando um pulinho sempre que as espingardas disparavam. Ela não estava bem. Lara segurou o braço dela e a puxou de lado. E tive a nítida sensação, de novo, de que a ordem do dia era não nos deixar sozinhas juntas. Mas Nel podia relaxar, já que, pelo jeito, aquela tinha sido a última saraivada. Todos os atiradores estavam entregando suas espingardas e descendo a encosta na nossa direção.

A atração de sua espécie era demais para Lara e ela saiu do nosso lado para falar com Charlotte e Esme, que usavam bonés chatos e estavam armadas como os garotos. Isso me deu uma chance breve de papear com Nel.

– Você dormiu bem? – perguntei.

– Pessimamente.

Ela se virou para mim e notei suas olheiras. Nel não tinha retornado inteiramente ao seu inglês da rainha; agora dava para ouvir o sotaque de Cheshire. Eu gostava muito mais da sua voz assim.

– Pesadelos? – perguntei com simpatia, subitamente culpada.

Meus sonhos tinham sido preenchidos com Henry no telhado, nós dois em trajes de baile, raposas e luar.

Ela hesitou.

– *Acho* que eram pesadelos. Isto é... – Ela puxou minha manga e falou em voz baixa, perto do meu ouvido: – Acho que havia *cachorros* perto da minha porta à noite.

– Cachorros? O que eles estavam fazendo?

– Só farejando e *ganindo*.

Mesmo por baixo do casaco impermeável, do suéter e da camisa, minha pele se arrepiou.

– Tem certeza?

– Tenho. Não. Eu *posso* ter sonhado, acho. Mas tenho quase certeza de que estava acordada. Dava para ver a fresta de luz do corredor por baixo da porta e as patas deles passando na frente. Eles estavam andando de um lado para outro, tentando entrar.

– Mas não entraram?

– Não. Eu queria trancar a porta, mas não saí da cama. Não consegui. Estava com muito medo. Puxei a colcha por cima da cabeça e com o tempo devo ter voltado a dormir.

Senti pena dela. Uma menininha enfiada embaixo das cobertas para se esconder dos monstros da mente.

– Parece que foi um sonho ruim – sugeri com gentileza. – É compreensível, depois de tudo que você passou.

Ela estremeceu um pouquinho.

– Acho que sim.

À medida que chegávamos mais perto, pude ver que o grupo de tiro tinha cachorros e olhei para Nel. Eram bem diferentes dos do dia anterior; esses eram bem bonitinhos, com pelos encaracolados. Não se interessaram por nós, já que estavam ocupados trabalhando, procurando aves caídas. Nel ficou longe, parecendo aterrorizada com os cachorros, o que seria de esperar.

– Tem certeza que você vai ficar bem? Prefere voltar? – perguntei.

Ela balançou a cabeça. Garota corajosa.

– Não, vou ficar bem. É só que eu queria…

– O quê? – instiguei.

– Isso vai parecer bem idiota, mas eu gostaria de ter trazido as sementes.

– Que sementes?

– As da sorte. Que eu encontrei no bolso do paletó do Henry. Elas impediram os cachorros de me pegar ontem, e à noite também.

Rejeitei a ideia de dizer que tinha sido uma caverna com a entrada estreita que havia mantido os cachorros longe. Se as sementes mágicas serviam de conforto para ela, tudo bem.

– Eram sementes de quê? – perguntei, para afastar sua mente dos cachorros.

– Pensei em perguntar ao Shafeen. Aposto que ele sabe.

Olhei-a de lado, surpresa.

– Por que o Shafeen?

Ela olhou para o chão.

– Só porque ele é *indiano*? – indaguei.

Ela deu de ombros e disse, defensivamente:

– Certo, é. Eles cozinham com um monte de sementes e especiarias, não é? – Nel estava ficando com raiva de mim, e me senti satisfeita. Seu ânimo estava retornando. – Achei que ele poderia saber, só isso.

Balancei a cabeça, sorrindo.

– Nel, Nel, Nel... – Só por um segundo meu olhar se afastou de Henry e viajou pela fileira. Fixei o olhar na figura alta de Shafeen, parado de perfil no horizonte, segurando a arma com ar de competência. – Ele não é um marajá que viajou no tempo, sabia? Provavelmente come no McDonald's quando não está na escola. – Repeti o que Shafeen tinha me dito na primeira noite, depois do jantar. – O pai dele administra um banco em Jaipur. Você é tão preconceituosa quanto eles.

– *Desculpe* – disse ela, carrancuda.

E fomos para perto de Lara. Sorri sozinha. Eu deveria ter me sentido mal com aquilo, mas não me senti; pelo menos Nel não estava mais pensando nos cachorros.

19

No fim do último *drive* da manhã os faisões mortos estavam bem arrumados sobre as folhas, pobres vítimas da carnificina matinal.

Estavam perfeitamente enfileirados, soldadinhos mortos ainda usando os uniformes de batalha feitos de penas. Perfect estava parado perto deles, como se tivesse feito alguma coisa inteligente. Ele me viu, mas dessa vez não ficou me encarando. Agora, na presença do patrão, parecia educado e só tocou no boné me cumprimentando. Depois andou ao longo das fileiras, contando (em voz alta, o panaca) e puxando um pouquinho uma ave a cada dez, interrompendo a fileira perfeita para facilitar a contagem.

Henry estava parado no final da fileira. Ainda não tinha me visto, focado na contagem e em Perfect, como um general esperando o informe sobre o campo de batalha.

– Cinquenta e dois, senhor.

Henry assentiu com a cabeça.

– E o Sr. Jadeja?

– Quarenta e oito.

Perfect não se incomodou em contar as aves dos outros. Estava claro que naquela manhã só havia dois cães na briga.

Shafeen recebeu a notícia bastante bem, encolhendo os ombros e dobrando a espingarda de modo a fazer os dois cartuchos saltarem, como pequenas bombas de fumaça. A fumaça tinha um cheiro acre, não totalmente desagradável.

– Ainda resta uma boa parte do dia – disse ele filosoficamente.

De modo estranho, Henry não recebeu tão bem a notícia de que tinha sido vitorioso. Sem dúvida, não gostava de ter concorrência. Talvez sua habilidade mítica com a arma não fosse tão especial como ele pensava. Imaginei onde Shafeen teria aprendido a atirar e me lembrei do que ele dissera no dia anterior, sobre atirar em tigres.

Tigres, falei comigo mesma. *Não seja idiota.*

Fui até Henry, incapaz de esperar mais até que ele me notasse. Quando me viu, pareceu melhorar de humor.

– Greer! – exclamou, como tinha feito na primeira noite em Longcross. Era um jeito seu, como se eu fosse sempre uma boa surpresa, como se tivesse acabado de pular de dentro de um bolo. Era a primeira vez que nossos olhares se encontravam desde o Beijo, e pude sentir minhas faces esquentando. Senti o olhar de Shafeen também, com uma expressão interessada. E isso, claro, me deixou mais ruborizada ainda.

– Quer caminhar comigo? – perguntou Henry, em um tom que parecia mais de ordem que de pedido.

Essa era outra característica dele, um jeito de dizer as coisas com uma suposição implícita de que as pessoas iriam obedecer, séculos de merecimento concentrado. Dessa vez, claro, fiquei satisfeita em obedecer.

Caminhamos juntos pela floresta. Eu não poderia dizer sobre o que falamos – pequenos nadas, já que todo mundo estava andando em volta de nós: os medievais, Shafeen (o pistoleiro solitário), Lara (a carcereira) e Nel (a cativa). Não podíamos dizer nada em particular, certamente não podíamos falar sobre a noite anterior, mas, enquanto passávamos pelo mato baixo, seus dedos roçaram nos meus e foi como se uma eletricidade me atravessasse.

Saímos da floresta e nos deparamos com uma pequena colina, com uma linda construção de pedra bem no topo.

– O *folly* – disse Henry, apontando.

O *folly* era octogonal, com colunas, enfeites em pedra e aquele tipo de janelas compridas que na verdade eram portas se abrindo para oito paisagens diferentes. Sei que a palavra "folly" (tolice) faz parecer que seria uma coisa minúscula, caprichosa, como uma casa na árvore ou um daqueles pequenos templos que a gente encontra nos parques públicos. Só que não era uma coisa minúscula; era maior do que a minha casa inteira em Arkwright Terrace.

Dentro, o piso era de pedra, de modo que ninguém precisava se preocupar com botas enlameadas, e havia o inevitável fogo aceso na lareira, portanto o lugar estava quente. Ali não havia galhadas, e sim um par de faisões empalhados no console da lareira, acima das chamas intensas. A mesa era uma visão linda, como sempre, arrumada com uma toalha branco-neve e todos os cristais e talheres, mas dessa vez as bandejas de prata estavam cheias apenas de laranjas em pirâmides perfeitas. Sua cor destacava as árvores na paisagem outonal: uma palheta de chamas. Ocorreu-me que aquelas podiam ser as mesmas laranjas que eu tinha visto de manhã, penduradas nos galhos, perfeitas, sem saber que seria a última manhã delas na Terra. Como os faisões, os pobres faisões mortos. Havia muita morte naquele local.

Lara se sentou diante de Henry, mas havia pessoas nos dois lados deles, como se sete pessoas tivessem invadido seu jantar romântico. Na verdade, eu estava sentada ao lado de Henry. Nunca tinha me sentado tão perto dele antes – era como se tivesse ascendido de posição na mesa desde a noite de sexta-feira.

Enquanto era servida a sopa – uma espécie de caldo de legumes invernal e temperado –, Henry se virou para mim.

– Ouvi dizer que você andou pela casa.

Sorri para ele de modo brincalhão.

– Ora, quem poderia ter contado isso?

Eu estava brincando. Havia empregados em todas as porcarias dos *cômodos* daquele lugar. Eu ficaria mais surpresa se ele *não tivesse* sabido sobre meu passeio.

Ele captou meu tom de voz.

– Meus espiões estão em toda parte – disse de um jeito delicioso, os olhos azuis brilhando.

– Aposto que sim.

– Eu mesmo gostaria de ter mostrado tudo a você.

– Ainda pode mostrar – falei e tomei um gole d'água. – Provavelmente só vi um centésimo de tudo.

– O que você achou da centésima parte que viu?

– Adorei – respondi simplesmente.

– Eu também adoro. – Não era uma daquelas coisas que as pessoas dizem só para concordar com quem está falando. Ele *realmente* adorava. Era possível perceber por seu tom de voz.

– Sei que sim – sussurrei. – Você me disse no telhado.

– Eu levei a sério *tudo* que disse no telhado – retorquiu ele incisivamente e um pouco alto, e senti que ficava ruborizada de novo.

Shafeen fez uma pausa na conversa e olhou para ele. Henry estava nos entregando, mas parecia não perceber.

– Aonde você foi? – perguntou Henry. – Quero dizer, em Longcross?

Enquanto os pratos passavam – *vol-au-vents* de lagosta, maionese de frango com batata cozida, *crumble* de pera –, falei com Henry sobre o meu passeio pela residência, sobre a sala com o mapa na parede, a sala do piano, a armaria e a adega de vinhos.

De vez em quando, ele me interrompia para dizer o nome de alguma coisa que eu não sabia ("A sala com o mapa é a sala de Estado") ou deixava escapar uma pequena curiosidade sobre seus ancestrais ("Aquela cota de malha de prata pertenceu a Conrad de Warlencourt. Ele estava a usando quando capturou a Vera Cruz").

Então falei sobre a biblioteca e ele ficou meio estranho. Empertigou-se, todo alerta, como Lara tinha feito.

– A biblioteca?

– É. A biblioteca.

– O que você viu? – perguntou Henry incisivamente.

– Livros – respondi, mas ele não riu.

Tentei mudar de assunto. Dava para ver que ele estava incomodado.

– Vou dizer o que eu *não* vi. Nada tecnológico. Em nenhum lugar da casa. Nenhum computador, nenhum telefone. Nem TVs. Vocês são realmente meticulosos com essa coisa medieval, não é?

– Às vezes os velhos costumes são os melhores. – Ele tomou um gole de sua taça, com expressão satisfeita, e eu não soube se ele estava saboreando o vinho ou sua vida. – Já ouviu falar dos luditas?

– Luditas?

– Os luditas eram trabalhadores têxteis do norte, não muito longe daqui. Quando a Revolução Industrial surgiu, eles se sentiram desafiados pelas máquinas. – Henry pegou uma colherada de sua sobremesa. – Achavam que a tecnologia era "uma ameaça para as pessoas comuns". Em outras palavras, sentiam medo dela. Pensavam que as máquinas ameaçavam seu modo de vida. Um sujeito chamado Ned Ludd decidiu fazer alguma coisa a respeito. Em 1779 ele destruiu duas máquinas de tear na fábrica onde trabalhava e deu seu nome a um movimento. O movimento se espalhou e em pouco tempo grupos organizados de trabalhadores estavam destruindo máquinas.

– *Você* não anda por aí destruindo máquinas.

– Não. – Ele deu um sorriso gentil. – Mas podemos optar por não usá-las. Veja, não somos homens das cavernas. Temos carros, temos eletricidade. Só optamos por rejeitar os aspectos da tecnologia que achamos que prejudicaram a sociedade e a ordem natural das coisas. Os adolescentes podem se tornar bilionários do YouTube sem sair do quarto e sem ter tido uma educação decente. Um astro de um *reality show* na TV pode virar presidente dos Estados Unidos sem nenhuma experiência de governo.

– Então vocês dizem não a *algumas* tecnologias, não a todas.

– Exatamente.

– Tipo a internet.

– Essa é uma, sim.

– E os smartphones.

– Essa é outra.

– E TV.

– Essa é uma terceira.

– Mas vocês *podem* fazer isso? Essas coisas foram inventadas, estão conosco quer a gente queira ou não. Você pode recolocar o gênio dentro da lâmpada?

– Eu questionaria sua analogia aqui. O gênio era uma força do bem, um espírito benevolente que se oferecia para realizar três desejos. Eu usaria uma analogia diferente. Conhece a história da caixa de Pandora?

Eu conhecia.

– Pandora ganhou uma caixa que continha todos os males do mundo. Ela a abriu por curiosidade, soltou os males e não pôde fechar a caixa de novo. Mas é isso que eu quis dizer. Assim que a coisa saiu, saiu.

Henry confirmou lentamente.

– Os luditas também descobriram isso. Estavam travando uma batalha perdida. As máquinas passaram por cima deles e os esmagaram. Em menos de um século, a tecnologia tinha tomado conta do mundo. Mas nós estamos em situação melhor por causa disso?

– Estamos – respondi. – Porque nem todas as coisas são ruins. E é por isso que eu gosto mais da analogia do gênio que da de Pandora. Os desejos podem ser bons ou ruins; nós desejamos o que vamos pedir. Eu acho que a tecnologia é assim. Não é totalmente má. Algumas são boas.

– O que há de bom nela? Cite três coisas.

Eu estava me divertindo. Aquele era um negócio combativo, mas amistoso. Ele sabia muito mais sobre essas coisas do que eu acreditara, e isso me fez perceber que Henry não era ignorante sobre a tecnologia moderna, só tinha optado por rejeitá-la. Ele era muito inteligente e eu estava gostando de debater com ele. Talvez ser a namorada de Henry fosse assim. Pensei no Beijo e em nossas mãos se tocando na floresta. Talvez eu já fosse.

Pensei na pergunta dele.

– Três coisas boas na tecnologia... Ok: Skype. O Skype une as pessoas. Aproxima o mundo. Você pode falar com sua avó que mora no interior da Austrália. Um cirurgião em Londres pode supervisionar uma cirurgia laparoscópica no meio do nada, se não tiver uma pessoa qualificada para fazê-la por lá. E quanto a todas aquelas campanhas na internet pedindo a democracia nos países árabes, os direitos das mulheres, procurando pessoas desaparecidas? Elas podem mudar o mundo para melhor.

– Skype e campanhas on-line – disse Henry. – São duas. Que tal uma terceira?

Pensei por um momento.

– Vídeos engraçadinhos de gatos.

Henry quase cuspiu o vinho.

– Está falando sério?

– Estou – respondi com firmeza. – De certa forma, todas as coisas engraçadas da internet, todos os truques incríveis, todos os memes, todas as fotos idiotas, tudo isso também é válido. Se faz milhões de pessoas sorrirem, se desestressarem e relaxarem, não é uma força do bem?

– Certo. – Ele também sorriu. – Você citou três benefícios. Questionáveis. Seus três pedidos para o gênio, podemos dizer. Deixe-me comparar isso com os males infinitos da caixa de Pandora. A Deep Web. A proliferação da pedofilia, a pornografia pesada. E, na parte rasa do lago, até a mídia social tem seus males. Veja o cyberbullying. O cyberbullying é o novo esporte de sangue.

Ele fez um gesto indicando o mundo lá fora e eu acompanhei, vendo a paisagem estonteante: as árvores cor de chamas, a colina de um verde luxuriante e, longe, a distância, a casa de uma beleza espantosa aninhada no vale.

– Muita gente não aprovaria o que estamos fazendo neste fim de semana. Mas cyberbullying é uma coisa muito mais destrutiva do que fazemos aqui. O tipo de caça que eles fazem é diária, ameaçando a saúde mental de cada jovem. Não – disse ele, alisando o guardanapo –, acho que estamos melhor sem a tecnologia. Ela "ameaça as pessoas comuns", como diziam os luditas.

Eu não discordava dele nesse ponto. Tinha achado aquela manhã – todo esse fim de semana – uma coisa muito sedutora. A paz, as atividades no mundo real. Porém não acreditava que tivéssemos escolha.

– Mas você mesmo disse que essa coisa está em todas as casas. Está travando uma batalha perdida com os guerreiros dos teclados.

– Talvez esteja – disse Henry com um sorriso triste. – Mas vou lutar enquanto puder.

– Como vai saber se perdeu? – perguntei, interessada.

– Se esse dia chegar, vou saber. Até lá, estou feliz sendo um ludita.

Henry levantou sua taça e eu levantei a minha para bater na dele. Não concordava nem discordava de suas ideias, mas o gesto dizia que, por enquanto, tínhamos estacionado a discussão em termos amigáveis.

No entanto, Shafeen tinha outras ideias. Ele deu um corte na amabilidade.

– Você não é um ludita – disse com escárnio para Henry. – Não é a mesma coisa.

De repente, todo mundo estava escutando. Piers chegou a pousar sua taça e Cookson parou com (ironicamente) uma colher nos lábios. Lara pousou o queixo na mão, num gesto charmoso. Nel parou de empurrar o pudim para um lado e outro na tigela. Esme e Charlotte sacudiram o cabelo e viraram a cabeça para ouvir também.

– Os luditas faziam parte de um movimento da classe operária. – Shafeen se dirigiu à pirâmide de laranjas à sua frente, sem olhar à direita nem à esquerda. – Eles achavam que as máquinas iriam substituí-los e tirar seus salários. E não ameaçar algum modo de vida morto muito tempo atrás, cheio de privilégios, luxos e lazer. Eles queriam *trabalhar*. – Shafeen se virou e olhou direto para Henry. – Você já trabalhou algum dia?

– E *você*? – perguntou Henry, sem se abalar.

Shafeen se mexeu um pouco.

– *Eu* não estou dizendo que sou ludita. Só estou dizendo que *você* também não é.

Henry se espreguiçou, demonstrando uma confiança suprema.

– Bom, Shafeen, você me conhece há... quantos anos?

– Dez – respondeu Shafeen rapidamente.

– Você me conhece há dez anos. O que *você* diria que eu sou?

Ficamos num silêncio mortal, esperando. Shafeen pensou um momento, examinando Henry como se nunca o tivesse visto.

– Você é o rei Canuto tentando segurar a maré. Canuto pôs o trono na praia e ordenou que as ondas recuassem em vez de se aproximarem. Mas algumas coisas não fazem o que você manda, não importando quanto você seja aristocrata. Até Canuto acabou tendo que pegar seu trono e ir embora.

Houve um silêncio perigoso.

Olhei nervosa para Henry, mas, assim como no fim da história da mãe tigresa, ele começou a rir. E disse inesperadamente:

– Você está absolutamente certo. – Depois bateu palmas. – Bom, se todo mundo está satisfeito, é hora de pegar meu trono e ir embora. – Então empurrou a cadeira e se levantou. – Shafeen, temos um acerto de contas.

Ele olhou para fora das janelas. A luz estava se esvaindo e o céu ficando com o mesmo laranja das frutas na mesa e das árvores lá fora.

– Há tempo para mais um *drive* antes de escurecer – anunciou Henry.

Eu quase tinha me esquecido do tiro ao pássaro e da competição de trucidar faisões; por um momento achei que o acerto de contas a fazer fosse sobre os luditas.

Henry levantou a mão e um dos empregados trouxe mais uma das incontáveis bandejas de prata de Longcross. Nessa bandeja estava uma grande garrafa de prata com uma espécie de base de couro marrom que chegava até a metade. Em volta da garrafa, num círculo bem arrumado, havia seis copinhos de prata. Henry serviu um líquido marrom nos copos (não fiquei sabendo o que era. Conhaque? Uísque?) e os empregados os distribuíram, deixando de fora Lara, Nel e eu.

– O que nós somos, café com leite? – falei em tom de brincadeira com Lara, que estava do lado oposto da mesa.

De novo senti pena dela: Henry tinha passado todo o almoço ignorando-a. Eu não precisava de bebida, mas precisava dizer alguma coisa.

– Só os participantes da caça recebem um copo – explicou ela em sua voz entediada, tipo "Não seja idiota", e abruptamente parei de sentir pena. – Há um número embaixo, que vai dizer onde eles ficarão no *stand* esta tarde.

– E isso importa? – perguntei.

– Na verdade, não. É só por diversão – respondeu ela na voz menos divertida de todos os tempos.

Piers, o bebum do grupo, foi o primeiro a terminar de beber. Fez isso como aquele montanhês enorme de *Indiana Jones e os caçadores da arca perdida* que trava uma competição de bebida com a Marion. Engoliu o líquido, segurou o copinho de prata na frente do corpo com o braço estendido e o bateu emborcado na mesa. De onde eu estava, pude ver que havia um pequeno número gravado embaixo do copo.

– Três – gritou ele, e todo mundo comemorou.

Cookson não ficou muito atrás.

– Um! – Todo mundo comemorou de novo.

Esme:

– Quatro! – Aplausos.

Charlotte:

– Dois! – Aplausos.

E então Henry:

– Cinco!

– U-huuul! – exclamei, tentando entrar no espírito.

Shafeen foi o último. Zero suspense, claro. Todo mundo sabia que ele era o seis. Mesmo assim, todos aplaudiram, educados, quando ele disse o número.

Vi Piers e Cookson trocarem um olhar e senti um súbito tremor de premonição.

20

Eu me lembrei do filme *Coração de cavaleiro* e da cena em que a dama olha seu cavaleiro no torneio derrotando todos os outros competidores.

O sangue de cruzado de Henry ressurgiu, e achei fofo (*fofo!*) ele querer que eu o olhasse. Só que eu também tinha uma pequenina dúvida de que ele seria mesmo capaz de *derrotar* Shafeen. Shafeen tinha nos encarado durante o almoço com uma expressão estranha e agora seguia até seu lugar na linha com uma determinação séria. Numa cena de faroeste, ele estaria girando sua arma, e não a carregando dobrada sobre o braço.

Agora estávamos muito mais perto da ação do que antes do almoço e o barulho era incrível. Todos os atiradores usavam protetores de ouvido por cima dos bonés chatos, mas nós, espectadores, não. Era como se meus ouvidos estivessem explodindo. Houve aquele cheiro estranho de novo, o odor acre dos cartuchos, e eles saltavam das espingardas e caíam quicando no capim. Henry estava mirando e disparando em rápida sucessão, e tinha uma boa taxa de acertos. Mas Shafeen era incrível. Era um atirador absolutamente fantástico. Eu jamais teria pensado isso sobre ele. Era como Gregory Peck em *O sol é para todos* – um personagem íntegro, mas bastava colocar uma arma em sua mão e ele ficava totalmente preciso e mortal.

Shafeen acompanhava os pássaros com sua espingarda e os derrubava um atrás do outro, trocando a espingarda como um atleta de revezamento, sem nem ao menos olhar para trás. Os faisões choviam lá de cima, caindo no capim úmido com pancadas surdas. Um deles quase me acertou e caiu a meus pés como um tributo.

Peguei o faisão e o segurei. Estava bem morto, mas continuava quente – era estranho demais pensar que uma coisa podia estar morta e quente ao mesmo tempo. A cabecinha do pássaro tombou na minha mão. Eu só conseguia pensar em como ele era lindo – havia umas cinquenta cores nas penas, desde uma espécie de verde-azulado até o vermelho-escuro e um monte de tons marrons diferentes entre as duas. Enquanto eu o olhava, com suas patinhas já se contraindo na morte, fiquei triste de verdade, tipo quando a gente sente que vai chorar. Nesse momento odiei Shafeen e Henry.

Então aconteceu uma coisa realmente estranha: um spaniel preto veio trotando até onde eu estava, pegou muito educadamente a ave das minhas mãos e a carregou, cuidadoso como uma mãe, até a pilha de corpos emplumados de Henry.

Shafeen baixou os canos de sua arma.

– Aquele pássaro era *meu* – gritou, furioso.

Henry se virou para Perfect.

– Perfect?

– O pássaro era do senhor, com certeza.

– Parece que a contagem está empatada, meu velho – disse Henry a Shafeen, franzindo os olhos contra o sol.

Shafeen olhou de um para o outro.

– Ah, bem, se você não consegue vencer como um cavalheiro… – disse com desprezo.

Captei uma expressão furiosa passando pelo rosto de Henry antes que ele recompusesse as feições. Houve um momento de tensão horrível, rompido pelo barulho que indicava o último *drive* do dia.

Nel, Lara e eu recuamos, por segurança, e o céu escureceu com as aves alçando voo. Claro que todos olhamos para cima, para as aves, querendo ver se Henry ou Shafeen sairia vitorioso, por isso ninguém viu exatamente o que aconteceu em seguida.

Lembro de uma saraivada terrível e de ver mais pobres faisões despencando do céu. Então houve um único disparo, tão alto que quase pareceu vir do lado do meu ouvido. Minha audição se embotou no mesmo instante, como se o som ambiente tivesse diminuído. Meus ouvidos zumbiam com um tinido fantasmagórico. Abafado sob o ruído, quase como se estivesse embaixo d'água, ouvi um grito. Era como se tudo estivesse acontecendo em câmera lenta. Olhei para baixo e para a direita, na direção do grito, a tempo de ver Shafeen girando com a força de um golpe e caindo no capim.

Ele tinha levado um tiro.

O declínio dos anos dourados, pensei e comecei a correr.

Estava absolutamente convencida de que, assim como o cara no filme, Shafeen estava morto. Quando nos aproximamos, já havia um pequeno grupo de pessoas, cachorros e medievais em volta dele. Precisei abrir caminho através de galochas e cães para chegar perto.

Ele estava com uma cor terrível – a pele escura quase verde. Estava de lado, segurando o braço e rolando ligeiramente, de modo que pelo menos estava vivo. Ninguém mais tocava nele, por isso me ajoelhei e soltei sua mão do braço, e vi um rasgo feio na manga do casaco. Dobrei o tecido e percebi que o rasgo atravessava o suéter e a camisa.

E a pele.

Quase vomitei. De um talho horrível escorria sangue.

– Um chumbinho o ralou – observou Piers em tom casual.

Olhei-o incrédula.

– Um ralado é o que a gente tem no joelho quando cai na escola primária. Não é *isso*.

Era fundo, e o sangue continuava saindo.

Piers se remexeu e disse, carrancudo:

– Só quis dizer que não vai haver chumbinhos para serem arrancados. É um negócio muito dolorido.

Cookson assentiu:

– O médico vai dar um jeito e ele vai ficar ótimo.

Balancei a mão, impaciente.

– Chega de papo furado. Precisamos amarrar alguma coisa no braço dele. – Eu tinha visto isso nos filmes.

Levantei os olhos e ninguém estava se mexendo. Todos os serviçais se mantinham afastados, como se achassem que não tinham o direito de se intrometer nas questões de seus superiores. Todos os medievais estavam num semicírculo, olhando Shafeen, que se retorcia e gemia.

Nesse momento presumi que eles simplesmente não sabiam o que fazer. Em *O mordomo e a dama*, uma família aristocrática sai numa viagem marítima e sofre um naufrágio. Quando estão numa ilha deserta, fica evidente que a família rica não tem nenhuma habilidade para sobreviver e fica à mercê de um mordomo tremendamente engenhoso chamado Crichton, que acaba se tornando o chefão da ilha.

Ali, na clareira, foi Nel que acordou do estupor e teve mais utilidade do que todos os outros juntos. Ela tirou seu cinto Hermès novo em folha, ajoelhou-se e me ajudou a amarrá-lo em volta do braço de Shafeen. Esme e Charlotte, que um minuto antes estavam perfeitamente felizes em ver pássaros serem alvejados e partidos em milhões de pedacinhos, faziam um estardalhaço histérico diante da visão do sangue de Shafeen. Os garotos simplesmente ficaram parados, como se não soubessem como ajudar – ou não quisessem.

Shafeen estava tremendo, com os olhos meio fechados. Tirei meu casaco, Nel tirou o dela e nós os pusemos em cima dele. Isso envergonhou Cookson e Piers, instigando-os a agir, e eles fizeram o mesmo. Estranhamente, Henry, o rei do empréstimo de paletós, não fez nada. Era quase como se ele também estivesse em choque.

– O que aconteceu? – gritei, esperando arrancá-lo do estupor.

– É difícil dizer – respondeu Piers, preenchendo o silêncio. – Alguém atirou mal, acho. Punjab estava saindo da linha, ficando meio competitivo com o velho Henry.

– É impossível dizer quem foi – disse Cookson. – Um infeliz acidente.

Henry não disse nada, apenas olhou para Shafeen com uma expressão ininteligível. Então se ajoelhou e estendeu a mão.

– Venha, meu velho. Vou ajudá-lo a se levantar.

Os olhos escuros de Shafeen se focaram.

– Não – respondeu claramente. – Você, não.

Henry se encolheu como se ele é que tivesse levado o tiro. Levantou-se e cambaleou para trás. Não era hora da rixa infantil dos dois.

– Alguém precisa pegar você! – exclamei, a preocupação me fazendo gritar com o pobre Shafeen. – E se você desmaiar? – O que eu queria realmente fazer era pegá-lo e carregá-lo montanha abaixo, como ele tinha feito com Nel. Virei-me para Henry. – Podemos trazer um carro até aqui?

Henry balançou a cabeça.

– *Eu* o levo. – Piers enfiou as mãos embaixo das axilas de Shafeen. – Venha, Punjab. *Jeldi, jeldi.*

Mas Shafeen era grande e estava perdendo e recuperando a consciência. Era um peso morto. Piers e Cookson juntos não conseguiam carregá-lo.

– Perfect – chamou Henry calmamente –, mande alguém tirar o portão.

Achei que era alguma piada inconveniente, mas, de modo inacreditável, Perfect e alguns homens literalmente tiraram um portão do muro de pedras ali perto e colocaram Shafeen sobre ele. Como carregadores de caixão, todos o levantamos, e foi assim que levamos Shafeen morro abaixo.

Durante todo o caminho olhei seu rosto franzido, ficando mais pálido, e a manga do paletó de tweed escurecendo com o sangue. Nel sorria para ele.

– Agora eu estou carregando *você* morro abaixo – disse ela.

Ele a olhou e meio que sorriu. Então tombou a cabeça de lado de novo e fechou os olhos.

Em casa, um enxame de empregados fluiu para fora da entrada grandiosa quando nos aproximamos, seguidos pelos gordos labradores de Henry. Os homens tiraram Shafeen do portão. Nesse ponto ele estava consciente e conseguia andar com auxílio, e dois ajudantes de mordomo o levaram. Todos nós os seguimos.

Puseram Shafeen perto da lareira, no meio da confusão de bengalas, uma velha roupa de neoprene e fileiras de galochas. Os labradores o farejaram e Nel, apesar dos cachorros, se agachou ao lado dele como Florence Nightingale.

– Devo ir lá fora esperar a ambulância? – perguntei.

Henry ficou com uma expressão estranhamente vazia.

– Você chamou uma *ambulância*, não chamou?

Henry se virou para o gigantesco chefe dos guarda-caças.

– Perfect, vá ao povoado chamar o médico.

– Pelo amor de Deus! – gritei. – Acorde!

Era como se o tiro na colina tivesse me despertado de um sonho, um lindo sonho do passado. Ele tinha aberto um buraco na fantasia da manhã. Segurei o braço de Henry e o puxei para fora. Perfect, a sombra, veio atrás.

No ar puro, pude dizer o que não queria que Shafeen escutasse:

– Sua linda vida antiquada é muito boa, mas isso é uma *emergência!* Ele está perdendo sangue! E se ele morrer?

– Ele não vai *morrer* – respondeu Henry. – É um ferimento superficial. – Mas, numa concessão a mim, disse ao empregado: – Seja o mais rápido que puder, Perfect.

Perfect tocou no boné e foi andando, não muito depressa, devo dizer, na direção do estábulo.

– Você vai mandar Perfect *a cavalo*? – gritei.

É exatamente o que fizeram em *O declínio dos anos dourados*, mas o filme se passava antes da porcaria da Primeira Guerra Mundial.

– *Claro* que não – reagiu ele rispidamente. – No carro da propriedade.

– Mas Shafeen precisa ser tratado num *hospital.*

– O hospital mais próximo fica a uma hora e meia.

Então me acalmei um pouco. Se isso era verdade, acho que o plano de Henry era o modo mais rápido de conseguir cuidados médicos para Shafeen. Mas eu ainda estava ofegando. Henry pôs a mão na minha, porém dessa vez não senti o choque elétrico.

– É melhor desse jeito – disse ele gentilmente. – Confie em mim.

A verdade é que eu não tinha certeza se ainda confiava.

21

Na noite em que Shafeen levou o tiro, eu não esperava que houvesse um jantar. Mas eu deveria saber. Seria necessário mais do que um ser humano ferido para afastar a classe superior de suas refeições.

Fiquei sentada na cama no Lowther por um longo tempo, sentindo frio apesar do fogo agradável, pensando e olhando sem ver a luz que ia morrendo lá fora. Jeffrey me espiava sem dizer nada. Era disso que eu gostava no Jeffrey. Ele sabia qual era o momento de ficar quieto e deixar a gente pensar.

Quando Betty chegou com minhas roupas, nem deixei que ela as colocasse na cama.

– Betty – falei bruscamente –, eu me visto esta noite. É só isso.

Estranhamente, ela pareceu muito menos feroz enquanto assentia com a cabeça e saía. Talvez preferisse um mundo sem "por favor" e "obrigada", um mundo onde os patrões conheciam seu lugar e ela conhecia o dela. Será que se sentia mais confortável assim? Com ordens em vez de pedidos? Será que Henry estava certo com relação à ordem natural das coisas?

De qualquer modo, eu não precisava dela aquela noite. Sabia exatamente o que ia usar e como faria o cabelo e a maquiagem. Tirei o vestido da minha mãe de dentro da mala. Vesti e decidi que naquela noite não haveria cachinhos de princesa. Liguei a chapinha e alisei totalmente o cabelo, deixando a franja chegar aos cílios e as pontas roçando os ombros. Olhei no espelho com uma espécie de satisfação. O Vestido era pura perfeição – cinza-prateado, tomara que caia, com milhares de contas pretas redemoinhando e se agrupando na frente como um bando de estorninhos. Minha mãe podia não ter sido grande coisa como mãe, mas sem dúvida sabia fazer um vestido, e eu a respeitava por isso. Havia muito trabalho nele, cada conta tinha sido costurada à mão. Então achei que ela devia ter me amado *um pouquinho*, para fazer aquele vestido para mim.

Remexi na bolsa de maquiagem procurando o delineador e desenhei dois traços benfeitos sobre as pálpebras, apontados para cima nas bordas externas. Dei uma última olhada no espelho. A princesa havia sumido. Olhei-me de novo e fiquei satisfeita em ver que estava um pouquinho perigosa.

Decidi que não poderia encarar as bebidas na sala de estar, se é que ao menos isso estava acontecendo, por isso fui direto para o jantar, sozinha. Não fiquei surpresa ao notar que Shafeen não estava presente. Eu meio que havia esperado que Nel também não estivesse, de modo que a cada noite haveria uma pessoa a menos no jantar, como naquele filme da Agatha Christie, *O vingador invisível*. Mas ela estava lá, ou quase isso. Era um fantasma da pessoa que havia sido.

Agora eu estava separada de Henry, com Lara entre nós. No almoço eu tinha ficado perto dele. Achei que estava sendo castigada por ter gritado com ele sobre a ambulância.

O jantar começou muito sério, mas depois de dois pratos, assim que o vinho começou a correr, os medievais ficaram barulhentos como sempre, conversando e gargalhando. Era como se nada tivesse acontecido com Shafeen.

Fiquei brincando com a comida. Era sopa de peixe, prato do qual não sou muito fã, ainda mais quando me lembrei de que era isso que eles faziam: tínhamos comido carne de cervo na noite antes de matarmos o cervo, faisão com guarnição de chumbinho antes do tiro ao pássaro e amanhã íamos pescar. Eu não conseguia acreditar que os esportes continuariam depois do que tinha acontecido, mas aparentemente, pelo que eu ouvia à mesa, esses incidentes não eram incomuns. Devo ter ouvido "essas coisas acontecem" umas cem vezes.

Essas coisas acontecem. Essas coisas acontecem. Todo mundo tinha uma história de um tio, um primo, um convidado que havia levado um tiro durante um *drive.* Eu não estava convencida.

A única referência direta a Shafeen foi quando Henry se levantou, bateu com sua faca de prata na taça até que todo mundo ficou em silêncio e disse:

– Claro, não farei o brinde do tiro ao pássaro esta noite por respeito a Shafeen, que sofreu um leve ferimento.

Pensei no sangue atravessando o paletó de Shafeen e precisei morder a língua.

– Em vez disso, dedico um brinde a Shafeen e nossos melhores desejos de uma recuperação rápida.

– A *Shafeen* – disseram todos, sérios e respeitosos. Então Piers acrescentou, com a taça levantada bem alto: – O playboy de Punjab! – E todos caíram na gargalhada.

Pousei minha taça. Senti que ia engasgar com o vinho.

Então dois empregados se aproximaram de Henry. Um colocou o livro preto encadernado na frente dele, aberto na página certa, e o outro lhe entregou uma caneta-tinteiro.

Ah, pensei, *ele ainda vai escrever no livro de caça.*

De onde eu estava sentada não dava para ver exatamente o que Henry estava escrevendo, mas sabia que ele estaria registrando o número de faisões massacrados naquele dia. Então ele fez uma última anotação e virou o livro de frente para Lara. Os olhares dos dois se encontraram e eles trocaram um risinho. Esse foi o erro dele, porque, quando mostrou o livro a ela, também o mostrou a mim.

Nunca vou esquecer o que li. Ainda posso, até hoje, ver o rabisco de tinta secando no papel à luz das velas.

1 Shafeen Jadeja

Foi então que eu soube.

Todos os pensamentos terríveis que eu tinha tentado manter a distância no andar de cima, sentada na cama enquanto a noite caía lá fora, se atulharam sobre mim, juntando-se como a escuridão do lado de fora da janela. Henry de Warlencourt tinha listado Shafeen no livro como caça. Ele não tinha mais valor do que aqueles faisões. Henry não somente havia anotado o nome dele, mas o colocara como uma *quantidade*: "1 Shafeen Jadeja", como se houvesse milhares de Shafeen no mundo. Faisões e aldeões, ambos dispensáveis e sem valor.

Achei que ia vomitar.

Felizmente, assim que o livro de caça foi fechado, nos levantamos da mesa e nós, damas, nos retiramos para tomar café na sala de estar, o que me deu uma saída. Nel, as três sereias e eu nos acomodamos em várias poltronas e sofás, as garotas medievais absorvidas no ritual de distribuir cigarros e acendê-los.

Eu me perguntei como conseguiria conversar, agora que sabia o que sabia. Fiz questão de me sentar ao lado de Nel. Precisava falar com ela, precisava me desculpar por não acreditar nela. Nossa amizade era muito recente, mas eu já havia sido totalmente horrível com ela, descartando sua opinião como se ela fosse uma psicótica histérica.

Procurei uma distração. Quando a empregada chegou com a bandeja de prata com café e houve toda a agitação de colocar leite e açúcar, aproveitei a chance. Segurei o braço de Nel com força suficiente para doer. Precisava que ela soubesse que eu estava falando sério.

– *Desculpe* não ter acreditado em você. Você estava certa o tempo todo – murmurei.

– O quê?

Eu a interrompi:

– Não temos tempo. Não pergunte nada. Diga que vai dormir. Encontre-se comigo no quarto do Shafeen em dez minutos. Leve as sementes.

– As *sementes*?

– É. As sementes.

22

O quarto de Shafeen ficava num andar diferente do meu e do de Nel – provavelmente devido a alguma estranha questão moral, ainda que Longcross acabasse sendo o lugar menos moral onde já estive.

O quarto dele também tinha nome. Era Raby. Quando bati à porta e entrei, Nel já estava lá. Nós duas nos sentamos na cama de Shafeen, numa estranha imitação da noite anterior, quando eu havia me sentado na de Nel.

Só que ele não estava de roupão. Estava sentado com as cobertas puxadas até a cintura, o peito moreno e liso e os ombros largos surgindo acima. O cabelo escuro estava todo bagunçado da cama e caindo em volta do rosto. Subitamente notei como ele era bonito. Havia uma bandagem branca enrolada na parte de cima do braço e um frasco de analgésicos na mesinha de cabeceira.

Ele deu um sorriso tenso quando entrei e perguntou:

– O que está acontecendo?

Agora que estávamos ali, eu não sabia direito o que dizer. Nel e eu iríamos parecer duas histéricas fantasiando. Mas bastou um olhar compartilhado para dizer que estávamos no mesmo barco. Eu não sabia realmente como começar, mas sabia que alguém precisava fazer isso.

– Olha, Shafeen, eu... Nós temos uma coisa para contar a você.

O rosto dele ficou sério – de repente me lembrou um falcão: um caçador, não uma presa.

Nel assumiu:

– Achamos que os medievais atiraram em você *de propósito.*

– *Claro* que eles atiraram em mim de propósito.

Nel e eu nos olhamos com uma mistura de choque e alívio.

– Você também acha?

– Acho. Eles me deram o copo número seis no almoço para que eu ficasse no fim da fila, onde podiam virar as espingardas para mim sem acertar um ao outro. Eu estava mirando num faisão acima da cabeça. Ele mudou de direção no ar no último minuto e girei para tentar acertar. E, se não tivesse feito isso, estaria morto agora.

Meu queixo caiu.

– Mas eles seriam *assassinos.*

– Não. Teria sido um "acidente terrível". Um garoto indiano inexperiente, que não sabia o que estava fazendo, ficou na linha de tiro. Henry, Piers, Cookson e os outros atiram com espingardas desde que eram crianças. – Ele fez um gesto e se encolheu. – Todos são bons atiradores. O veredicto seria morte acidental e todo mundo seguiria em frente com a vida.

Fiquei chocada com essas palavras ásperas.

– Mas eles cometeram dois erros. Primeiro: eu também atiro desde que era criança. Caçar aves é um negócio importante no Rajastão. Segundo: *eles erraram.*

– Mas eles deviam *saber* que você falaria.

Shafeen balançou a cabeça.

– Eles contam com o fato de as pessoas sentirem medo deles, com o status, o dinheiro. Eu não tenho medo. Mas, mesmo se eu falasse, e daí? É a minha palavra contra a deles. Vocês duas ficariam em silêncio por causa do medo, e quem mais estava na caçada? Um punhado de medievais, alguns camponeses de Longcross e Perfect, vulgo o monstro de Frankenstein, que é criatura dos Warlencourts há gerações.

– E quem atirou em você? – perguntei, com um sentimento de pânico se acomodando no estômago.

– Eu não vi – admitiu ele. – Estava olhando para cima o tempo todo. Mas tenho quase certeza de que foi o Henry.

De algum modo eu sabia que ele iria dizer isso. Mas ainda me pegava querendo que não fosse verdade.

– Por quê?

– Em primeiro lugar, pela trajetória do tiro. Ele era o número cinco, tinha mira limpa de perto. Em segundo, quando fui acertado, a força me fez girar antes de cair. A espingarda dele tinha acabado de disparar. Eu o vi dobrá-la e vi os cartuchos pulando. Ele estava literalmente segurando uma arma fumegante. – Shafeen mudou de posição um pouco e tomou um gole d'água. – Como vocês deduziram?

– Nel soube ontem – admiti.

– Quando os cachorros foram atrás de mim – disse ela –, eu sabia que eles estavam me caçando. Mas achei que eram só os outros medievais. Não achei que fosse o Henry. – Ela estava ecoando meus pensamentos. – Achei que Henry era o mocinho. Ele me ofereceu o paletó.

– Depois pegou de volta – observou Shafeen secamente.

– Na verdade... – Nel e eu nos encaramos rapidamente – nós temos uma coisa para mostrar a você. – Nel abriu a carteira cor de cereja que estava segurando e derramou as sementes mágicas na palma da mão de Shafeen. – Isso estava nos bolsos do paletó do Henry.

– Achamos que talvez você soubesse o que é – falei.

Ele olhou para a palma da mão.

– Sei – disse Shafeen, sério. – São sementes de anis.

Isso me fez pensar.

– Anis? Tipo para fazer balas de anis?

– É. Os cachorros não resistem. Em algumas partes do país, eles arrastam um saco com essas sementes pela colina, para os cães seguirem. Os cachorros ficam loucos com isso.

– Eu *achei* que havia cachorros farejando na porta ontem à noite – disse Nel, triunfante.

– Devia haver mesmo. Os cães de caça ficam nos canis, claro, mas até os labradores gordos e velhos de Henry subiriam a escada atrás do anis. Se você não se livrar disso, eles virão de novo esta noite.

Ainda era difícil acreditar.

– Aqueles cachorros pareciam tão mansos! Quero dizer, quando não estavam no "frenesi lupino". Arcas e Tigris até vieram me cumprimentar hoje de manhã quando eu...

– Quando você o quê?

– Os nomes – respondi. – Os nomes dos cachorros. – Virei-me para Shafeen. – No último dia na STAGS, a frade Mowbray contou na aula de Latim que Acteon foi despedaçado por cinquenta cães. Ela começou a dizer os nomes. Eram Arcas, Ladon e Tigris. – Olhei para Nel. – Os cachorros do Henry têm esses nomes. Ele chamou os três assim, ontem. E aposto que todos os outros têm os nomes dos outros 47.

– Aposto que sim. – Shafeen se remexeu, encolhendo-se ligeiramente de dor. – Então? Agora está convencida, Greer?

Confirmei com a cabeça.

– É. Ontem à noite eu não estava – admiti. – Quer dizer, eu sabia que Nel tinha passado por um susto enorme, mas não acreditei que ela estivesse sendo caçada. Encontrei Henry do lado de fora do quarto de Nel. Ele queria saber como ela estava. Ele… me convenceu de que estava preocupado.

Não consegui olhar para Nel. Pelo que eu sabia, ela também tinha gostado do Henry e no dia da caça ao cervo tinha sofrido a mesma desilusão horrível que sofri no dia do tiro ao pássaro.

– Ele me levou para o telhado e nós conversamos. Foi ótimo. Ele me garantiu que estávamos em segurança. Falou, e me lembro muito bem: "Dou minha palavra de *cavalheiro:* você não vai levar nenhum tiro. Nem Chanel."

– Bom, ele não estava mentindo – disse Shafeen. – *Eu* era o alvo do dia. – Ele estreitou os olhos escuros para mim. – Ele disse que você era linda?

– Disse – respondi baixinho.

Pelo jeito, Henry estava mentindo sobre isso também.

– Ele beijou você?

Cara, ele era esperto.

– Beijou.

– E o que fez você mudar de ideia com relação a ele? – perguntou Shafeen, muito mais gentil. – Quando a venda caiu dos seus olhos?

– No jantar esta noite. Sabe aquele livrão preto?

– O livro de caça? Sei. Eles anotam o que mataram no dia.

– Bom, você está nele. Escreveram o seu nome também, embaixo de todos os faisões.

Até o irônico Shafeen pareceu chocado.

– Tem *certeza*?

Assenti.

– Sim. Eu vi.

– Isso provavelmente significa que escreveram o *meu* ontem – disse Nel. Ela parecia à beira das lágrimas, como se não acreditasse que uma crueldade assim pudesse existir. Pus a mão em cima da dela.

– É. E eu vi outra coisa também. O modo como Henry mostrou a Lara. Os dois estavam rindo. Acharam engraçado.

Meu mundo havia mudado com aquele olhar. Veja bem: aquele tempo todo eu tinha tentado me convencer de que a crueldade vinha de todos os *outros* medievais. Não dele, jamais dele. Mas por fim precisei acordar. Tinham sido o paletó de Henry, a casa de Henry, o fim de semana de Henry... o médico de Henry. Sem hospital. Olhei a bandagem branca e benfeita no braço de Shafeen, contrastando com sua pele morena, e o frasco de analgésicos na mesinha de cabeceira.

– Parece que o médico fez um bom serviço em você.

– Ah, sim. Ele cuidou de mim *muito* bem, para um cara que obviamente tinha mais de 80 anos – disse ele com uma leve ironia.

Olhei o curativo bem enrolado.

– Quer dizer que ele *não* cuidou de você? – perguntou Nel.

– Ah, não, ele *garantiu* que eu estivesse confortável. Cuidou de mim muito bem, como vem cuidando da família há cinquenta anos. Precisou se certificar de que não houvesse nada a ser contado por aí nem necessidade de um hospital, como faz todas as vezes.

Ali estava de novo.

– *Todas as vezes*?

– É. Vocês ainda não captaram, não é? – Ele olhou para Nel. – A coisa é maior do que só este fim de semana. Eles fazem isso há *anos*.

Nel e eu ficamos em silêncio durante um bom tempo, absorvendo aquilo.

– Shafeen – falei com gentileza –, se o que você está dizendo é verdade, precisamos procurar a polícia.

– Não – disse ele, mais decididamente do que tudo que já havia falado.

– Mas... – começou Nel.

Ele a interrompeu:

– Ainda não temos provas. Não vou embora até conseguirmos uma. O que vocês acham que estou fazendo aqui?

Arregalei os olhos para ele.

– Quer dizer que você *sabia*?

– Tinha suspeitas há anos. Uns adolescentes viajam para o fim de semana do Justitium e voltam como fantasmas. Criaturas despedaçadas que andam pela escola feito zumbis, não ousando dizer nada aos medievais. Tentam manter a cabeça baixa e se formar.

– Gemma Delaney! – falei de repente.

Ele fez que sim com a cabeça.

– Ela é uma.

– Quem é Gemma Delaney? – perguntou Nel.

– Uma garota que era da minha antiga escola. Ela pediu para eu não vir a Longcross. Deve ter vindo aqui no ano passado.

– Veio – disse Shafeen. – E não é a única. Alguns voltam feridos, outros apenas apavorados. Todos são colocados no seu devido lugar; o lugar cuidadosamente marcado que os medievais escolheram para eles. Às vezes não voltam.

– *O quê?* – perguntamos Nel e eu, em coro.

– Corre uma lenda na escola. Um garoto nos anos 1990 veio a Longcross e não voltou. Eles o escolheram bem: era um garoto de um país do Terceiro Mundo. Pele morena, nome engraçado. – Ele apontou para si mesmo. – Com bolsa na STAGS… – Ele apontou para mim. – Não era do tipo certo… – Ele apontou para Nel. – Parece familiar? Segundo a história, o garoto morreu num acidente de caça em Longcross.

– Mas *não pode* ter sido o Henry – protestei, ainda incapaz de parar de defendê-lo, de abandonar a fantasia. – Ele nem tinha nascido.

– Você não entendeu, não é? Isso vem acontecendo há *anos*. Meu Deus, até *o meu pai* veio aqui.

Então me lembrei: havia uma rixa antiga entre o pai de Henry e o de Shafeen.

– O que aconteceu?

Shafeen encolheu os ombros.

– Ele nunca me contou, como se tivesse vergonha. Mas agora tenho certeza de que tem alguma coisa a ver com isso.

– Por que ele mandaria você para a STAGS se ele mesmo passou por tudo isso?

– Não aconteceu nada com ele lá. Aconteceu em Longcross, não teve nada a ver com a escola. Ele teve uma formação ótima. Foi para Oxford, depois Sandhurst, mais tarde foi governador do Rajastão. Acho que não sabia que o filho de sua nêmesis, Rollo de Warlencourt, estaria na STAGS exatamente na mesma época que eu. Eles não se mantiveram exatamente em contato. Meu pai achava a STAGS uma escola ótima, cheia das pessoas certas. Tinha razão só pela metade.

– Que metade?

– A STAGS é uma escola excelente. Isto é, a formação é excelente e os frades são bons professores, mas os alunos todos fazem parte da coisa.

– De que coisa? – perguntou Nel.

– A coisa de "caça tiro pesca".

– Quem faz parte disso? – perguntei.

– Todos. Sua colega de quarto, por exemplo. Como é mesmo o nome dela?

Quase falei Jesus.

– Becca.

– Ela está metida nisso. E a sua, Nel.

– Do que você está falando? – perguntei.

– Sua colega de quarto estava lá quando você recebeu o Convite?

Pensei.

– Estava.

– Ela encorajou você a vir?

– Encorajou.

– Ela disse que você poderia se tornar uma medieval?

– Disse – respondi, envergonhada.

Shafeen bateu nos lençóis com a mão boa.

– *Essa* é a cenoura pendurada na frente do burro. Eles têm o grupinho de elite que governa a escola e todo mundo é tão desesperado para fazer parte que fica fácil ser enganado. Até eu – admitiu ele. – A verdade é que agora Becca provavelmente vai virar uma medieval, por ajudá-los a colocar você na armadilha. Foi a primeira conversa que ela teve com você em todo o período?

Confirmei.

– O mesmo com você, Nel?

– É.

– Estão vendo? – Shafeen se sentou mais ereto. – Eles fazem você se sentir rejeitada, deixam você carente de amizade, de sorrisos, de conversa.

Então, quando finalmente falam com você, é como se o sol tivesse saído. Acredite, eu entendo. Eles me convidaram algumas vezes no decorrer dos anos. Pelo jeito, nem podiam esperar o *sixth form* no meu caso. Eles me *odeiam*.

– Por quê? – perguntei, interessada.

Ele deu de ombros e fez uma careta, e pude ver pela primeira vez que estava doendo. Não apenas o braço, mas o fato de que os medievais não gostavam dele. Vi os anos de bullying e exclusão que ele devia ter suportado na STAGS.

– Não sei – respondeu com voz fraca, subitamente parecendo um menininho. – Talvez porque eu não me ajuste ao que eles consideram normal. Eles não sabem o que fazer comigo. – Shafeen olhou rapidamente para mim. – Naquela primeira noite, no jantar, eu não fui justo com você, Greer. Meu pai *administra* um banco em Jaipur, mas ele é o presidente. E nós *somos* da realeza indiana e temos um palácio nas montanhas. Temos o mesmo dinheiro. Os Jadejas são tão antigos quanto os Warlencourts, e provavelmente tão ricos quanto. Temos o mesmo passado. Meu pai cursou a STAGS, depois Oxford, depois Sandhurst. Eu vivo como eles, falo como eles, caço cervos e pássaros e pesco como eles. Acho que é só a pele morena e o nome engraçado que não estão certos. Ainda sou um selvagem, no sentido mais verdadeiro, desde os dias do Raj e do Império. Não, até antes disso. Você ouviu falar deles nas aulas de História, Greer. Henry sempre será um cruzado e eu sempre serei um infiel.

Pensei nisso durante um tempo, depois peguei uma coisa que ele tinha dito.

– Você falou que eles o convidaram antes?

– Ah, sim. Um monte de vezes.

– Mas você só veio agora?

– É.

– Por que *este* ano?

Ele me olhou como uma pessoa faz quando quer calar a outra.

– Eu tinha meus motivos.

Captei a mensagem e recuei. Além disso, achava que sabia qual era a verdade. Ele estava ali porque Nel tinha sido convidada. Estava ali para protegê-la.

Naquela noite da história da mãe tigresa ele tinha dito aquilo para proteger Nel. Ele é que percebeu quando ela sumiu na caça ao cervo. Ele tinha carregado Nel morro acima. Acho que ele gostava dela. Olhei para Nel, sentada perto de Shafeen com seu vestido cor de cereja, toda bonita, rosada e branca, o cabelo louro, com luzes, caindo nos ombros. Os dois formariam um casal lindo. Engoli o que parecia um ser um bolo na garganta. Naquela manhã eu havia achado que tinha um namorado. Ao anoitecer tinha descoberto que o mesmo suposto namorado era um maníaco homicida. De repente, precisava ir embora, me afastar o máximo possível de Longcross.

– Precisamos dar o fora daqui – falei. – Podemos fazer as malas agora e ir, antes que algum deles acorde.

– Ir para onde? – perguntou Nel. – Lembra-se de hoje, quando você estava tentando conseguir uma ambulância para o Shafeen?

Olhei para Shafeen. Não tinha certeza se ele sabia dessa parte.

– Henry disse que o hospital ficava a uma hora e meia daqui – continuou Nel. – Pode ser a cidade mais próxima e a delegacia de polícia mais próxima.

– E, mesmo se a gente chegasse a um povoado – disse Shafeen –, provavelmente o lugar estaria atulhado de arrendatários do Henry.

Eles estavam certos. Já viu *O homem de palha*? A última coisa de que precisávamos era de uma comunidade do Lake District começando a fazer alguma feitiçaria esquisita e colocando fogo na gente dentro de uma escultura de palha de Conrad de Warlencourt.

– E agora? – perguntei.

– Precisamos de alguma prova – disse Shafeen, sério. – E não vou embora até conseguir. Isso precisa acabar *agora.*

– Que tipo de prova? – perguntou Nel.

– Uma prova que deixe tudo preto no branco.

Preto no branco? Papel branco e tinta preta brilhando à luz de velas. Letras dizendo o nome de Shafeen.

– O livro de caça! – exclamei.

– É.

Outra imagem me veio à mente: a manhã na biblioteca. As fileiras e fileiras de livros pretos encadernados. Os livros que tinham datas, mas não títulos.

– Tenho quase certeza de onde podemos encontrar sua prova – falei.

Mas não podíamos descer e começar a xeretar com todas as luzes acesas, alertando os cinquenta milhões de empregados de Longcross sobre nossa busca. *Meus espiões estão em toda parte,* Henry tinha mencionado. E falava sério.

– O negócio é o seguinte: precisamos de uma lanterna.

– Que tal um Saros 7S?

Nel abriu sua carteira de novo e tirou um celular fino, lindo, feito de vidro liso e metal, arredondado nos cantos e reluzindo feito um tesouro. Tocou na tela, que se acendeu, mostrando uma foto linda de Nel segurando um gato fofo (eu deveria saber que ela curtia gatos), a data e a hora.

– Você trouxe o seu celular?

Nel confirmou com uma luz de malícia no olhar que fiquei realmente feliz em ver. Não a tinham derrotado, afinal. Ela também havia desobedecido às garotas medievais. Eu tinha trazido o Vestido da minha mãe para Longcross e o estava usando. Nel tinha violado as regras, mas com uma coisa um pouquinho mais útil, sua marca de rebelião.

Tecnologia.

– Que coisinha *linda* – disse Shafeen, admirando, e eu soube que ele estava falando de Nel, e não do celular.

Por um momento todos ficamos olhando para o Saros 7S como se fosse o Santo Graal em *Indiana Jones e a última cruzada*. Aquela pequena peça de tecnologia que não tinha mais de um palmo parecia quase milagrosa. Todos estávamos famintos daquilo por tempo demais.

– Ele tem lanterna?

Habilmente, Nel tocou na tela duas vezes e o olho da câmera emitiu um facho de luz ofuscante. Os olhos de Shafeen ficaram com um brilho quase igual. Ele afastou as cobertas e vestiu um roupão atoalhado branco por cima da calça do pijama. Sua expressão de caça tinha voltado.

– Hora de agir – disse ele.

23

Não vou mentir.

Ir nas pontas dos pés até a biblioteca de Longcross no escuro era a coisa mais assustadora que eu já havia feito. (Bem, até aquele momento. Coisas muito mais apavorantes aconteceram no dia seguinte.)

Tínhamos decidido ir separados, de modo que, se algum dos serviçais nos visse, poderíamos inventar alguma desculpa de que íamos beber água ou algo assim. Eu me lembrava do caminho e dei as indicações aos dois, junto à porta do quarto de Shafeen. Já devia ser de madrugada e o corredor estava misericordiosamente vazio.

– Desçam a escadaria principal e virem à direita – sussurrei. – É uma porta dupla enorme à esquerda. Ah, meu Deus…

– O que foi? – sussurraram Shafeen e Nel ao mesmo tempo.

– E se estiver trancada? Lá dentro há livros valiosos de verdade. Não estou falando só de primeiras edições; estou falando de *manuscritos.*

Shafeen pensou.

– Não creio que esteja. As pessoas ricas confiam umas nas outras. É um clube. Eles jamais sonhariam que alguém que convidaram para um fim de semana tentaria roubá-los.

– Mas nós estamos aqui, não é? – interveio Nel. – Não fazemos parte do clube. Eles deixaram isso bem claro. Eles *podem* trancar a porta para gente inferior como nós.

Shafeen franziu a testa.

– É verdade. Certo, eu vou na frente. Se estiver aberta, entro e fecho a porta. Se eu não voltar em cinco minutos, vocês vão atrás, uma de cada vez. Se estiver trancada, eu volto e teremos que tentar de manhã. Claro que isso seria muito mais complicado.

Fazer a busca de manhã seria praticamente impossível. Um: o lugar estaria cheio de serviçais. Dois: nós não íamos pescar? Mas não tínhamos opção, por isso precisávamos tentar o plano de Shafeen.

– Certo – falei. – Se você não voltar, a Nel vai descer.

– Espera aí, por que eu? – perguntou Nel.

– Você já passou por um tremendo susto nesta viagem. Precisa estar sempre com alguém. Shafeen está na biblioteca, eu estou aqui. É o enigma da raposa, da galinha e do milho.

– Eu sou a galinha? – perguntou Nel, triste.

– Você é a garota mais corajosa que eu conheço – falei com sinceridade. – Vá, Shafeen.

Acho que prendemos a respiração enquanto esperávamos aqueles cinco minutos. Contei os segundos na cabeça. Quando cheguei a trezentos, inclinei a cabeça levemente para Nel. Ela assentiu de volta e começou a descer a escadaria pé ante pé. Tinha tirado os sapatos chiques. Quando chegou a minha vez, fiz o mesmo. Por sorte, o tapete da escadaria era grosso e não emitia som. Mas vou confessar: foi assustador. Praticamente sem luz, ciente de que aquelas enormes pinturas pairavam acima da minha cabeça, com as vacas e as pastoras me olhando e, acima, o lustre gigantesco pronto para cair em cima de mim, como alguma coisa saída de *O fantasma da ópera*.

Nós nos encontramos atrás da porta dupla imponente. A luz do luar entrava pela porta de vidro. Qualquer um que entrasse iria nos ver, especialmente Shafeen, que parecia um fantasma com seu roupão atoalhado.

– Por aqui – indiquei, e levei os dois pela pequena escada em espiral até o mezanino, os pés descalços doendo um pouco em contato com o ferro frio.

Fui direto à prateleira baixa que tinha visto naquela manhã, a que estava cheia de livros encadernados em couro e com datas em vez de títulos.

Eram indicados em décadas, dezenas de centenas deles. Agora eu sabia o que eram. Eram livros de caça de todos os fins de semana, todos os anos e todos os séculos em que os Warlencourt vinham matando para se divertir.

Fomos direto até a extremidade e encontramos o livro mais recente, com a década atual gravada em ouro na lombada. Puxei-o, lembrando que tinha feito a mesma coisa de manhã. Se tivesse conseguido olhar naquela ocasião e não fosse interrompida pelo relógio, teria visto o nome de Nel escrito ali? Teria enxergado a verdade e corrido morro acima para alertar Shafeen?

Virei as páginas, folheando o papel grosso e de alta qualidade, com os outros dois olhando por cima dos meus ombros, até que encontrei a anotação do dia atual. Nel apontou a lanterna mais perto. Ali estavam as malditas palavras, na caligrafia de Henry:

Domingo, 30 de outubro
122 faisões
1 Shafeen Jadeja

– Nossa! – ofegou Shafeen. – Quer dizer, eu acreditei em você, mas... uau!

Ele balançou a cabeça. Nel bateu na tela do Saros, que piscou duas vezes.

– Fotos – disse ela. – Upload automático para o Orbit, que é o armazenamento de satélite do Saros. Agora temos prova, mesmo que tirem o telefone de mim.

Depois ela estendeu o dedo com a unha quebrada e virou uma página atrás. Ali estava ela, também.

Sábado, 29 de outubro
1 cervo autorizável
1 Chanel Ashton

Vi o rosto dela à luz branca do telefone. Tive medo de que Nel fosse vomitar. Mas, em vez disso, ela respirou fundo e bateu de novo na tela, tirando outra foto.

– Peguei você – disse.

Tive uma súbita ideia. Virei as páginas para trás até o Justitium do ano anterior.

– Olhem! – exclamei.

Os dois olharam.

Sábado, 31 de outubro
1 cervo autorizável
1 Gemma Delaney

Sem dizer nada, Nel tirou outra foto e eu precisei me apoiar na balaustrada. Não conseguia respirar. Fiquei me lembrando de Gemma, aquela garota luminosa da escola Bewley Park, cheia de confiança. Ela tinha sido reduzida a uma sombra de seu eu anterior, uma garota derrotada, mas ainda com a gentileza e a coragem para me procurar e implorar que eu não fosse a Longcross. E agora os medievais tinham tentado derrotar Nel e Shafeen.

– Bom – disse baixinho a Shafeen, com tanta raiva que mal conseguia falar –, você queria uma prova. Agora tem várias. Temos as fotos. Vamos.

– Esperem.

Ele pegou o Saros 7S da mão de Nel e começou a voltar pela fileira de livros. Estava passando os dedos nas lombadas e contando baixinho. Fomos atrás dele e da luz oscilante e paramos onde ele parou. Ele apontou o Saros para a lombada do livro e as letras gravadas em ouro brilharam no couro preto e fosco.

1960-1969

Então eu soube. Shafeen estava procurando seu pai.

Ele pegou o livro e folheou as páginas, indo e voltando como se estivesse desesperado para encontrar alguma coisa, mas também com medo de encontrar. Por fim, parou. Nel e eu chegamos mais perto. Shafeen desmoronou com as pernas cruzadas no piso do mezanino e precisamos nos ajoelhar para ler por cima do seu ombro.

Sábado, 26 de outubro de 1969
98 faisões
1 Aadhish Jadeja

– Shafeen… – comecei a dizer.

– Ele nunca me contou – interrompeu ele numa voz baixinha, embargada. – Ele nunca disse.

Pus a mão no ombro dele. Sabia por que o pai não tinha contado. Que homem quer admitir uma coisa assim ao filho que ama? Que tinha vindo para a Inglaterra na década de 1960, para uma escola de prestígio, e fora incluído e aceito como um garoto indiano a ponto de ser convidado para um fim de semana numa casa de campo senhorial. Deve ter ficado empolgado demais. Senti vontade de chorar. Queria ficar ali e chorar pelo jovem Aadhish Jadeja, um príncipe indiano, mas, ainda assim, sempre e para sempre, um excluído.

Shafeen fechou o livro com força.

– Eles precisam ser impedidos – declarou, numa voz bem diferente.

Nel pôs a mão em seu outro ombro.

– Vamos impedi-los. Agora temos as fotos.

– Isso não basta – insistiu Shafeen. – Eles podem dizer que as anotações são uma brincadeira. Ou que é como um livro de acidentes, você sabe, como o que temos na oficina de marcenaria na STAGS: se você corta o dedo, precisa anotar.

– Mas está tudo *aqui* – protestou Nel em voz alta. – Eles estão caçando *pessoas*! Atirando em *pessoas*!

– Shhh – acalmei-a. – Você não quer que os empregados escutem.

Mas justo quando falei isso, a sala escureceu quando uma silhueta enorme bloqueou o luar que entrava pela porta do jardim.

Uma silhueta com botas pesadas e boné chato.

Perfect.

O chefe dos guarda-caças ficou parado por um longo momento, imóvel como uma das estátuas do lado de fora. Sua sombra, longa e sinistra, se estendia pelo chão encerado, dando-lhe proporções gigantescas. Ele estendeu a mão e virou a maçaneta.

Sinalizei para Nel desligar o aparelho e os dois se abaixarem. Fiquei de barriga para baixo no mezanino estreito. As continhas do vestido pressionaram a minha barriga, mas eu podia enxergar perfeitamente entre os balaústres e simplesmente rezei para que, como Perfect estava muito abaixo de nós, o ângulo do mezanino nos escondesse. Estava mais preocupada com Shafeen. Além de ser mais alto e mais corpulento do que Nel e eu, ele se destacava como um urso polar numa mina de carvão. Se Perfect olhasse para cima, iria nos enxergar imediatamente.

De onde eu estava, vi o chefe dos guarda-caças entrar silenciosamente no aposento, as botas mal fazendo som nas tábuas enceradas. Um vento gelado de outono entrou com ele e tive um tremor involuntário. Os cristais que pendiam do lustre enorme tilintaram um pouco à brisa da noite. Invocado pelo som, Perfect ficou bem embaixo dele. Movia-se de maneira muito silenciosa para um sujeito tão grande. Provavelmente tinha anos de prática espreitando criaturas inocentes no matagal. Ele examinou o cômodo num giro de 360 graus. Era um pouco como *A Bela e a Fera* quando a Fera dança com Bela.

Só que não existia Bela.

Nem música.

Nem luz de velas.

Só uma fera.

Ao luar, dava para ver que Perfect estava segurando uma coisa num braço, algo que ele apoiava tranquilamente no ombro. Quando se virou, vi o lustro metálico da espingarda.

Perfect levantou o queixo. Juro que ele estava farejando o ar, como um cão de caça. Então se voltou na nossa direção e senti que ele olhava direto para mim. Era como se tivesse passado tanto tempo me olhando durante o fim de semana que agora podia sentir onde eu estava. Precisei me esforçar para não gritar.

Perfect tirou a espingarda do ombro, segurou-a com as duas mãos e a engatilhou. Meu coração quase saiu pela boca nesse momento. Ele andou devagar e em silêncio para a escada em espiral.

Não respirei.

Perfect pôs a mão no corrimão de ferro da escada e o pé no primeiro degrau. Nesse momento, uma coruja piou alto lá fora. Ágil como um gato, ele se virou, com os dois canos da espingarda apontando para a porta. Então voltou rápida e silenciosamente pelo cômodo e saiu para o pátio, fechando a porta com cuidado.

24

Esperamos uns bons cinco minutos antes de ousarmos abrir a boca.

Rolei de costas e soltei um suspiro. Shafeen se apoiou no cotovelo, com o cabelo caindo sobre os olhos. Nel se sentou e ligou a lanterna do Saros de novo.

– Nossa! – disse ela, trêmula. – Vocês acham que ele viu a gente?

Por dentro eu tinha quase certeza de que sim. Como podia *não* ter visto? Ele olhou direto na minha direção! Mas, se tinha nos visto, por que nos deixou em paz e foi embora? Sem querer assustar Nel, falei:

– Parece que não.

– O que vocês acham que ele estava fazendo? Procurando a gente?

Eu certamente achava que sim, mas, de novo, não quis assustá-la.

– Pelo jeito, é o que ele faz toda noite. Patrulha o lugar, garantindo que tudo esteja como deveria. Talvez seja a função dele.

– Bom, por enquanto ele foi embora – disse Shafeen, afastando o cabelo do rosto. – E o que a gente faz com relação a *isto*? – Ele ainda estava segurando o livro de caça da década de 1960. – É um bom começo, mas precisamos de mais.

Eu me sentei.

– Shafeen está certo, você sabe – falei para Nel. – É isso que chamam de "prova circunstancial". É só assistir a qualquer filme de julgamento. Precisamos de mais. Precisamos pegá-los com a mão na massa.

Shafeen pousou cuidadosamente o queixo no livro fechado.

– O negócio é que só há mais uma oportunidade para isso. Então, Greer, é com você. Amanhã, se nós ficarmos, vai ser a sua vez. Você sabe, não é?

– Como assim?

– Qual é!? Nel foi caçada. Eu levei um tiro. Amanhã é você. Por isso precisa decidir o que quer fazer. – Ele se levantou. – Eles nos convidaram porque não nos encaixamos. Queremos subir de vida, estamos todos numa escola que não é o nosso lugar. Precisamos ser amedrontados a ponto de não termos ideias sobre aumentar de status no futuro. Até podemos ser abatidos seletivamente para restaurar a ordem natural. Olhe todos esses livros. – Ele balançou o braço indicando as estantes, abarcando séculos de livros no gesto. – Nel e eu tivemos sorte. Quantos não tiveram? Quantos garotos, no decorrer dos séculos, antes de existir a perícia forense, os testes de DNA e todas aquelas coisas tipo CSI, foram mortos? Mesmo neste século, quantos acidentes foram encobertos porque os Warlencourts ainda levam essa vida feudal como donos de cada arrendatário de suas terras e cada empregado na casa? Os jovens lordes querem se divertir e ninguém tem poder suficiente para impedi-los. *Até agora.* – Ele se virou para Nel. – Você e eu já fomos presas. É tarde demais para colocarmos Henry numa armadilha. Agora é com Greer. – Ele se virou para mim. – Se você estiver disposta, terá que pegá-lo com a boca na botija.

Pensei em Gemma Delaney, em Nel e em Shafeen. Acima de tudo, estranhamente, pensei no pobre Aadhish Jadeja.

– Eu faço.

– Tem *certeza*?

– Tenho.

Shafeen soltou o ar dos pulmões.

– Então precisamos de um plano.

– Ajudaria se soubéssemos *onde* vamos pescar – disse Nel.

– Bom, isso é fácil – explicou Shafeen. – Deve ser no lago onde estivemos no outro dia.

– O lago em que o cervo entrou? – perguntou ela.

– O próprio. Fica nas terras de Longcross, de modo que pertence a Henry. Nem os medievais ousariam tentar alguma coisa num lago público. Acho que fica a noroeste daqui, mas não tenho certeza.

– Há uma sala com um mapa enorme na parede. Logo ali, indo pelo corredor.

– Deve ser a sala de Estado. Venham. Seria bom saber a disposição do terreno.

Shafeen ainda estava segurando o livro de caça da década de 1960.

– Você não vai recolocar isso no lugar? – perguntou Nel.

– De jeito nenhum. Este vai comigo.

Eu não sabia se ele queria ter, finalmente, uma longa conversa com o pai ou se achava que o livro era vergonhoso de algum modo e não queria que a prova da derrota do pai permanecesse em Longcross.

– Eles não vão notar? – perguntei. Havia um vazio na longa fileira de livros, como um dente faltando, por isso Shafeen seguiu ao longo da prateleira, movendo todos os livros um pouquinho até que o espaço se fechou.

– Pronto – disse ele. – Está ótimo. Eles não vão notar, a não ser que estejam procurando de verdade. Venham. E vamos ser bem silenciosos. Aquele mastodonte ainda pode estar por aí.

Nel desligou a lanterna e fomos pelo corredor enquanto eu contava as portas – tinha quase certeza de que a sala do mapa, como eu pensava nela, ficava no fim do mesmo corredor da biblioteca. Mas as coisas são bem diferentes quando você perambula por um corredor incorporando Elizabeth Bennet e quando está tropeçando no escuro, tramando a derrubada do senhor da mansão, enquanto a fera de estimação dele está andando por aí com uma espingarda.

Puxei os dois por uma porta.

Nel ligou a lanterna de novo e soltei um suspiro de alívio. Era a sala da qual me lembrava, com a escrivaninha de nogueira, o globo antigo e uma parede coberta com um mapa de aparência antiga, mas detalhado, mostrando cada centímetro da propriedade de Longcross.

Rumei direto para ele, olhando os detalhes graças à luz lançada pela lanterna do Saros. Pus o dedo em cima da casa – a mesma que eu tinha amado de manhã. Depois deixei o dedo viajar até onde tínhamos caçado o cervo e onde atiramos nos faisões. E então, no vale seguinte, deixei o dedo pousar num ponto oval longo e irregular.

O lago.

Havia letras escritas nele, espaçadas por causa da grande extensão do lago.

– Longmere.

O lago era fechado numa das extremidades e na outra penetrava num riacho com linhas tracejadas em cima. Nel levou o telefone mais para perto.

– Conrad's Force – leu.

– Deve ser uma cachoeira – disse Shafeen.

– Que sem dúvida recebeu esse nome por causa de Conrad de Warlencourt, grande cavaleiro, ladrão da Vera Cruz e tremendo escroto.

Meu tom era irreverente, mas não creio que ninguém tenha se enganado; a voz saiu bem trêmula. Meu olhar viajou de volta ao lago como se fosse atraído para lá, e todos ficamos em silêncio olhando a mancha comprida e escura.

Eu sabia o que Shafeen estava pensando.

– Você sabe nadar, Greer? – perguntou ele.

– Sei. Eu competia pela minha escola. Minha antiga escola, obviamente. Não pela STAGS.

Eu era uma boa nadadora. Na verdade, tinha sido uma das melhores na Bewley, mas nunca tinha me candidatado a fazer parte de nenhuma equipe na STAGS. Sem dúvida devia haver um monte de bebês olímpicos que vinham chapinhando nas próprias enormes piscinas desde que usavam fraldas, por isso nunca me incomodei. Mas, num ambiente sem telefones nem amigos, tinha passado umas boas horas solitárias dando braçadas de um lado para outro na piscina Warlencourt na escola e agora estava satisfeita por isso.

– Bom – disse Shafeen. – Porque as chances são de que, antes do fim do dia de amanhã, você conheça o lago intimamente.

– A não ser que eles simplesmente atirem em mim – falei, pensando em Perfect e na espingarda.

– Não – observou Shafeen. – É pesca, lembra? As regras deles são as únicas que seguem. E não vão afogar você. Eles gostam é da perseguição.

– Mas não podemos simplesmente deixar que Greer seja a isca. – Nel se virou para mim. – Não quero que você passe pelo que eu passei. Precisamos de um plano.

Assim, à luz do Saros 7S – que, graças ao pai de Nel, tinha sido projetado com uma bateria que durava sete dias –, bolamos um plano.

Deviam ser duas da madrugada quando saímos da sala de Estado, esperando que estivéssemos prontos para o dia seguinte. Deixamos Nel no Cheviot e Shafeen me levou até meu quarto. Era arriscado, mas, como eu estava começando a descobrir, Shafeen era o único cavalheiro de verdade no grupo.

Junto à porta, ele se virou para ir embora, hesitou e se virou de volta.

– Você me perguntou por que eu vim a Longcross – disse ele. – Vim para proteger alguém. Mas não é a Nel. Vim porque não deixaria que eles pegassem *você*. E não vou deixar.

Engoli em seco. Será que ele gostava de mim *daquele* jeito, como eu achara que Henry gostava? O que ele disse me fez ser invadida por um sentimento caloroso, mas eu não pude processar naquela hora. Estava com muito medo do dia seguinte e do que ele traria. Só esperava que Shafeen cumprisse com a palavra. Abri a porta do Lowther, mas, logo antes de entrar, sua voz me parou:

– E, para o caso de você estar se perguntando – continuou Shafeen desajeitado –, você *é* linda. Essa é a única verdade que Henry disse.

PESCA

25

Eu estava nadando no lago Longmere, tentando desesperadamente escapar de alguma coisa.

Olhei para trás e vi os medievais em barcos com lanternas – o cabelo louro das garotas descendo até a água, como se elas fossem as damas do lago. As algas escuras embaixo da superfície estavam me puxando, me sufocando, me arrastando para baixo. Eu estava me afogando. A cabeça de Shafeen apareceu acima de mim.

– Precisamos tirá-la – disse ele. – Ela é linda.

Então a cabeça dele se transformou na de Henry, que estendeu a mão para me salvar. Mas, em vez de me puxar para cima, ele esticou o indicador e o enfiou na minha boca, curvando-o até a bochecha. Então o dedo se transformou num anzol de metal que rasgou minha carne. Henry puxou e eu me soltei das algas, subi e subi, até romper a superfície da água e do sonho.

Não acordei ofegando e suando nem me sentei imediatamente como fazem nos filmes. Só por um instante o sonho e a noite anterior ficaram confusos. Por um momento, deitada na cama quente, pensei que *tudo* tinha sido um sonho. A conversa na cama de Shafeen, a descoberta na biblioteca, o planejamento na sala de Estado até de madrugada. Mas então vi a cabeça de Jeffrey surgindo da penumbra. Hoje seus olhos pareciam estar me pedindo alguma coisa. Implorando. Era hora de acabar com a caçada.

– Não se preocupe, Jeffrey. Estou cuidando disso.

Afastei as cobertas e me sentei. O relógio Horloge no console da lareira disse que eram dez para as seis, mas não reclamei. Estava aliviada. Precisava fazer uma coisa antes que as pessoas acordassem.

Saí da cama e peguei minha mochila. Era uma daquelas feitas de tecido de camuflagem fino e resistente. Meu pai precisou dela durante uma filmagem e depois me deu. Não era volumosa demais, por isso a enrolei na cintura. Depois peguei o grande roupão branco no gancho atrás da porta e o vesti por cima da mochila. Isso me fez lembrar de Shafeen. Ele havia usado um igual na noite anterior. Estava usando-o quando disse que tinha vindo a Longcross para me salvar. Estava usando-o quando disse que eu era linda. Balancei a cabeça um pouco. Não podia pensar nisso agora.

Desci até a sala onde eu havia encontrado Henry no primeiro dia, na tarde em que tínhamos vindo para o Justitium. Eu me lembrava bem: todos os equipamentos de pesca, as galochas e as gravuras esportivas amareladas estavam lá. Felizmente, não havia ninguém no cômodo e encontrei quase imediatamente o que estava procurando. Aquilo havia atraído meu olhar no primeiro dia, e de novo no sábado; era uma das coisas aleatórias que estavam encostadas nas paredes, como um lixo descartado. Peguei a coisa, dobrei até ficar bem pequena e coloquei na mochila. Hoje aquele lixo descartado poderia salvar a minha vida.

Coloquei a mochila de volta embaixo do roupão. O roupão era de um tamanho generoso, mas mesmo assim fiquei parecendo grávida. Subi a escada correndo, de dois em dois degraus. Duas empregadas estavam descendo enquanto eu subia, mas apenas murmuraram um "Bom dia, senhorita". Eram treinadas demais para comentar e, como eu sabia pela noite anterior, havia coisas mais estranhas para ser ignoradas em Longcross do que uma garota subitamente gorda correndo escada acima.

Entrei no Lowther, tirei o roupão, enfiei a mochila embaixo da cama e mergulhei sob as cobertas. Tinha acabado de me acomodar fingindo dormir quando Betty bateu à porta e entrou. Foi direto até as janelas e puxou as cortinas com um ruído particularmente maligno.

Filha da...

A luz inundou o quarto e eu exagerei piscando, como se não estivesse correndo pela casa apenas alguns minutos antes.

– Bom dia, Betty! – falei, toda jovial.

Ela me lançou um dos seus olhares malignos.

– Bom dia, senhorita. Devo trazer seu chá?

– Sim, por favor, Betty.

Eu tinha decidido voltar aos meus modos anteriores com ela. Não queria rosnar ordens como uma medieval. Se tudo corresse bem nesse dia, o reinado deles terminaria logo. Até uma bruxa miserável como Betty merecia bons modos. Todo mundo merece.

Betty trouxe meu café da manhã, e dessa vez havia salmão embaixo da redoma de prata.

– Parece de mau gosto num dia de pesca, Jeffrey – falei, tentando manter o clima leve. Meu coração estava batendo forte e meu apetite era zero, mas me obriguei a comer o máximo de pão e bolinhos que pude. Precisava de um monte de carboidratos se as coisas acontecessem como eu esperava. Mas nada de salmão. Não gostava da aparência. Nem do cheiro.

Assim que me vesti, houve outra batida à porta e eu a abri para... Esme, Charlotte *e* Lara.

– *Ora* – falei, sendo Charlotte por um momento –, que *honra*!

Elas entraram em bando, sentaram-se na minha cama enquanto eu me preparava, incrivelmente amigáveis e falando sem parar. Esme estava surpreendentemente informativa sobre os peixes:

– Vamos pescar truta-marrom hoje. Longmere é cheio delas. A boa e velha S*almo trutta*. – (Coisa mais medieval, dar o nome em latim.)

– Seu cabelo está lindo hoje, querida – disse Lara em sua voz entediada. – Tão década de 1920!

– Ah, meu *Deus*, você está tão *bem* nas suas roupas de *pesca*! – exclamou Charlotte.

Está aí uma frase que tenho certeza que jamais foi pronunciada antes na História do Mundo. A roupa de pesca não era exatamente sensual: consistia numa camisa de flanela, um grosso suéter de tricô e calça impermeável.

Fiquei bem surpresa porque Lara, em particular, estava sendo tão legal, mas então me lembrei de que não havia motivo para não ser. Eu não representava absolutamente nenhuma ameaça para ela, nunca tinha representado. Henry estivera brincando comigo, me lisonjeando, me mantendo no time medieval, conservando minhas suspeitas de selvagem a distância. Com certeza Henry e Lara iriam se casar, viveriam em Longcross e criariam pirralhinhos louros.

Mesmo se eu não tivesse lido os livros da caça, gosto de pensar que só o comportamento das garotas já revelaria que alguma coisa estava acontecendo. A situação tipo... cheirava a peixe podre (desculpe pelo trocadilho). Charlotte, em particular, mal tinha falado comigo desde que tinha vindo fazer a minha maquiagem na primeira noite. Agora ali estava, agindo como se fosse minha melhor amiga.

Então, com um arrepio, me lembrei do dia da caça. Todas elas tinham feito exatamente a mesma coisa com Nel. Essa era a tarefa delas: fazer a pobre vítima idiota se sentir segura no dia em que viraria presa. De repente me perguntei como os rapazes tinham sido gentis com Shafeen no dia do tiro ao pássaro.

Peguei meu casaco impermeável – e a importantíssima mochila – e descemos a grandiosa escadaria, saindo na entrada de veículos. Enquanto íamos até os carros, olhei para as janelas vazias da casa. Acabei me lembrando do dia em que saí da STAGS para o Justitium, de ter olhado para trás e visto rostos em todas as janelas da escola. Hoje não havia rostos – e isso tinha sido combinado. Não podíamos deixar que os medievais soubessem que estávamos trabalhando juntos. Mas eu tinha certeza de que meus amigos estavam me vigiando e sabiam exatamente onde eu estava a cada minuto. Ainda que eu estivesse rumando para o covil dos leões, pela primeira vez desde o início do Michaelmas eu *não* estava sozinha.

Isso não quer dizer que eu não estivesse com medo. No entanto, enquanto os Land Rovers partiam para o lago, senti conforto no fato de que nós, selvagens, tínhamos três coisas que os medievais não sabiam: o Saros 7S, o conteúdo da mochila e uns aos outros.

26

Assim que saímos dos Land Rovers, fizemos a longa caminhada descendo a colina até o lago Longmere e vi Henry vindo na minha direção. Juro que meu coração parou por um momento. Senti terror, empolgação, remorso... uma mistura de sentimentos. Meu cérebro tinha se esquecido de avisar ao meu coração que eu não deveria gostar mais dele.

– Greer! – exclamou ele daquele modo de sempre, como se estivesse surpreso ao me ver. – Senti sua falta depois do jantar ontem à noite. Aonde você foi?

– Para a cama. Estava morta de cansaço depois de todo o drama com o acidente do Shafeen e coisa e tal.

Chame de acidente. Aja como se Henry fosse inocente. Coloque o plano em movimento.

Fitei o lago onde o cervo tinha morrido. As colinas púrpura se erguiam ao redor e as árvores formavam uma franja em volta da água. Vi um comprido cais de madeira que avançava para dentro do lago, com três barquinhos amarrados. Empregados com casacos e calças impermeáveis colocavam dentro dos botes varas de pesca e recipientes de plástico contendo Deus sabe o quê. Piers, Cookson e as três sereias estavam se separando em grupos para ir nos botes. Eu esperava que me pusessem com Henry. Comecei a andar para os barcos, para forçar Henry a me acompanhar. Falei baixo no ouvido dele:

– Escute, eu queria dizer... bom, que ontem fui emotiva demais. Apesar de morar em Manchester, nunca tinha visto ninguém levar um tiro – brinquei. – Você precisa se lembrar de que eu não cresci com isso tudo. – Balancei o braço, abarcando o lago, as montanhas e as árvores chamejantes, mas o gesto significava mais do que isso. Significava privilégio. – Acho que para vocês provavelmente é diferente. Quer dizer, como o Cookson disse, esse tipo de acidente acontece o tempo todo. Acho que é inevitável que alguém seja acertado de vez em quando. Por isso exagerei. Eu não deveria ter gritado com você sobre o hospital. Sua casa, suas regras, certo?

A expressão dele se suavizou.

– Obrigado – disse com uma pequena reverência cortês. – Aceito seu pedido de desculpas e agradeço muito. E devo enfatizar que o Dr. Morand é um médico excelente e muito acostumado a lidar com qualquer pequeno incidente que possa acontecer nas sessões de tiro. Ele trata da minha família desde que meu pai era criança.

Não fiquei surpresa com isso, considerando como Shafeen tinha dito que o médico era velho. Apenas assenti.

– Como está Shafeen? – perguntei.

Isso também fazia parte do plano; eu precisava esconder que o tinha visto depois do jantar.

– Está bem. – Henry levantou uma sobrancelha tipo Roger Moore fazendo James Bond e sorriu. – Na verdade, quando falei com ele depois do café da manhã, ele parecia ótimo. Uma enfermeira muito bonita já estava lá. Chanel estava cuidando dele.

Tínhamos planejado isso também. Nel iria tomar o café da manhã no quarto de Shafeen, de modo que os empregados ou qualquer medieval que aparecesse com falsa preocupação os visse. E seria semeada a ideia de que agora os dois estavam juntos. Antes da noite anterior eu diria que não seria necessário muito trabalho de ator. Mas, por baixo de toda a ansiedade com relação ao que iria acontecer, escondi por dentro o calor do elogio de Shafeen, o fato de que ele me chamou de linda. Eu nem sabia o que fazer com aquela declaração, mas sem dúvida não poderia pensar nisso agora.

– É, eles estavam bem aconchegados – continuou Henry. – E, já que obviamente Shafeen não pode pescar só com um braço...

– Então hoje não haverá uma disputa épica.

– É – confirmou Henry, só um pouquinho presunçoso. Tinha eliminado a concorrência. – Por isso Chanel ficou para cuidar dele. Acho que os dois vão almoçar com a gente na casa de barcos.

Eu certamente esperava que sim, porque isso também tinha sido combinado na noite anterior. Então parti para o discurso planejado.

– Para ser sincera, acho que Chanel não tem ânimo para mais esportes de sangue – falei em tom tranquilo. – Ela está bem chocada depois do que aconteceu no outro dia. Quero dizer, com os cães. Ela mudou.

– Mudou como? – Henry pareceu genuinamente interessado.

– Sei lá... Acho que não fica mais alardeando tanto o dinheiro que tem. – Olhei de esguelha para Henry. – Talvez os dois acidentes tenham juntado Shafeen e Nel. Pode ser uma coisa boa.

– Como assim?

– Bom – fingi pensar –, talvez Shafeen não venha de novo com aquela banca de príncipe indiano. Talvez agora não fique reagindo contra você. Talvez *os dois* tenham sido... tipo... *postos no devido lugar.*

Vi um inconfundível ar de satisfação passar pelo rosto dele. *Bom*, pensei. Tinha dado certo. Queríamos que Shafeen e Nel tivessem um bom motivo para não fazer parte da pescaria, mas ao mesmo tempo deixar que Henry pensasse que seu plano estava funcionando. Queríamos que ele pensasse que tinha derrotado os dois.

Se achava isso, ele estava errado.

Enquanto chegávamos mais perto do cais, vi que um dos empregados com casaco impermeável era Perfect. Ele veio nos receber na praia de cascalho e tocou no boné, cumprimentando o patrão. Eu estava bem preparada, mas a simples visão dele me deixou preocupada. Lembrei-me dele na biblioteca na noite anterior, girando com a espingarda no ombro, farejando. Nada na sua expressão me dizia que ele tinha nos visto escondidos. Seus olhos claros passaram por mim sem interesse.

– Ah, Perfect – disse Henry. – Tudo pronto? – Ele se virou para mim. – Perfect vai pilotar o bote e ajudar enquanto você pega o jeito da pesca.

Meu coração afundou feito uma pedra. Perfect era muito menos amedrontador de dia, mas era possível que sua presença no bote arruinasse o plano que tínhamos preparado na noite anterior.

Puxei Henry de lado.

– Eu esperava que você e eu tivéssemos algum tempo *a sós*.

Ele sorriu e fez um carinho no meu braço. Odeio admitir que gostei um pouco. Acho que a gente não consegue desligar os sentimentos, mesmo se o garoto de quem você pensava gostar for um maníaco homicida.

– Eu também esperava isso – disse ele. – Mas Perfect vai passar a manhã conosco. De tarde vamos encontrar um trecho de água isolado onde possamos ficar a sós. Parece bom?

– Maravilhoso. Exatamente o que eu esperava.

Enquanto andávamos pelo cascalho, houve um momento em que meu coração parou, quando Henry pegou minha mochila. Eu não tinha contado com seu cavalheirismo. Apertei-a com ciúme por um momento, mas precisei soltá-la. Seria estranho fazer questão demais de mantê-la.

– O que há na mochila? – perguntou ele. – Um colete salva-vidas?

Ele estava quase certo.

– Não. – Ri com exagero. – Só um agasalho extra. Ontem fez muito frio. E anteontem também.

Seguimos pelo cais até o primeiro bote. Era uma pequena embarcação de madeira com motor de popa, um daqueles barcos bonitos que a gente vê em cartões-postais. Eu sabia que estava na hora de pôr em prática outra parte do plano. Henry entrou no bote primeiro, com seu peso fazendo-o balançar precariamente. Ele estendeu a mão e Perfect, no cais, segurou a minha. Enquanto os dois me ajudavam a entrar no bote, tropecei e escorreguei de propósito, agarrando-me a Henry. Ele me firmou e eu me sentei pesadamente na proa, aproveitando para pegar de volta a mochila. Perfect entrou por último e o barco afundou um pouco com seu peso. Exagerei agarrando as laterais do bote com nervosismo.

– Na verdade, é bom o Perfect estar aqui – falei. – Um par extra de mãos para me puxar para fora d'água.

– Hein? – disse Henry.

– É. Não sei nadar. Patético, não é?

Aí eu estava correndo um risco. Contava com o fato de nenhum dos medievais ter me visto na piscina da STAGS. Mas não creio que tenham visto. Eu costumava nadar bem cedo. E certamente nunca encontrara nenhum deles na piscina, por isso achava que eles não teriam me visto. De qualquer modo, Henry não me chamou de mentirosa. Só demonstrou surpresa.

– Não há muita chance de aprender a nadar em Manchester – comentei.

Na verdade, havia montes de piscinas públicas em Manchester, para o "povinho" aprender a nadar, mas eu estava contando com o esnobismo inato de Henry e com sua suposição de que os "camponeses" não nadavam. E deu certo.

– Imagino que sim – disse ele. – Bom, seria um prazer ensiná-la.

Dei um risinho bobo, meio como o de Esme.

– Hoje não, espero!

– Meu Deus, não. – Ele riu também. – Está meio frio, não é?

Pode parecer estranho, mas gostei da pescaria. Nós, os conspiradores, tínhamos quase certeza de que nada aconteceria comigo de manhã. (Mesmo assim, Shafeen e Nel estavam me vigiando de perto, não se preocupe com isso.) Nesse ponto, achávamos que conhecíamos o método dos medievais. Manhã alegre de esportes. Todo mundo muito amigável com a presa, tudo muito relaxado.

Veja como somos legais. Veja como a paisagem é linda.

Então um almoço maravilhoso, toneladas de pratos, toneladas de serviçais, toneladas de bebidas. E à tarde, quando a noite estava caindo, acontecia a coisa sinistra. Era nesse período que eu precisaria ficar alerta.

E ficaria. Mas, por enquanto, só precisava agir como se nada estivesse diferente, como se estivesse me divertindo como nunca, como se estivesse apaixonada por Henry de Warlencourt. Decidi que o único modo de passar aquela manhã sem cair no pânico que fazia suar as mãos e revirar o estômago – e que eu mal conseguia manter a distância – era fingir que não sabia de nada.

E deu certo.

O negócio é que deu um pouquinho certo *demais*.

Henry passou a manhã me ensinando a pescar. Ele realmente não poderia ter sido mais legal. Era extremamente paciente comigo; ia com calma e se certificava de que eu estivesse me divertindo. Eu olhava enquanto Perfect preparava as varas de pesca para nós.

– Hoje queremos pegar truta-marrom – disse Henry. – Por isso usamos uma vara com molinete leve. – Ele me mostrou o negócio tipo carretel no cabo da vara. – Elas têm uma visão muito boa, por isso usamos a linha monofilamento, a mais fina que podemos.

Ele me mostrou a linha nas pontas dos dedos, e mal dava para ver. Parecia um fio de vidro.

– Essa é a parte em que a gente coloca minhocas nos anzóis? – perguntei, subitamente me lembrando do sonho.

– Na verdade, não. As marrons não vão atrás de isca viva. Isto é, elas vão, mas têm dentes muito afiados, por isso costumam cortar a linha. É melhor usar uma isca artificial, como esta.

Ele enfiou a mão num dos recipientes plásticos e pegou não uma minhoca, como eu tinha esperado, e sim uma coisa linda. Era um peixe brilhante, minúsculo, feito de plástico e folha metálica, com escamas reluzentes em tons de ouro e bronze e um pequeno anzol triplo em vez de cauda. Era um negócio articulado, de modo que, quando Henry o sacudiu, parecia que o peixinho estava nadando.

– O movimento é idêntico ao de um peixe – completou ele.

Eu usaria aquilo num colar, numa boa.

– É lindo – falei.

– Isto é uma isca artificial. É da marca Rapala. É irresistível para a truta-marrom.

– Então elas comem outros *peixes*? – Eu não me sentia muito bem com o aspecto canibal da coisa.

– Pior do que isso. Esta isca é para replicar a aparência das trutas pequenas. As trutas-marrons comem os filhotes.

Olhei aquela pobre coisinha brilhante.

– Meu Deus!

– É – disse ele. – A natureza pode ser cruel. O homem não é o único predador. – Ele se levantou no bote. – Vamos tentar a sorte, Perfect. Greer, você fica sentada desta vez e tenta na próxima.

Não vou mentir. Houve um bocado de movimento para um lado e para outro no bote, paradas, esperas e alguns "Vamos tentar ali". Mas o sol tinha nascido e eu podia admirar o incrível cenário à minha volta. Era tudo muito lindo. Na maior parte do tempo, para ser honesta, eu olhava Henry lançando a linha na água, cheio de confiança, parecendo que tinha nascido para pescar. Era tipo o Brad Pitt em *Nada é para sempre*. Já viu esse filme? Brad estava ótimo nele, mas nem um pouco melhor do que Henry. Pensei em Nel e Shafeen e esperei que não estivessem preocupados comigo. Queria que houvesse um modo de dizer a eles que eu estava bem.

Estava relaxando de verdade quando de repente o barco começou a se agitar. A isca balançou embaixo d'água, Henry agarrou a vara e começou a puxar feito louco. Parecia que o peixe ia levar a melhor, até que ele puxou a vara com um pequeno movimento hábil e um enorme peixe cor de bronze saltou da água para o fundo do bote. Tirei as galochas do caminho e vi Henry soltar a isca da boca da truta, depois bater com a cabeça dela na lateral do bote. Em poucos segundos, tudo estava calmo de novo. O peixe permanecia imóvel, brilhando nas mãos de Henry, as escamas reluzindo ao sol. Olhos abertos, mas morto.

– Descanse em paz, truta – falei, meio triste.

Henry gargalhou.

– Não precisamos sentir *muita* pena dela. Não são peixes muito legais.

Lembrei-me da história de comer os filhotes.

– Certo, mas só porque a gente não gosta de uma coisa não é motivo para matá-la. – De repente me lembrei dos livros de caça e dos nomes de seres humanos, mas tudo aquilo parecia um pesadelo distante.

– Então que tal este motivo – disse Henry, enquanto Perfect colocava o peixe numa caixa de plástico e fechava a tampa –: eles são comida, e uma comida tremendamente gostosa. Você vai descobrir no almoço. Não há nada como comer truta fresca que estava nadando meia hora atrás. – Henry pegou outra vara e a testou na mão. – Você vai notar, pelo cardápio do fim de semana, que nós comemos tudo que matamos.

Estreitei os olhos contra o sol.

– Então vocês não caçam só por diversão?

– *Claro* que não. A diversão é um subproduto. Você precisa caçar por um *motivo*. – Ele era bom de lábia. – Venha, é a sua vez.

Henry me levantou no bote, segurando minhas mãos o tempo todo. Então fez de novo aquela coisa do Tom Cruise em *A cor do dinheiro*, ficando atrás de mim e me envolvendo com os braços. Só que agora, em vez de um taco de bilhar (ou uma espingarda), era a vara de pesca. Ele me mostrou como separar os pés para me equilibrar e lançar a linha com um movimento rápido do pulso; como pendurar a isca de modo a não se prender embaixo do bote. Houve um bocado de espera, mas esperar naquele cenário, com os braços fortes de Henry em volta de mim e seu corpo quente às minhas costas, era uma coisa que eu ficaria feliz em fazer durante o tempo que fosse necessário.

Mas então a vara foi puxada para baixo, curvando-se como um arco.

– Ande, puxe – gritou Henry, subitamente animado, puxando meus braços. O peixe era incrivelmente forte e eu não sabia se conseguiria segurá-lo, mesmo com a ajuda de Henry. Com o coração batendo intensamente, puxei com toda a força. – Agora enrole a linha.

Desajeitada, em pânico, enrolei o carretel e Henry puxou. Não sei qual de nós levantou a truta, mas finalmente o peixe prateado saiu da água, balançando a cauda feito louco, reluzindo como brilhantes ao sol baixo do outono.

– É uma beleza – gritou Henry. – Não solte, independentemente de qualquer coisa.

Virei-me de modo que o peixe ficasse pendendo sobre o bote e Perfect o derrubou no fundo da embarcação, onde ele se sacudiu feito uma coisa maluca. Era tão forte que fazia uma batucada na madeira.

– Peguei.

– Pegou mesmo! – disse Henry.

Nós dois nos juntamos, ofegando e rindo, ambos encharcados com a água do lago. As palavras de Henry ecoavam na minha cabeça. Eu me sentia em êxtase. A noite anterior, todos os pensamentos de uma conspiração sombria foram totalmente esquecidos naquele momento inebriante de triunfo. Eu era um deles. Naquele momento eu era uma medieval e a sensação era ótima. Eu amava pescar. Amava Henry. Até amava o velho e carrancudo Perfect, que ficou quase loquaz ao ver meu primeiro peixe, como se eu tivesse entrado para algum tipo de clube. Ele se esqueceu de si mesmo a ponto de falar comigo:

– Segure ele, senhorita. Não deixe ele estragar sua pescaria. Este aí é dos maus.

Abaixei-me para tentar segurar minha presa.

– Cuidado, Greer – alertou Henry. – As trutas-marrons têm dentes afiados. Tenha cuidado quando estiver segurando.

Consegui pegar o peixe. Era surpreendentemente pesado e as escamas eram muito escorregadias. Segurei-o pela parte de trás da cabeça, os dedos longe das mandíbulas abertas, mas não sabia o que fazer em seguida.

– Quer que eu faça? – perguntou Henry, me encarando com seus olhos azuis.

– Não – respondi, subitamente segura. – Eu faço.

O peixe estava se retorcendo, mas bati sua cabeça com força na madeira do bote e, para minha grande surpresa, ele ficou imóvel, como se tivesse sido desligado. Continuei segurando-o numa espécie de transe. Perfect precisou arrancá-lo das minhas mãos e colocá-lo com o outro peixe na caixa de plástico.

Então me sentei de novo com Henry, subitamente numa espécie de choque, e ele passou o braço em volta de mim.

– Você se saiu bem, Greer. Diferentemente dos cervos e dos faisões, as trutas são o tipo de presa que morde de volta. Elas podem mesmo causar danos.

Pensei nisso enquanto Perfect virava o bote para voltarmos à margem. Eu tinha pensado que seria o peixe do dia. A presa com capacidade de morder de volta. Agora sabia que tudo isso era idiotice. Nosso plano, tramado de madrugada na sala de Estado, era ridículo. *Esse* era o jeito certo de viver. Eu não sentia medo nem lamentava, estava no maior pique. Tinha chorado pelo cervo, tinha lamentado pelos pobres faisões emplumados, mas tinha matado o peixe com as próprias mãos e adorado isso. Lembrei-me da escola, na casa Lightfoot com Esme, de quando tinha pensado que não me importaria com a morte de um peixe. O que eu não sabia na ocasião era que eu adoraria.

Henry, me espiando com os olhos semicerrados, percebeu no mesmo instante.

– A sensação é boa, não é?

Assenti.

– Há uma luz nos seus olhos – disse ele. – Uma expressão de predadora. Você está começando a entender.

– Entender o quê?

– "Caça tiro pesca". Por que fazemos isso.

– Não sei sobre os outros dois – admiti. – Mas não me importo muito com os peixes.

– Os peixes também podem ser incríveis. Pense nas enguias que nadam milhares de quilômetros todos os anos para se reproduzir no mar dos Sargaços. E nos salmões, tão decididos a se reproduzir que sobem saltando pelas cachoeiras mais altas.

– Imagino que eles tenham um motivo – falei, subitamente me dando conta do braço de Henry ainda em volta de mim. – Eles estão cumprindo sua missão biológica. Eles querem… se reproduzir.

Houve um silêncio profundo.

– É – disse ele em tom pesado. – A natureza irá fazer tudo para se replicar, para garantir que sua espécie sobreviva.

Quando o barco voltou ao cais para o almoço, eu estava quase convencida de que Shafeen, Nel e eu tínhamos inventado toda a coisa de "caça tiro pesca". Eu havia me esforçado tanto para me divertir e gostar de Henry que tinha realmente me divertido e gostado da companhia dele. Todo aquele negócio de se esgueirar à noite parecia uma fantasia idiota.

Pelo menos Shafeen e Nel estariam no almoço. Eu precisava falar com eles. Agora tinha um plano diferente do que havíamos passado a noite tramando. Queria *conversar* com Henry. Talvez as anotações no livro de caça fossem algum tipo de piada doentia. Talvez fosse uma tradição bizarra ou um livro de acidentes, como Shafeen dissera. Talvez as sementes de anis fossem coincidência. Talvez Henry as houvesse posto ali para manter os cães perto – afinal de contas, o paletó era dele – e tivesse se esquecido delas quando o ofereceu a Nel. Talvez os nomes dos cachorros fossem só uma piada clássica; era o tipo de coisa intelectual que os medievais adorariam.

Eu estava forçando a barra, eu sei, mas não podia continuar com o que tínhamos planejado. Não podia acreditar que aquele garoto de ouro, aquele rapaz charmoso que tinha se esforçado para me dar uma manhã realmente ótima, pudesse ser um monstro. Talvez, pensei enquanto andava de mãos dadas com Henry até a casa de barcos, *nós* tivéssemos inventado um monstro na escuridão da biblioteca à noite.

27

Dos lugares onde eu tinha almoçado na propriedade de Longcross, a casa de barcos era o mais incrível.

Era uma comprida construção de madeira à beira do lago, com uma espécie de sacada de tábuas sobre palafitas. Dentro, dessa vez, não havia uma lareira (óbvio – com toda aquela madeira em volta), mas havia um punhado de pequenos braseiros fechados em volta da mesa que forneciam um bem-vindo calor ao lugar. O mais legal de tudo – e era aí que a casa de barcos suplantava a cabana do dia da caça e o *folly* do dia do tiro ao pássaro – é que havia barcos de verdade ali dentro conosco, balançando na água esverdeada, refletindo a luz das velas.

É, eu disse luz de velas. Porque, tirando o fato de que havia barcos "almoçando" com a gente, todo o resto era como se estivéssemos numa sala de jantar elegante. Como sempre, havia a toalha de mesa branco-neve, as taças de cristal, as fileiras de talheres de prata e as pirâmides de frutas; hoje eram maçãs verdes, da cor da água na casa de barcos. Era um cenário mágico.

Eu estava tão intrigada com a casa de barcos e, para ser honesta, tão fisgada pela pescaria (desculpe), que quase esqueci que ia me encontrar de novo com Shafeen e Nel e que tínhamos um plano para colocar em ação. Nesse ponto, eu estava totalmente de volta ao time Warlencourt. Sei que isso me faz parecer muito má, especialmente quando você ouvir o que aconteceu em seguida. Mas, realmente, você precisaria estar na companhia do Henry para entender o charme irresistível dele.

Eu estava sentada entre Henry e Cookson e longe de Shafeen e Nel. Eles estavam na outra ponta da mesa, juntos. Ambos pareciam imaculados, mas também cansados. Nel estava de novo usando as próprias roupas, ligeiramente brilhantes e apertadas demais. Fiquei feliz em ver isso. Ela ficava bem assim. Estava dando um "dane-se" para as roupas dos medievais, assim como eu tinha feito na noite anterior quando usei o Vestido da minha mãe. Shafeen usava uma camisa creme com um discreto xadrez verde e um colete verde-musgo. O braço dele estava em uma tipoia de aparência profissional – supus que o médico ancião tivesse aparecido de novo de manhã. Ele se esforçava para tomar a sopa com a outra mão. Seu cabelo meio comprido estava meio desarrumado – deve ser difícil se arrumar com apenas uma das mãos. Mas parecia bonito e nobre, com seu *look* príncipe Caspian.

Como ele é lindo, pensei subitamente.

Eu estava dividida entre a felicidade por ver meus novos amigos – já que era isso que eu os considerava agora – e uma necessidade desesperada de dizer a eles para abortar nosso plano. Veja bem, se fôssemos em frente, seríamos isolados desse mundo para sempre, talvez até expulsos da STAGS. Era como a porta secreta para o telhado de Longcross que eu não consegui encontrar de novo sem Henry, o caminho para Nárnia que, assim que fosse fechado, jamais poderia ser aberto novamente. Se recuássemos *agora* da estrada que tínhamos pegado, poderíamos ficar em Nárnia para sempre. Poderíamos voltar para a STAGS e ter uma feliz experiência do *sixth form* no conforto de nossa nova amizade. Eu sabia que seria difícil convencê-los a desistir; Nel tinha sido tremendamente amedrontada pelos cachorros. Shafeen, eu supunha, estava menos motivado pelo fato de que havia levado um tiro do que por seu pai ter sido humilhado do mesmo modo. Ele era o príncipe Caspian de verdade, que jurou derrotar os inimigos do pai. Tinha toda uma história familiar para vingar.

A sopa havia sido tirada e os empregados trouxeram o prato de peixe. Me espiando com um olho opaco, havia uma truta-marrom, com três cortes na lateral, onde se encaixavam três fatias de limão. Olhei o peixe e o peixe me olhou.

– Esse é…?

– É – respondeu Henry. – É o que você pegou.

Bom, essa era uma experiência nova para mim. Por causa do negócio de pendurar a caça e deixar a carne apodrecer, sobre o qual Esme tinha me informado com tanto desprezo, aquela era a única vez que comíamos o que tínhamos matado de verdade. Bom, não sou grande apreciadora de peixe. Se já fui, é na forma do bom e velho gurjão: filezinho sem espinhas. Certamente não tinha o hábito de comer o tipo cheio de escamas e rabo. Não sabia como cortá-lo, mas, olhando Henry, passei a faca na pele crocante e peguei um pouco da carne rosada com o garfo. Estava delicioso, mas eu não conseguia relaxar e saborear minha vítima aquática. Por um lado, eu estava sem apetite, de tanta apreensão com a tarde e com o que aconteceria ao pôr do sol. Por outro, não podia simplesmente me sentar e deixar que todos os outros cuidassem da conversa. Se queria dar um recado a Shafeen e Nel, pela primeira vez precisava calar os medievais e tomar a iniciativa. Eu não sabia como arranjaria coragem para começar, e então Henry fez uma coisa que me convenceu de que eu precisava ir em frente.

Shafeen estivera lutando com seu peixe, e Nel claramente tinha tão pouca ideia de como atacá-lo quanto eu, por isso Henry se levantou, deu a volta e se agachou ao lado de Shafeen. Como se fosse um chefe de cozinha de TV, cortou habilmente o peixe ao longo da espinha e tirou a carne dos dois lados, deixando no prato aqueles filés perfeitos, que Shafeen poderia pegar com apenas uma das mãos.

Isso foi feito de modo tão lindo, tão gentil e sem agitação que me convenci, de novo, de que Henry era um dos mocinhos. (Eu sei, eu *sei*.) Sem dúvida ele não se incomodaria em ser cavalheiro se quisesse que todos morrêssemos, não é? Sem dúvida o carrasco não ajuda o condenado a subir no cadafalso, certo?

Eu precisava informar aos outros que íamos partir para abortar o plano.

– Longmere é um lago lindo – falei a Cookson, mas suficientemente alto para toda a mesa. – Me lembra o lago Ness. Fui lá uma vez com meu pai.

Papai e eu nunca tínhamos estado perto do lago Ness. Isto é, papai provavelmente sim, porque já filmou em praticamente tudo que é lugar, mas eu nunca tinha ido à Escócia. Tudo que sei sobre o lago Ness é de assistir a *A vida íntima de Sherlock Holmes*, um filme que não é conhecido por seu realismo.

Cookson engoliu seu bocado de peixe.

– Verdade? – perguntou daquele modo que as classes superiores usam quando acham que você está falando merda mas são educadas demais para dizer isso. – Você acha que Longmere parece o lago Ness?

– Bom, quer dizer, pelo modo como as montanhas cercam a água – improvisei em desespero.

Os bons modos de Cookson deram um mergulho.

– Quer dizer, como 99 por cento dos lagos nas ilhas britânicas?

– Não, eu entendo o que Greer quer dizer – interrompeu Henry, vindo me salvar, enquanto rodeava a mesa. – Tem algo a ver com as montanhas ao redor. Long Fell se parece um pouco com Meall Fuar-mhonaidh à luz certa.

Eu não fazia ideia do que Henry tinha dito – era como se ele estivesse falando marciano –, mas, sem querer, estava me ajudando a defender meu argumento. Eu só precisava que os medievais mencionassem a coisa mais famosa do lago Ness. Sem dúvida eles eram inteligentes o bastante para ter ouvido falar *daquilo*.

– Não sei de nada sobre o lago Ness – disse Esme. Depois estremeceu deliciosamente. – A não ser o monstro.

Pronto. Agradeci em silêncio aos deuses medievais.

– Ah, *eu* sei – exclamou Charlotte, entusiasmada. – A *propriedade* da minha avó fica perto de lá. E posso *afirmar*, esse papo de *monstro* é pura *bobagem*.

– De qualquer modo, é uma crença – disse Henry.

– Como *assim*? – perguntou Charlotte.

– Bom – ele pegou um bocado de peixe com o garfo –, você *acredita* que ele existe ou *acredita* que ele não existe. Não há prova de uma coisa nem da outra. – Henry se virou para mim, me olhando muito diretamente. – *Você* acredita em quê, Greer?

Nesse momento tive a sensação exata de que Henry sabia exatamente do que estávamos falando. Será que eu acreditava que ele era um criminoso, potencialmente um assassino? Ou não?

Ele me olhou. Shafeen e Nel me olharam. A mesa inteira me olhou.

– Acredito – respondi lentamente – que o monstro não existe.

Olhei direto para Shafeen e Nel. Estava me sentindo mal por eles, como se estivesse abandonando os dois. Mas não podia ir em frente com o que tínhamos planejado. Eram acusações sérias. Implicariam polícia, prestação de serviços à comunidade, a destruição de vidas jovens.

Não sei se Nel entendeu o que eu estava tentando dizer. Mas Shafeen entendeu imediatamente.

– Mas *existe* prova! – Ele quase gritou. Então todo mundo olhou para ele. – Quer dizer, prova do monstro. Houve muitos, muitos avistamentos no correr das décadas. Pessoas viram *a prova com os próprios olhos.*

– Bêbados. – Isso, ironicamente, foi dito por Piers. Sua voz saiu engrolada pelo vinho. – A Escócia está cheia de bêbados.

– Piers, seu *pândego* – disse Charlotte com carinho, um insulto que eu genuinamente nunca tinha ouvido.

Shafeen não pareceu notar essa intervenção. Não tinha terminado.

– Pessoas tiraram fotos. E a famosa foto da década de 1930? Aquela que parece um brontossauro nadando, corpo grande e cabeça pequena na ponta de um pescoço comprido. Aquilo é uma foto, Greer. Prova do tipo *preto no branco.*

Preto no branco. As mesmas palavras que ele tinha usado comigo na noite anterior, sobre o livro de caça.

– Em *A vida íntima de Sherlock Holmes* o monstro acabou sendo um submarino – comentei.

– Mas isso é ficção – insistiu Shafeen. – O cara que tirou a foto era ginecologista. Em geral, cientistas não são dados a devaneios.

– Mas era uma falsificação, não era? – interveio Lara com sua voz entediada. – Achei que tinham provado que a foto tinha sido manipulada. O "monstro" não aparecia no negativo. Os cientistas podem não ser dados a devaneios, é verdade, mas já falsificaram dados.

Sempre era possível contar com os medievais para uma boa conversa. De novo eu era culpada de me esquecer de como eles eram inteligentes. Acho que, de certa forma, eles tinham sido bem treinados. Suas mentes tinham sido alimentadas e orientadas a um grande custo; eles não passavam horas olhando para telas e se viravam sozinhos à mesa desde que tiveram permissão de ficar acordados até a hora do jantar.

– Verdade – disse Cookson, pegando o fio da meada. – É possível fazer com que evidências circunstanciais provem qualquer coisa.

De novo tive a sensação de que os medievais sabiam exatamente o que nós, selvagens, estávamos pensando. Era como se Cookson estivesse lançando dúvidas deliberadamente sobre o que havíamos encontrado nos livros da caça.

Bom, neste ponto devo explicar, como gostaria de poder ter explicado a Shafeen e Nel, que eu não tinha perdido a coragem. Ainda aceitava que alguma coisa estava acontecendo e estava pronta para abordar Henry sobre isso. Mas não acreditava, à luz daquele dia, que os medievais fossem assassinos. É, eles podiam estar pregando peças, até fazendo jogos perigosos. Até podiam existir cerimônias de iniciação, como a gente ouve falar que acontecem nas faculdades de elite nos Estados Unidos, testando até que ponto os alunos da STAGS iriam em troca da oportunidade de se tornar medievais. Mas cometer *assassinato*? Eu simplesmente não conseguia acreditar.

Shafeen olhou fixo para mim, seus olhos escuros implorando.

– Só porque ninguém viu o monstro em ação não quer dizer que ele não existe.

– Está certo – falei, tentando tranquilizá-lo com meus olhos, garantir que não ia abandonar a coisa toda. Só queria fazer de um modo diferente.

Era muita coisa para dizer com os olhos, e tive certeza de que ele não estava entendendo. Mas, independentemente do que Shafeen sentisse, eu tinha decidido e ia fazer uma mudança de rota. Quando Henry e eu estivéssemos sozinhos, eu iria confrontá-lo com o que sabíamos e lhe daria a chance de se explicar.

– Só acho que a coisa toda precisa de mais investigações – comentei para Shafeen.

– Tudo bem – retrucou ele. – Mesmo assim, os investigadores devem tomar precauções. Um lago escuro, um monstro. Remexendo naquelas profundezas, eles não sabem o que podem achar. Realmente não sabem o que estão enfrentando.

Era um aviso. E, por baixo da mesa, pude sentir, encostada no meu pé, a mochila que eu tinha preparado tão cuidadosamente e guardado com tanto ciúme.

Eu tinha quase certeza de que não precisaria do que estava dentro dela. Parecia um tremendo transtorno usar aquilo, quando agora estava convencida de que não corria perigo por parte de Henry.

Iríamos pescar mais um pouco, jantaríamos e amanhã à tarde estaríamos todos de volta na STAGS. Mas, no fim das contas, mais para impedir que Shafeen ficasse me encarando do que por qualquer coisa, pedi licença para ir ao toalete, como tínhamos planejado. Entrei no cubículo com uma mochila cheia e saí com uma vazia.

28

A luz do fim da tarde no lago estava linda. Henry pegou minha mão enquanto caminhávamos pelo cascalho até o cais. Eu não estava com frio, tinha camadas demais de roupa para isso, mas nem mesmo a restrição de meus movimentos podia arruinar o passeio. A única coisa que estragava aquele filme idílico que eu parecia estar vivendo – *Diário de uma paixão*, talvez? Ou *A casa do lago*? – era Perfect caminhando à nossa frente.

– *Ele* vai conosco? – perguntei a Henry.

– Não. – Henry me tranquilizou. – Só vai colocar as coisas no bote. Acho que não precisamos mais dele. Agora você é uma especialista. Além disso, precisamos de um tempo a sós, não é?

– É – respondi.

Mas não pelo motivo que ele pensava. Tínhamos muito que conversar.

Henry saltou com leveza no bote e Perfect me ajudou a entrar depois dele. Ficamos sentados lado a lado, na popa, Henry segurando a cana do leme. Perfect soltou a corda e Henry ligou o motor. Fomos devagar até o centro do lago. O sol estava baixando e o céu começava a assumir uma espécie de tom rosado e dourado. Pensei no meu pai: ele adoraria aquilo. Hora mágica, era como chamavam nas filmagens dele. Aquela hora preciosa no fim do dia em que, por pouco tempo, você tinha a luz mais linda, a luz que a câmera adora.

Eu tinha visto papai trabalhar muitas vezes: cervo encurralado como o que eu tinha assassinado, bandos de estorninhos como as contas pretas no Vestido da minha mãe. Pela primeira vez percebi que a hora mágica é tão linda porque é a última hora do dia. É preciosa porque o dia está morrendo.

Lá atrás dava para ver os medievais entrando nos outros barcos, mas nós tínhamos uma boa dianteira. Henry e eu estávamos sozinhos no meio do lago que ia escurecendo. O sol estava se pondo de verdade e o lago, assumindo uma incrível cor carmim.

Sangue, pensei de repente.

A temperatura estava baixando e os morros ao nosso redor escureciam. As varas e as iscas estavam bem alinhadas na proa do barco, mas nenhum de nós fez menção de tocar nelas. Deveria ser romântico, mas havia uma estranha energia tensa. Menos Helen e Leonard em *Retorno a Howard's End* e mais Fredo e Neri em *O poderoso chefão – Parte II*.

O silêncio estava me deixando maluca.

– Bom – falei, imaginando como começar –, cá estamos. Só nós dois.

Ele se virou para mim e segurou a minha mão, como se fosse me pedir em casamento ou algo assim. Seu polegar acariciou meus dedos, a mão, o pulso. E encontrou, enrolado por cima do polegar, o punho apertado de uma roupa de mergulho.

Olhei para Henry e ele me olhou.

E então eu soube.

Era como aquela parte em *As duas faces de um crime* em que Edward Norton muda de um angelical coroinha de igreja para um maníaco homicida com apenas um olhar. Ele não diz nada; o que muda é a expressão de seus olhos. Assista e você vai entender. Aquele olhar arrepiante rendeu a Norton uma indicação ao Oscar. Vi Henry de Warlencourt fazer isso de verdade, e por aquele olhar soube que ele ia me matar. Sem que ele dissesse uma palavra, descobri que era tudo verdade. Tudo: a caça, o tiro ao pássaro e a pesca.

Agora eu estava realmente com medo.

E se Shafeen tivesse entendido minha mensagem no almoço e abandonado o plano? Eu havia indicado a ele que não continuaria e ele poderia ter se desapontado comigo. E se pensasse que não valia a pena me salvar? E se

Nel e ele tivessem simplesmente voltado a Longcross para fazer as malas e me abandonado?

Fitei os olhos azuis gelados de Henry e encarei o fato de que estava absolutamente sozinha.

Preparei-me para o que sabia que estava chegando.

O momento se estendeu por séculos. Então Henry se moveu na minha direção e estendeu o braço. Por um momento pensei que ele ia mudar de ideia e me abraçar. Mas, em vez disso, ele me acertou e me empurrou para trás, me derrubando do barco.

A água estava mais fria do que qualquer coisa que já conheci. Estou convencida de que o choque me mataria se não fosse o trunfo que Henry descobrira embaixo da minha manga. Era um literal truque na manga. A roupa de mergulho tinha me salvado.

A roupa de mergulho que eu tinha visto na primeira noite, largada no meio das varas de pesca como uma pele descartada.

A roupa de neoprene que o meu subconsciente havia destacado na noite anterior, quando deitamos Shafeen perto da lareira, e que eu tinha roubado às primeiras luzes da manhã.

A roupa de mergulho que eu tinha vestido no toalete depois do almoço, rezando para que Henry não notasse o volume por baixo das roupas.

Não me entenda mal. Ainda fazia um frio *de rachar* mesmo com a roupa de mergulho, tanto que era difícil respirar. Fiquei me mexendo na água por um minuto, ofegando com o choque, dizendo a mim mesma para não entrar em pânico. Então minha memória muscular foi acionada, como deveria acontecer. Só que eu tinha outro problema. Ainda que o casaco impermeável fosse bem flutuante, o pesado suéter de tricô estava se enchendo d'água e, em mais um instante, iria me fazer afundar.

Chutei fora as botas e tirei o casaco (fácil) e a calça impermeável larga (mais difícil). Depois tentei puxar o suéter encharcado pela cabeça, o que foi quase impossível. Precisava usar os braços, o que significava que não podia usá-los para nadar, e afundei imediatamente. Fiquei voltando à superfície e tentando de novo. Durante esse tempo todo, Henry permaneceu sentado no bote, uma forma escura encurvada contra o pôr do sol, me olhando lutar, quase como se estivesse se controlando até que eu estivesse pronta para o início da perseguição. Acho que foi então que percebi que ele era maluco: ainda estava sendo cavalheiresco, esperando até que eu estivesse pronta para ele me matar. Era como se alguém segurasse a porta de um elevador aberta para você cair pelo poço vazio. Por fim, me livrei do suéter e comecei a nadar. E foi então que Henry ligou o motor e veio atrás de mim.

Na escuridão, eu estava preocupada achando que a forma das minhas roupas na água tornaria difícil Henry me enxergar. Era importante que ele me seguisse. Mas tudo bem – ele tinha uma lanterna. Sem dúvida o eficiente Perfect a havia deixado na popa para ele. Vi o facho branco e largo varrer a água e decidi ajudá-lo um pouco.

– Socorro! – falei, meio engasgada, acenando, sem me afogar.

O facho da lanterna me achou, iluminando o caminho. Arfando, mas calma, eu me virei e parti para a margem. Sabia que precisava ir para leste, para longe da casa de barcos, para o outro lado do lago, como nós três, selvagens, tínhamos combinado.

Eu esperava que o plano desse certo. Quando estávamos tramando na sala de Estado, a primeira ideia era de que eu levaria o Saros 7S para o barco e filmaria o que Henry fizesse. Mas precisamos abandonar a ideia quando Nel disse que, apesar de o Saros ser projetado para resistir à água – ele sobreviveria se caísse por acidente na banheira ou no vaso sanitário –, não conseguiria sobreviver a uma imersão prolongada.

Foi quando bolamos um plano B: eu deveria atrair Henry para um lugar combinado, onde Shafeen e Nel estariam a postos para testemunhar minha provação. E – esperávamos – eles interviriam antes que fosse tarde demais.

Confiávamos que Henry iria me perseguir. Não tínhamos dúvida de que ele faria qualquer coisa para defender seu estilo de vida. E estávamos certos. Ele foi atrás de mim, bem devagar, sem tentar me atropelar. Mas estava implacável.

E os outros também vieram.

– Ela está na água! – ouvi-o gritar para os medievais, a voz indo longe.

Vi múltiplos fachos de luz varrerem a água, iluminando o cabelo louro das garotas medievais que pendiam por cima da borda dos barcos, quase varrendo a superfície da água enquanto me procuravam. Agora eram sereias de verdade, ninfas malignas que traziam a morte na água. Bom, eu não deixaria que me pegassem. Não dessa vez.

Nadei suficientemente rápido para ficar à frente dos botes. Estava com uma boa dianteira para a margem quando ouvi um assobio e um estalo à minha direita. Eles estavam atirando em mim? Não. Os medievais obedeciam às próprias regras. Henry estava lançando um anzol para mim. Continuava pescando.

Nadei um pouco mais depressa, mas no momento seguinte um anzol maligno se prendeu no ombro direito da roupa de mergulho. Dei braçadas com força, mergulhando por um instante, para soltar o anzol. Consegui me livrar momentaneamente, mas, olhando para trás, vi um rasguinho serrilhado na roupa de mergulho e senti uma ardência no ombro, como se tivesse sido cortada. Sabia que, se todos tentassem me pegar com seus anzóis, poderiam fazer um tremendo estrago.

Nadei mais rápido.

Os três barcos vinham na minha direção e dois me ultrapassaram, Piers e Cookson de um lado e as garotas do outro. Percebi, com uma onda de pânico, que havia coisa pior a temer do que os anzóis. Se eles decidissem me cercar, poderiam esperar até que eu me afogasse, com ou sem roupa de mergulho.

Eu estava cansada demais para tentar escapar.

Tinham me encurralado. Fiquei parada, batendo braços e pernas no meio do triângulo de barcos, girando para um lado e para outro em pânico, olhando cada um dos rostos monstruosos iluminados pelas lanternas. Eles não diziam nada. Nem me olhavam de modo maligno. Só estavam me observando, com expressões levemente curiosas, desapaixonadas, como se eu fosse um exemplar da vida selvagem, um peixe raro que haviam tido a sorte de pegar. Não sei por que fiz isso, mas levantei uma das mãos para que pudessem me puxar, esperando um fiapo de humanidade da parte de algum deles. Mas ninguém a pegou.

Então percebi que nosso plano era loucura e que eu estava acabada. Meus membros estavam congelando e exaustos e não me restavam mais forças.

E, naquele momento de desespero, vi uma luz ao longe na margem. Era ofuscante. Minha mente em pânico pensou na estrela de Belém, aparecendo por magia na noite de Natal. Então soube a verdade.

Era a lanterna do Saros 7S.

E, como a estrela de Belém, estava lá para mostrar o caminho. Como a estrela de Belém, tinha nascido no leste, para onde eu deveria ir. Só precisava segui-la.

Subitamente energizada, me virei de repente e mergulhei por baixo do barco de Henry, batendo as pernas em desespero nas profundezas escuras e gélidas. Cheguei à superfície de novo tendo apenas água livre entre mim e a estrela. Nadei para a margem. Meus músculos doíam e os pulmões ardiam. Podia ouvir os motores dos barcos atrás de mim. Não ousava me virar, com a certeza de que me alcançariam e me atropelariam. Olhava à frente, decidida.

Se ao menos eu puder chegar à margem... Se ao menos eu puder chegar à margem...

Finalmente senti o cascalho raspando nos joelhos. Levantei-me na água, com a roupa de mergulho me puxando para baixo, a água escorrendo do corpo. Estava parada num córrego gelado, os pés parecendo blocos de gelo. Fui cambaleando corrente acima, aonde quer que aquilo me levasse, frenética para escapar dos fachos das lanternas, dos barcos e das vozes. Segui cambaleando não sei por quanto tempo, a estrela do Saros sempre acima e à frente de mim, guiando o caminho, até que saí num poço largo.

Para além do poço, ouvi um chiado e um rugido. Fui na direção do som. Então escutei passos chapinhando atrás de mim. Henry saiu da escuridão com a lanterna balançando loucamente. Virei-me e corri, e o facho largo da lanterna iluminou uma parede branca de borrifos à minha frente.

Era uma cachoeira.

29

Era a Conrad's Force, e a luz do Saros estava em cima dela.

Agora sabia que Shafeen e Nel não tinham me abandonado. Estavam esperando, como os amigos maravilhosos que eram, no ponto de encontro que tínhamos combinado na noite anterior: a ponte de pedra em cima da Conrad's Force, que era o lugar mais próximo do lago ao qual se podia chegar com um veículo.

Shafeen e Nel iam pegar um Land Rover para ir ao almoço e o deixariam ali, como meu carro de fuga. Nel, que era cheia de surpresas, já tinha carteira de motorista. (Passou na prova quando fez 17 anos e seu pai lhe deu um Mini novo em folha, decorado com um enorme laço de fita vermelha.) No mapa da sala de Estado a ponte tinha parecido muito perto da margem do lago. Mas o que não tínhamos avaliado era a *altura* que aquelas linhas serrilhadas no mapa representavam. Eu tinha esperado uma pequena cascata ornamental, como a que a gente vê nos parques públicos. Aquela era de verdade, alta como um prédio e feroz como uma inundação. A ponte *ficava* perto do lago. Mas muito acima. Eu precisaria escalar.

Cheguei o mais perto possível da água que caía, bem na borda dos borrifos. Era impossível ficar sob a força plena da queda sem que a água me derrubasse, por isso procurei pedras e suportes num dos lados. Sabia que Henry precisava me seguir: agora ele não podia deixar que eu fosse embora. Mas para mim foi um alívio porque, como ele também estava escalando, pelo menos não poderia me pegar com seu anzol maligno. Precisaria abandonar a vara e usar as duas mãos.

Essa escalada foi provavelmente a coisa mais difícil que já fiz. Minhas mãos e meus pés pareciam feitos de gelo. Me cortei várias vezes nas pedras e nos arbustos espinhentos da cachoeira e nem percebi – minha carne estava tão fria que não sangrava nem doía. A roupa de mergulho restringia os movimentos, mas também me protegia. Henry estava mais lento do que eu. Eu era menor e mais leve. As roupas encharcadas dele o atrapalhavam, as botas pesadas escorregavam vez ou outra nas pedras de um modo que não acontecia com meus pés descalços. De certa forma, eu tinha uma vantagem, e isso era bom. Se Henry me agarrasse antes de eu chegar até os outros, eu estaria acabada.

O medo me instigava, mas eu precisava subir com cuidado. Se fosse rápido demais, escorregasse e caísse, acabaria nas garras de Henry. Enquanto escalava, percebi que tinha problemas maiores do que Henry: a cachoeira era tão alta que, se eu caísse agora, morreria. Ninguém sobreviveria a uma queda assim. Uma expressão brotou na minha cabeça: *Festina Lente*, o lema da STAGS. Apressa-te devagar.

Por isso me obriguei a encontrar bons apoios para os pés nas pedras e apoios seguros para as mãos, escavados na lama gelada, o que não era fácil com a água fria batendo no meu rosto. Enquanto subia cada vez mais, pensei nos salmões dos quais Henry tinha falado, lançando-se implacavelmente pelas cachoeiras mais altas, lutando rio acima para chegar ao local de reprodução e manter a espécie. Os peixes fariam qualquer coisa para sobreviver.

Eu também.

Finalmente cheguei ao topo da cachoeira e enxerguei a ponte de pedra, que só tinha sido vista antes como um minúsculo arco preto num mapa na sala de Estado, do tamanho de uma lasca de unha, mas agora era um enorme arco-íris de pedra atravessando o rio ao luar. A ponte era o ponto final – a fonte daquela brilhante estrela de Belém. Assim que cheguei ao topo da cachoeira, como tínhamos planejado, a luz do Saros se apagou e restou apenas o luar.

Henry chegou atrás de mim e me virei para olhá-lo. *O cervo encurralado*, pensei, vendo-o enfiado até os joelhos na água que redemoinhava. Meus olhos demoraram um minuto para se ajustar. Ele estava encharcado e ofegando, com o cabelo característico num tom prateado ao luar, os olhos brilhantes como mercúrio. Eu queria guiá-lo para longe do ruído da cachoeira, mas ele ficou parado bem na borda. Precisávamos gritar um para o outro para sermos ouvidos, mas isso poderia ser bom para o plano.

Ele falou primeiro:

– Eu teria poupado você, Greer! – gritou. – Você seria a única que íamos deixar em paz. Até falei com os outros sobre isso. Achei que você entenderia. Achei que você amava Longcross.

– Eu amava – respondi. Precisava mantê-lo falando. – Eu amo.

– Então Perfect viu vocês na biblioteca ontem à noite, com os livros da caça...

– Então ele *viu* a gente! – exclamei antes que pudesse me conter.

– Claro. Ele é um guarda-caça. Rastrear animais é o trabalho dele.

Não reagi ao insulto e Henry continuou:

– Eu sabia que você passaria para o lado deles, o lado dos que não fazem parte, que acham que podem ser como nós. Mas *nunca serão*. O lado dos selvagens. – Ele deu de ombros. – Não importa. Os livros da caça irão embora amanhã. Só precisamos mantê-los em outro lugar. Não podemos deixar provas por aí, não é?

– Por que Perfect simplesmente não usou a arma contra nós, então? Ele poderia pegar nós três. Problema resolvido.

Eu sabia qual era a resposta, mas queria que Henry dissesse.

– Ah, Greer, você ainda não entende, não é? Até você? A coisa precisa parecer que foi um acidente. Como você acha que conseguimos nos livrar por tanto tempo? Porque sempre parece que foi acidente. Até as mortes.

Eu já estava tremendo e achava que não podia sentir mais frio, mas senti. Suas palavras me provocaram um arrepio extra.

– Então *aconteceram* mortes?

– Claro que aconteceram mortes. – Ele pareceu surpreso com a pergunta. – Várias, no decorrer dos anos. "Acidentes terríveis." Todas em famílias que não poderiam nos enfrentar. O filho de uma família real de um país africano insignificante. Não ousariam ir contra o poder britânico. Uma vez tivemos uma bolsista também; foi uma das que morreu. A família dela era pobre demais para pagar por uma investigação. O Dr. Morand fez os atestados de óbito e meu pai resolveu as coisas com o chefe de polícia e o legista. Todos eles vêm caçar aqui, você sabe.

– Claro que vêm – falei com amargura.

– Antigamente era mais fácil. Meu pai, meu avô, o avô dele.

Engoli em seco. Todos aqueles garotos louros nos porta-retratos dourados em cima do piano. Todos cresceram para ser assassinos.

– Há quanto tempo isso acontece?

– Conrad de Warlencourt começou, quando voltou das Cruzadas. Acho que ele sentia falta de matar os selvagens. Por isso encontrou mais selvagens para matar no próprio quintal. E então encontrou pessoas que pensavam igual, para levar adiante a tradição. A tradição é importante *demais*, não é, Greer? É preciso haver continuidade e ordem. Acho que Conrad gostaria que você encontrasse seu fim aqui, na Conrad's Force, a cachoeira dele.

Meu corpo começou a tremer incontrolavelmente.

– Então eu devo morrer agora?

– Ah, creio que sim – respondeu ele, como se eu tivesse perguntado se iria chover mais tarde. – Eu até estava pensando em poupá-la. Hoje de manhã, quando a vi matar aquele peixe, achei que você poderia ser uma medieval. Mas então vi a roupa de mergulho e soube que você tinha se preparado contra mim. No fundo, você era uma selvagem o tempo todo.

– Você vai fazer minha morte parecer um acidente também? – perguntei, os dentes chacoalhando de frio e medo.

– Naturalmente. Agora é mais difícil, claro. Nos tempos feudais ninguém sequer iria nos desafiar. Agora é muito mais difícil. Mais instituições fazendo mais perguntas. DNA, autópsias, toda a tecnologia da qual as pessoas gostam tanto. Mas ainda podemos convencer a polícia. A palavra de um cavalheiro ainda conta em Longcross. Uma queda terrível e um afogamento. Caso encerrado.

Ele deu um passo na minha direção, para longe da borda da cachoeira.

Que situação sherlockiana!, pensou minha mente enlouquecida de medo. A luta final entre dois inimigos mortais numa cachoeira.

– Você viu *Sherlock Holmes: o jogo de sombras*? – perguntei, tentando ganhar tempo.

– O que você acha? – retrucou Henry com seus olhos de predador virados para mim.

– Não é um filme fantástico. E não é fiel aos livros. Mas tem uma parte que é. Sherlock e Moriarty estão na Suíça. Robert Downey Jr. é Sherlock Holmes. Ele atrai Moriarty para o topo da cachoeira Reichenbach, os dois brigam e caem juntos pela borda. – Eu estava falando sem parar e recuando, e Henry se esgueirava na minha direção como naquele jogo que a gente joga na escola primária, quando tenta se mexer sem que os outros vejam. – E o Watson, que é interpretado por Jude Law, volta para Londres todo triste e chegam a fazer o enterro de Sherlock. Watson está escrevendo a última aventura do Sherlock e datilografa "FIM". Aí a campainha toca e é o carteiro, por isso Watson sai da sala e, quando volta, vê que alguém datilografou um ponto de interrogação, de modo que está escrito "FIM?". E Watson sorri. Porque aquele pequeno sinal, aquele ponto de interrogação diz que, apesar de o bandido estar morto, o mocinho sobreviveu. E você, Henry, é o bandido.

Ele apenas balançou a cabeça e continuou vindo.

– Você só demonstrou o problema de viver a vida através de telas – gritou por cima do ruído da água. – Hoje em dia as crianças passam *quatro horas por noite* na internet. Vivem dentro dos fones de ouvido, isoladas do mundo. Ninguém pode comer uma refeição sem tirar uma foto dela. Ninguém pode aproveitar um show sem filmar, nem conhecer uma suposta celebridade sem tirar uma selfie. As pessoas nem precisam mais manter a própria memória, o Facebook faz isso por elas. Tudo precisa ser gravado; as pessoas experimentam a vida através de uma tela do tamanho de uma carta de baralho em vez de *vivê-la*. E para quê? Nem tudo é um filme, Greer.

– Nem tudo – concordei. – Mas *isto* é.

Num grito muito mais alto, direcionado para a ponte de pedra onde eu podia ver a luzinha vermelha do Saros 7S filmando, gritei:

– Pegaram tudo isso?

– Ah, sim – gritou Nel de cima da ponte. – Pegamos.

Shafeen e Nel se levantaram e se inclinaram por cima do parapeito. Nel estava com o Saros na mão e virou o facho da lanterna para cima de Henry. A água que fazia redemoinhos em volta dos nossos tornozelos ficou de um branco leitoso.

Ela deu um toque no celular e o aparelho começou a falar com a voz de Henry:

"Claro que aconteceram mortes. Várias, no decorrer dos anos. 'Acidentes terríveis.' Todas em famílias que não poderiam nos enfrentar."

Henry levantou a mão, como eu tinha feito quando pus a minha para fora do lago. Mas não estava pedindo socorro. Estava ordenando.

– Me dê essa coisa – disse em voz grave e mortal, como um professor furioso confiscando algo de uma criança bagunceira.

A força da sua personalidade era tamanha que eu quase esperei que Nel largasse o aparelho na mão dele. Mas ela apenas balançou a cabeça.

– Não adiantaria nada. Você pode até quebrar este aparelho, mas o vídeo já foi mandado para o Saros Orbit. É um sistema de armazenamento por satélite, totalmente seguro.

– A tecnologia não é maravilhosa quando a gente encontra a aplicação certa para ela? – gritou Shafeen.

Henry deveria estar derrotado, soluçando, implorando para não divulgarmos nada. Mas não fez nada disso. Empertigou-se, mais poderoso do que nunca, os olhos brilhando com uma luz louca, quase religiosa.

– Vocês não podem vencer – disse ele. – Não podem estragar a ordem.

– Ah, é? – perguntou Nel, muito segura de si. – Basta um toque nesta tela e esse vídeo vai ser mandado para o YouTube, o Facebook, o Snapchat, o Twitter e o Instagram. De manhã sua confissão terá viralizado. Você vai ser uma sensação na internet. Acabou, Henry. Seu mundo já era. Agora estamos *no meu mundo*.

Henry recuou para a borda da cachoeira, como se quisesse colocar alguma distância em relação a esses mundos novos e terríveis. Mas continuou desafiador.

– A ordem continuará, mesmo sem mim – gritou.

Shafeen gritou de volta, zombando:

– Agora há uma nova ordem.

Acho que vou lembrar do que aconteceu em seguida enquanto viver. As pessoas dizem que o fim de uma vida fica mais vagaroso, como se passasse em câmera lenta, e devo dizer que isso é totalmente verdadeiro. Virei a cabeça para Shafeen quando ele gritou da ponte e isso afastou meu olhar de Henry por tempo suficiente para ele recuar até a borda da cachoeira. Então, e só então, percebi o que Henry tinha dito.

Mesmo sem mim.

Eu sabia o que ele ia fazer.

Girei, com o cabelo batendo no rosto feito um chicote, tropecei até ele o mais rápido que pude, com a água impedindo meu progresso.

– NÃO! – berrei.

Juro pela minha vida que as pontas dos meus dedos seguraram as dos de Henry, se prenderam, escorregaram e o perderam. Eu o vi por um segundo, uma hora, uma vida, suspenso no espaço: imensamente forte, imensamente poderoso. Numa fração de segundo nossos olhares se encontraram e se grudaram, o dele sem ser derrotado. Então, com os braços abertos como uma cruz, ele tombou pela borda da cachoeira.

De repente, eu estava no pátio da casa Paulinus, jogando uma moeda no poço medieval. A moeda caía e caía no escuro e eu esperava que ela batesse na superfície da água. Henry e a moeda caindo juntos. Na Conrad's Force, também, o tempo se esticou até o infinito, e o rugido da cachoeira era tão alto que nem pudemos ouvir quando Henry bateu nas pedras lá embaixo.

30

Para ser honesta, não me lembro de muita coisa que aconteceu depois disso.

Nel me disse que Shafeen precisou me pescar, e só conseguiu me pegar por pouco, antes que eu também escorregasse pela borda da cachoeira. Ele me pegou e me carregou até o Land Rover, que estava parado na ponte de pedra. Tenho uma vaga lembrança de estar nos braços dele, mas não foi nem um pouco romântico. Eu estava entorpecida de frio e choque e ainda achava que podia morrer.

Pelo jeito, foi Nel que dirigiu o Land Rover de volta a Longcross no escuro. Também não me lembro disso. Nem me lembro de Shafeen e Nel me vestindo com uma quantidade suficiente das roupas deles para esconder a roupa de mergulho e me carregar tremendo para dentro da casa, nem dos empregados se amontoando em volta, pegando um roupão e cobertores, e eu me enrolando na frente da lareira do Grande Salão. Não me lembro nem daquele mesmo médico ancião vindo me examinar.

Mas me lembro dos medievais entrando de volta, *muito* mais tarde, e do inconfundível clarão de surpresa nos olhos deles quando me viram viva. Lembro das mentiras fáceis que eles contaram, uma para cada.

– *Ah*, meu *Deus*, nós estávamos tão *preocupados* com você…

– Não se lembra de quando você caiu? Nós estávamos tentando pegar você de volta...

– Então você simplesmente afundou embaixo do barco do Henry e desapareceu...

– Achamos que você tinha se afogado...

– Estivemos procurando você desde então...

Eu podia muito bem acreditar que eles tinham me procurado, mas não para me salvar, isso era certo. Um pouco depois, me lembro de que Cookson foi a primeira pessoa a dizer:

– *Cadê o Henry?*

E de Shafeen olhando para mim e balançando a cabeça muito de leve. E de dois deles voltando para procurá-lo, e de Lara retornar dizendo:

– *Ele ainda não chegou em casa.*

Então me lembro de Perfect saindo à procura dele. E depois a polícia. Em seguida me lembro das horas diante da lareira do Grande Salão, horas tomando bebidas quentes com um roupão de banho branco, horas respondendo a perguntas com mentiras e horas esperando os resultados de uma busca policial com lanternas, com o pavor crescente da notícia que sabíamos que viria, antes de finalmente eu poder escapar e ir para a cama.

Quando entrei no Lowther não acendi as luzes. Os carros da polícia ainda apinhados na entrada de veículos lá fora iluminavam o quarto a intervalos de segundos com suas luzes azuis fantasmagóricas. Sentei-me na cama, exausta. Jeffrey me olhou, com a expressão iluminada de azul estranhamente simpática. Seus olhos pareciam mais suaves, o focinho, mais redondo, a galhada, menos pontuda. Ele parecia arrasado, derrotado.

– É, você entende – falei, cansada. – O cervo de Aidan escapou porque estava invisível, mas você não aprendeu esse truque, não é? Nem eu. Durante todo o período escolar fiquei de cabeça baixa, nunca tentei me destacar. Mas não fiquei suficientemente invisível. Achei que só estava sendo eu mesma. Mas ser eu mesma era ser *diferente*, e isso bastou para me colocar na mira do Henry. É melhor se transformar num medieval, ser exatamente como eles, ou você será separado do rebanho e caçado.

Mas Nel tinha tentado essa abordagem e não dera certo. Ela não fez direito. E Shafeen era sempre diferente por ser de outra raça; era como se fosse de outra espécie.

De repente, senti que não podia ficar ali, só Jeffrey e eu. Precisava deles: dos meus amigos, meus novos amigos. Saí do Lowther e fui andando pelo corredor até o Raby, o quarto de Shafeen. Bati de leve e abri a porta. Nel já estava ali, sentada no banco da janela com Shafeen. Obviamente se sentia do mesmo modo. Não falamos nada. Não havia o que dizer. Nada a fazer além de olhar e esperar. Juntei-me a eles e ficamos olhando para baixo.

Trouxeram o corpo de Henry à meia-noite. Vi a maca sendo transferida para a ambulância que esperava. Mas dava para ver que era tarde demais para qualquer cuidado médico. Nos filmes, veja bem, se alguém ainda está vivo, independentemente do estado em que se encontre, eles deixam o rosto descoberto – óbvio – para que a pessoa possa respirar.

O corpo de Henry estava coberto da cabeça aos pés. Olhamos a maca entrar na ambulância. A porta foi batida, alguém assinou um formulário numa prancheta e a ambulância foi embora. Um garoto estava morto, e, por mais que ele fosse indubitavelmente mau, por mais que sua morte pudesse impedir incontáveis danos e até mesmo outras mortes, ele ainda era filho de alguém.

– Somos assassinos – falei.

– Não – retrucou Shafeen gentilmente, mas com firmeza. – Foi suicídio.

– Deveríamos ter descido para pegá-lo. Deveríamos ter procurado. E se ele ainda estivesse vivo? E se pudéssemos salvá-lo?

O fato de eu estar quase inconsciente depois da queda não diminuía minha culpa.

– Como? – perguntou Nel. – Não poderíamos descer pela cachoeira. Você sabe. Já foi bem difícil puxar você. Ninguém sobreviveria àquela queda.

Eu sabia que era verdade – soubera quando estava escalando. Se eu caísse, estaria acabada.

– Além disso – disse Shafeen –, precisávamos trazer você de volta. Se eu não a tivesse agarrado, você também cairia da cachoeira. E, se não tivéssemos trazido você de volta para Longcross, você teria morrido de hipotermia. – Ele deve ter percebido como a coisa soava. – Não estou dizendo que sou um herói. Só estou declarando um fato.

– E Henry *quis* ir – disse Nel. – Ele pulou.

– É, mas nós *fizemos* com que ele pulasse – insisti. – Colocamos a corda no pescoço dele. Ameaçamos com humilhação a nível mundial nas mãos da tecnologia que ele desprezava. Mídia social, polícia, imprensa. Ele não suportaria. – Eu me virei para Nel. – Você não vai *mesmo* divulgar a confissão dele, vai?

– Agora não – respondeu Nel.

E eu soube o que ela queria dizer.

Agora que ele está morto, não.

Shafeen fechou as cortinas pesadas e nós desmoronamos na cama dele, vestidos de pijamas. Não havia nada de esquisito – era como se tivéssemos 5 anos.

Nel pegou o Saros S7 e todos o olhamos, na palma da mão dela. Em seu coração de prata vivia a tecnologia que tinha me salvado. Ele tinha sido uma parte integral do nosso plano. Aquele pequeno dispositivo milagroso, poderoso, amigável, tinha transformado o mapa em 2D da sala de Estado numa imagem digital em 3D de Longmere e do terreno em volta. Havia feito uma mapeamento térmico do meu corpo e rastreado minha posição a cada minuto do dia em que eu estivera pescando com Henry, de modo que nunca fiquei sozinha. Shafeen e Nel sabiam onde eu estava o tempo todo. O aparelho tinha visão noturna, de modo que Nel pôde filmar Henry e eu no topo da cachoeira mesmo sem a luz da lanterna. Tinha transmitido para o Saros Orbit todas as provas de que precisávamos contra Henry de Warlencourt, desde as fotos dos livros de caça até o vídeo de sua confissão. E agora eu simplesmente queria me desligar; e ele também poderia me ajudar nisso. Eu sabia exatamente do que todos nós precisávamos.

Todos nos reunimos em volta do celular e assistimos ao YouTube até de madrugada, quando caímos no sono ali mesmo no quarto de Shafeen. Assistimos a todas as baboseiras da internet, desde gatos tocando piano até quedas de skate e malabarismo com garrafas. Assistimos a desafios tipo “Tente não rir”. Assistimos a animais espirrando e toneladas de memes.

A música estridente e os sons eletrônicos idiotas ricocheteavam no papel de parede adamascado, as luzes e cores espalhafatosas refletidas nas pesadas cortinas de seda da cama em que Elizabeth I tinha dormido. Por mais estranho que pareça, já que estávamos enchendo aquela antiga casa medieval com besteiras selvagens, essa era nossa elegia para Henry.

Deixamos o mundo entrar.

De manhã, antes de voltarmos a nossos quartos, precisávamos tomar uma decisão.

– O que vamos fazer?

Não precisei explicar. Queria dizer: *Vamos mostrar o vídeo à polícia*?

– Vamos ficar quietos – disse Shafeen. – O negócio de "caça tiro pesca" acabou. Não pode continuar sem Henry. Não faz sentido amontoar desgraças sobre a família só para nos sentirmos melhor. O pai dele é obviamente um imbecil, mas a mãe pode ser legal. Ela perdeu o filho; deveríamos deixar que ela mantenha a dignidade. Vamos ficar quietos com relação ao vídeo, a não ser que alguém tente nos ligar à morte dele. No momento, eles nem sabem que estávamos juntos quando o Henry morreu. Se descobrirem isso, então temos a prova para mostrar que ele tirou a própria vida.

Mas eles jamais descobriram. O policial que falou comigo, um inspetor com sotaque quase tão chique quanto o de Henry, me tratou com muita gentileza, quase como se lamentasse ter de me entrevistar. Eu disse que tinha caído do barco de Henry e nadado até a margem e que depois disso não vi Henry.

– Acho que ele foi me procurar, estava escuro e...

De repente, totalmente sem aviso, comecei a chorar. Nem precisei fingir. Acho que, depois do choque, estava simplesmente absorvendo o que havia acontecido.

O inspetor pigarreou do jeito que as pessoas chiques se comunicam quando estão desconfortáveis. Deu um tapinha desajeitado na minha mão.

– Você não deve se sentir responsável – disse do seu modo brusco, com o lábio superior rígido.

Mas eu me sentia. Eu *era* responsável.

No fim de apenas uma manhã de interrogatórios, tivemos permissão de voltar para a escola. Os medievais que restavam esperaram lorde e lady de Warlencourt, que vinham de Londres, enquanto um policial levava Shafeen, Nel e eu de volta numa radiopatrulha. Fiquei feliz por não ser o Perfect atrás do volante. Se ele soubesse o que tínhamos feito com seu amado senhor, teria nos jogado fora da estrada.

Pela segunda vez, suportei a viagem entre a STAGS e Longcross em silêncio, mas dessa vez me senti satisfeita com isso.

STAGS (II)

31

A polícia concluiu que Henry de Warlencourt, filho de Rollo de Warlencourt, 17º conde de Longcross, tinha caído da Conrad's Force e se afogado depois de uma pescaria noturna.

Ninguém nos disse oficialmente, mas lemos na imprensa. Agora que tínhamos começado a usar o Saros 7S, não conseguíamos colocá-lo de volta na caixa de Pandora, nem na escola. Talvez Henry tivesse razão.

Assim, na primeira hora de almoço de volta à STAGS, numa sala de estudos vazia na casa Bede, lemos os relatos em todos os principais sites de jornalismo. Eles tinham conseguido fotos lindas de Henry, todo Gatsby com gravata branca e casaca. Nem a escola escapou do escrutínio: *paparazzi* ficavam perto dos portões de ferro apontando câmeras para lá. Começamos a ver manchetes do tipo: "A elegante STAGS chora a morte de aluno-modelo… A escola do jovem lorde tem 500 anos."

Uma página surgiu no Facebook, criada por alguém que nem conhecia Henry, só por causa da sua beleza. Sua aparência, sua vida privilegiada e o modo como ele morreu provocaram algo na imaginação do público. Garotas loucas da Polônia ameaçavam pular de cachoeiras, alunos de Oxbridge davam festas chamadas de Henry de Warlencourt: jantares formais perto de lagos que terminavam numa pescaria noturna. Alunos do *sixth form* invadiam a propriedade de Longcross para tirar selfies na Conrad's Force. Uma garota de Portland postou um vídeo segurando a foto de Henry e chorando durante os 4 minutos e 23 segundos que o R.E.M. levava para cantar "Nightswimming". Assistimos a isso no quarto de Nel, boquiabertos.

– Trágico – falei. – Pensem em como o Henry ficaria consternado.

– Ele é uma sensação na internet – disse Nel –, sem que a gente tenha precisado levantar um dedo.

– Ele foi o rei Canuto, afinal de contas – observou Shafeen. – Mas não conseguiu segurar a maré. E não quis pegar seu trono e ir embora. Ficou lá até ser coberto pela água. E acabou se afogando.

Eu sabia o que ele queria dizer. Henry estava tentando segurar a distância um mundo que não podia ser impedido.

Mas não era somente Henry que queria segurar a maré. O abade – que foi realmente doce com relação à coisa toda – escreveu aos nossos pais falando da morte de Henry. Não telefonou. Não mandou e-mails. *Escreveu* uma carta por cada um de nós.

Papai ainda estava na América do Sul, por isso eu sabia que a carta iria ficar no corredor vazio da nossa casinha em Arkwright Terrace até o Natal. Fiquei feliz com isso. Não sabia como explicar ao meu pai o que tinha acontecido. Sempre contei a verdade a ele – era o trato que tínhamos –, mas não achava que poderia contar essa história específica. Seria o primeiro segredo que eu guardaria. A outra coisa era que, se papai soubesse o que havia acontecido – o negócio de "caça tiro pesca" –, viria para casa no primeiro avião, e eu não queria que ele perdesse o trabalho. Por diferentes motivos, Shafeen e Nel também não contaram os feitos sinistros aos pais. Achei que Shafeen queria poupar o pai de reviver o que ele havia passado tantos anos antes. Os motivos de Chanel eram mais complicados. Acho que ela queria ficar na escola e sabia que, se contasse aos pais, seria arrancada desse mundo de privilégios e sentiria que tinha fracassado de algum modo. Tenho certeza de que os nossos pais nos levariam embora se soubessem da história completa, e nenhum de nós queria isso. Tínhamos acabado de encontrar uns aos outros. Por motivos diferentes, cada um guardou silêncio, e o segredo nos uniu.

A hora em que havíamos precisado dos nossos pais tinha vindo e ido embora – realmente teria sido bom um dos lendários abraços do meu pai na noite em que Henry morreu. Veríamos nossos pais na longa folga de Natal, dali a menos de seis semanas, quando meu pai voltaria do Chile, Nel iria para Cheshire e Shafeen para o Rajastão. Até lá, nós três precisávamos uns dos outros. Ninguém mais entenderia as emoções pelas quais estávamos passando; como era se sentir um assassino sem ser assassino. Ser inocente e, ao mesmo tempo, culpado. Lamentar que Henry tivesse morrido e estar satisfeito com isso.

Mas a escola achou que deveríamos ter acesso a aconselhamento. Provavelmente era a coisa mais progressista que eles já haviam feito. Contrataram uma terapeuta para nós. Ela era a única presença adulta na escola – além do abade – que não precisava ser chamada de frade. Chamava-se Sra. Waller, mas insistia que a chamássemos de Sheila. Isso era meio moderno até para mim.

"Sheila" era uma hippie bem-intencionada, com cabelos encaracolados e revoltos, que usava um monte de xales e colares de contas. Nós nos encontrávamos numa salinha que eu nunca tinha visto antes, com apenas duas poltronas e uma mesa baixa com uma caixa de lenços de papel colocada intencionalmente em cima. Quase senti que ela ficaria desapontada se eu não chorasse. "Sheila" vivia me cutucando: "Como você se *sente*?" Mas nem eu sabia a resposta para isso.

Não poderia contar que tinha gostado do Henry, que depois não gostei dele, mas de certa forma ainda gostava, e que depois o tinha assassinado. Não podia contar que Henry tinha me beijado e dito que eu era linda, mas agora eu achava que ele estava mentindo, e então Shafeen me disse que eu era linda e eu achei que ele estava dizendo a verdade.

Não podia contar que Shafeen tinha dito que foi para o fim de semana de "caça tiro pesca" com o objetivo de me proteger, depois de ter evitado isso durante anos. Não podia confessar que Shafeen não tinha dito uma única palavra sobre minha beleza desde então, nem sobre o motivo de ter ido a Longcross, porque, você sabe, nós havíamos acabado de *assassinar* alguém e tínhamos coisas mais importantes com que nos preocupar – por exemplo, ir para a cadeia.

Não podia contar que uma parte minúscula de mim ainda queria ir até ele e dizer: "Ei, sabe aquele lance do Henry pulando de uma cachoeira por causa do que a gente fez? Bom, será que a gente pode deixar isso de lado por um segundo para eu saber o que você quis dizer quando falou, na noite antes de cometermos um crime hediondo, que eu era linda e que você foi a Longcross para me proteger?"

Comecei a morrer de medo das sessões de terapia e da gentil e bem-intencionada "Sheila". Precisava contar uma mentira depois da outra e me enrolar cada vez mais tentando me lembrar das lorotas que tinha inventado, a ponto de as sessões ficarem mais estressantes do que terapêuticas. Shafeen e Nel sentiam a mesma coisa. Nenhum de nós precisava de Sheila. Só precisávamos uns dos outros.

O abade pareceu concordar com esse sentimento. Convidou nós três, os assassinos, e os cinco medievais (estranhamente calmos) que restavam ao seu escritório forrado de lambris para tomar um xerez – o equivalente de classe alta de uma bela xícara de chá – e fez uma pregação benevolente.

– Eu ensino há muito tempo – disse, repuxando o hábito nos ombros e olhando por cima dos óculos meia-lua parecendo um tio carinhoso – e aprendi que o melhor para os jovens em situações assim é a normalidade, a continuidade e a restauração da ordem.

Troquei um olhar com Shafeen e Nel. Quantas situações assim ele tivera que enfrentar durante o tempo passado na STAGS? Como ele se sentiria – aquele velho e doce Papai Noel – se contássemos que todos os "acidentes" terríveis que ele havia enfrentado em seus trinta anos no cargo estavam provavelmente ligados aos fins de semana de "caça tiro pesca"?

Vítimas de Henry. Vítimas dos predecessores dele. E agora Henry.

– Poderíamos mandar todos vocês para casa numa licença especial até depois do Natal, mas, consultando a polícia e a Sra. Waller, concluí que vocês não iriam se beneficiar de ser isolados dos colegas.

Eu certamente não estava isolada dos meus colegas. Não mais. Estávamos sempre juntos, ligados pela culpa. Passávamos cada momento acordados em nosso grupinho, conversando. Eu tentava me concentrar nos estudos, mas era bem difícil. Às vezes me perguntava, durante o restante do período de Michaelmas, se eles podiam *tirar* as bolsas, já que meu rendimento escolar estava baixo demais.

Olhando em retrospecto, acho que eles devem ter me dado uma folga por causa da coisa do Henry. Caso contrário, eu estaria no primeiro trem para casa. Minhas redações faziam zero sentido e meus esforços não ajudavam em nada. Saca aquele filme *O sexto sentido*, em que o garotinho vê gente morta? Bom, aquele garotinho era eu. Eu via o Henry em todos os lugares: no meio de uma partida de rúgbi, na capela, desaparecendo num corredor... Eu tinha imaginado se ele iria ao próprio enterro, como Tom Sawyer.

Não fomos convidados para o enterro de Henry. Para começo de conversa, não éramos considerados amigos íntimos. Fiquei feliz com isso. Acho que não aguentaria. Um enterro não é lugar para os assassinos do falecido. Nós sabíamos que a cerimônia aconteceria em Longcross, na igreja que eu tinha visto de cima do telhado de Henry, com o comparecimento de todas as famílias do condado. O abade foi, assim como os cinco medievais. Nós os vimos sair da escola naquela manhã de sexta-feira num cortejo de longos sedãs pretos. Durante o dia inteiro imaginei como seria o enterro; visualizei tudo como uma cena de *O poderoso chefão*: pessoas chorando, usando renda preta e jogando punhados de terra e rosas no caixão. Um homem parecidíssimo com Henry, de perfil, olhando o caixão do filho, o rosto um mapa de dor. Uma dama bem-vestida ao lado dele, elegante demais para derramar uma lágrima. Rollo de Warlencourt e sua esposa. Não cheguei a conhecer os pais de Henry.

Mas o fantasma de Henry não me deixava em paz. Acima de tudo, fiquei obcecada com aquele filme do qual eu tinha falado com ele na nossa última conversa no topo da Conrad's Force, logo antes de ele cair. Como aquela seria nossa última conversa, assumindo um significado enorme, agora eu desejava que tivéssemos falado de algum filme realmente importante, tipo *Cidadão Kane*.

Mas acho que as últimas conversas nunca são da maneira que a gente quer. Nosso fim é um grande mistério. Assim, morremos depois de falar da lista de compras ou da lavanderia. Mas aquele último diálogo sobre aquele filme idiota do Sherlock Holmes ficava voltando à minha mente. Como Sherlock cai da cachoeira Reichenbach mas não está morto de verdade. Como ele volta, se esconde e, assim que Watson termina de escrever a última aventura de Sherlock, aproveita que o amigo está atendendo à porta e datilografa um ponto de interrogação depois da palavra FIM.

Quando eu escrevia minhas redações à mão (nada de tecnologia, lembra-se?) e as deixava na minha escrivaninha na Lightfoot, ficava esperando voltar e encontrar um pontinho de interrogação embaixo, na letra de Henry. Afinal de contas, nós não tínhamos visto de fato o corpo dele. Só um saco lacrado. Talvez ele não estivesse morto. Às vezes, nas raras ocasiões em que eu ficava sozinha no quarto, quando Jesus estava jogando tênis ou fazendo sei lá o quê, eu ia à janela e puxava rapidamente a cortina que ia do chão ao teto para ver se Henry estava escondido ali atrás.

Eu estava pirando de verdade. Quase procurei a "Sheila" para me ajudar.

32

Eu esperava que, assim que tivéssemos voltado à STAGS depois daquele fim de semana fatídico em Longcross, os medievais nunca mais falassem com a gente. Mas estava errada.

Eu não diria que eles nos tratavam bem, mas certamente nunca mais fizeram bullying com nenhum de nós. Era como se existisse um estranho campo de força em volta de nós três. Eles quase sentiam medo. Sabiam que eu tinha sido empurrada do bote e que tinha visto todos eles se recusando a me ajudar, mas acho que não podiam saber o que havia acontecido entre nós três e Henry. Só sabiam que eu continuava viva e Henry estava morto.

Imaginei se eles estariam preocupados com quanto eu sabia. Em filmes, os vilões sempre se sentem meio livres pelo fato de que suas vítimas estão prestes a morrer, por isso não se importam com o que contam a elas. Como o homem de seis dedos em *A princesa prometida*, que descreve a máquina de dor a Westley antes de ligá-la. Pelo que os medievais sabiam, Henry podia ter feito algo semelhante. Eu podia agora estar a par de todos os corpos que estavam enterrados. Por isso todos eram cuidadosamente corteses. As garotas eram discretamente amigáveis com Nel e comigo, e os garotos eram gentis com Shafeen. Todo aquele papo de playboy de Punjab e Chanel Carphone foi abandonado. E a vida na escola prosseguiu como se fosse normal.

Na verdade, ela estava um pouco normal *demais*.

Resumindo: apesar de haver uma explosão de sofrimento por parte de estranhos na internet, ninguém na STAGS parecia lamentar a morte de Henry tanto quanto deveria. Lara não parecia tão arrasada quanto deveria estar. Tinha perdido "Hen", o cara de quem ela presumivelmente gostava, até mesmo amava, junto com o que provavelmente amava mais ainda: o pacote de Longcross – todas aquelas terras, aquela casa linda e toda aquela grana.

Concluí que ela devia estar guardando tudo por dentro.

– Coitada da Lara – falei a Shafeen e Nel um dia, olhando-a jogar lacrosse (com bastante animação, devo dizer).

Nel se virou para mim, surpresa.

– Você não sente pena dela, sente?

– Não. Dela, não.

– Dele, então?

Ela queria dizer do Henry. Nós sempre falávamos de Henry quando dizíamos Ele com aquela ênfase extra indicando que a palavra tinha uma letra maiúscula. Henry, aquele demônio, agora era citado como se fosse Deus.

– Você não sente pena dele, sente? – instigou-me Nel outra vez.

Pensei nisso. Meio que sentia pena porque o Henry gentil, o que tinha me beijado no telhado e me ensinado a pescar, não teve chance na vida. Mas não sentia pena do Henry mau, do Henry de verdade. Por isso balancei a cabeça.

– Não. E você?

– Não. Acho bom ele ter morrido. Agora as outras pessoas estão em segurança. Sinto mais pena daquele garoto africano e daquela bolsista. Eles foram assassinados. Não por ele, eu sei. Mesmo assim, desejo que ele tivesse sido levado à justiça.

– Talvez seja melhor não ter sido – disse Shafeen. – Se eles começassem a investigar o Henry, poderiam começar a investigar *a gente*. Talvez tenhamos sorte porque a polícia foi tão incapaz quanto parecia.

Shafeen estava verbalizando um sentimento que vinha me incomodando.

– Você também acha?

– Acho o quê? – perguntou ele.

– Bom, você não acha que a coisa foi meio... bem... *simples*? Eles interrogaram todos nós, mas você não acha que eles nos livraram com um pouco de facilidade demais?

– Como assim? – perguntou Nel.

– Bom, eu assisti a um monte de filmes. *Um monte.* E sempre que há uma morte sem explicação as autoridades buscam toneladas de detalhes: a polícia, os legistas, os promotores, sei lá. Eles definitivamente deveriam ter *me* apertado mais um pouco. Quer dizer, eu fui a última a ver o Henry vivo. Eles deveriam ter feito mais um monte de perguntas. Por que eu estava usando uma roupa de mergulho? Por que Henry não me pegou antes de eu cair "acidentalmente" no Longmere? Por que ele estava no topo da cachoeira, se estávamos pescando no lago? A polícia deveria se interessar, os medievais deveriam se interessar, a família Warlencourt *certamente* deveria se interessar.

– O que você está dizendo?

– Que há algum tipo de acobertamento. Obviamente os medievais não querem fazer revelações sobre o negócio de "caça tiro pesca", mas parece que mais ninguém quer. Como foi que Henry disse? "A instituição britânica"? – Vi Lara marcar um gol e fazer uma pequena comemoração com Esme e Charlotte, os rabos de cavalo louros voando enquanto elas se abraçavam e pulavam. Isso parecia... bem, parecia *errado*. – Quer dizer, eu estou *feliz* porque não fomos alvos da investigação. – *Alvo*. Só quando falei é que notei o trocadilho com caça. – Mas parece *estranho*.

O jogo de lacrosse acabou e começamos a caminhar para a escola, com os casacões Tudor balançando ao vento e se enrolando nas pernas.

– Bom, não relaxe por enquanto – disse Shafeen, sério. – Acho que a próxima coisa será o inquérito. Esperemos que nada ruim apareça nesse ponto.

Eu tinha me esquecido do inquérito. Claro! Eles sempre fazem uma sessão de tribunal para descobrir o que aconteceu numa morte suspeita. Mais espera e mais pensamentos. Fiquei imaginando quanto eu ainda aguentaria.

Shafeen, Nel e eu não tivemos permissão de ir ao inquérito, já que éramos menores de idade. Todos os medievais que estavam no segundo ano do *sixth form* e *tinham* 18 anos precisaram ir. Nós os vimos sair da escola com o abade no micro-ônibus da escola. Parecia estranho – como se estivessem indo a um passeio realmente sinistro.

Demoraram horas para voltar, e nós três fizemos o máximo para fingir que era só um dia normal de escola. Mas logo depois do almoço o micro-ônibus voltou pela entrada de veículos e paramos de fingir que podíamos falar sobre qualquer outra coisa.

– Vou perguntar – falei decidida. – Vocês vêm comigo?

Shafeen e Nel trocaram um olhar.

– Claro.

Sabíamos onde encontrar os medievais. Eles estariam juntos, como sempre, perto do poço no pátio da Paulinus, e ali estavam, reunidos como corvos ao sol do inverno.

Por um momento, enquanto nos aproximávamos, eu poderia jurar que Henry estava parado no meio de sua pequena corte. Meu coração começou a bater forte; o fantasma que estivera me assombrando iria finalmente se mostrar. Mas, à medida que chegávamos mais perto, vi que eram apenas cinco cabeças e que a cabeça loura no centro era de Cookson.

Ele estava encostado no poço, como Henry costumava ficar, na posição aceita de líder dos medievais. Até se assemelhava a Henry. Seu cabelo parecia mais louro (será que Cookson tinha feito alguma coisa com ele?) e ele estava mais magro (será que vinha malhando?). O cabelo estava cortado para se parecer com o de Henry e ele até usava meias xadrez por baixo do casaco Tudor preto, como Henry fazia.

Como vinha sentindo desde que tínhamos voltado de Longcross, tive a impressão de que possuía um poder, uma capa de invulnerabilidade como algo saído de *Fúria de titãs*. Tinha algo contra eles – o fato de que não me ajudaram a sair do lago – e eles estavam cautelosos comigo, especialmente porque não sabiam quanto eu sabia. Mas, enquanto caminhava até eles e sentia seus olhares atentos em mim, estava tão nervosa quanto no meu primeiro dia na STAGS. Como um grupo, eles pareciam estar como sempre: confortáveis, cheios de direitos e ameaçadores. Eu precisava separar um da matilha; e, se você quer uma resposta, como meu pai sempre diz, vá ao topo.

– Cookson – gritei em tom bastante agradável –, podemos trocar uma palavrinha?

Ele se aproximou, as mãos ainda nos bolsos, e fui tomada por uma lembrança de Henry em Longcross. Era espantoso. Cookson veio caminhando tranquilo ao meu encontro, no meio do gramado, como se fôssemos travar um duelo, com os padrinhos ficando um pouco atrás.

Ele parou, me encarando em sua postura de duelo. De repente, senti a antiga hostilidade retornar e que minha capa de invulnerabilidade havia sido tirada. O que teria acontecido no inquérito? Será que tinham falado de nós?

– Oi, Cookson – falei, sem saber direito como começar.

– Na verdade, meu nome é Henry.

Fiquei meio pasma. Tinha quase me esquecido de que o primeiro nome dele era Henry. Durante todo aquele tempo nós o havíamos conhecido como Cookson porque só poderia existir um Henry. E agora ali estava outro, sua versão piorada.

– Henry – comecei. Isso pareceu estranho. – Eu... *nós* estávamos querendo saber o que aconteceu no inquérito.

Ele me encarou de cima, com olhos que pareciam mais azuis do que o usual, olhos que de repente se pareciam com os do velho Henry. Por um momento, pensei que ele se recusaria a responder.

– O legista declarou que foi morte por desventura – disse ele.

Eu precisava ter certeza.

– Como assim, desventura?

– Um acidente devido a um risco perigoso assumido voluntariamente – declarou ele em voz superior. – O legista decidiu que Henry subiu voluntariamente a Conrad's Force, por isso o fato de ter caído foi culpa dele.

Desventura. Era um bom modo de descrever todo o fim de semana em Longcross. Uma aventura que deu errado.

– Ele disse mais alguma coisa?

– O que mais poderia dizer? Foi um terrível acidente – respondeu Cookson, enfático. – E só.

Então era isso. Fiquei imóvel enquanto processava a informação, com a brisa forte agitando nossos casacos, as gralhas piando nas árvores. Demorei um minuto para perceber o que isso significava.

O caso estava encerrado e nós estávamos livres. O negócio é que *eles* também estavam.

Senti um alívio e um desapontamento. Não que eu tivesse desejado que uma revelação devastadora sobre essa história de "caça tiro pesca" surgisse no inquérito, mas ao mesmo tempo me sentia estranhamente frustrada. Sentia que nada havia mudado.

Justo nesse momento o sino na torre da capela tocou chamando para as aulas da tarde. Lara chamou Cookson, como a sereia que eu sempre havia pensado que ela era, numa voz sedutora e tentadora:

– Hen, *venha*. Vamos nos atrasar para a aula de grego.

Fiquei gelada. *Hen* era o apelido que ela havia dado a Henry. Como namorada, tivera o privilégio de abreviar o nome. Agora tinha passado o apelido adiante, junto com o afeto, para esse segundo Henry, que se virou e foi andando até ela com uma confiança suprema no próprio passo. Ele se inclinou – até parecia ter ficado mais alto – para beijá-la na boca. Então, de mãos dadas, foram para o prédio Honorius, me deixando boquiaberta no meio do pátio. Shafeen e Nel vieram ao meu encontro.

Shafeen deu um assobio longo e grave.

– O rei está morto – disse com uma espécie de espanto. – Vida longa ao rei.

Nel suspirou.

– Esse é outro daqueles papos do rei Canuto?

– Não – retrucou ele. – É. *Mais ou menos*. "O rei está morto, vida longa ao rei" era a proclamação tradicional na Inglaterra medieval quando o rei morria. Significava que o povo jamais ficava sem um rei. Fazia com que todo mundo se sentisse seguro, e não havia espaço para um pretendente tomar o trono. Representava tradição, continuidade, todas as coisas de que os medievais gostam tanto.

– Aonde você quer chegar? – perguntou Nel.

– Você não vê o que aconteceu? Eles passaram tranquilamente de um Henry para outro. Até a rainha, nesse caso Lara, se arrumou com o rei novo. É como *Hamlet*.

Ele estava certo. Eu não tinha visto a peça, mas assisti à versão cinematográfica com o Kenneth Branagh no papel principal. Quando o pai de Hamlet morre, sua mãe (Julie Christie) se casa com seu tio Claudius (Derek Jacobi). Confirmei com a cabeça.

– E num instante a ordem é restaurada – falei.

Nesse momento, um fraco raio de sol de inverno penetrou no pátio. E foi como se a mesma luz, finalmente, iluminasse meu cérebro idiota.

– *Ordem* – falei. – É isso.

Agarrei meus dois amigos pelas mangas pretas.

– Aonde a gente vai? – perguntou Shafeen.

– Para o quarto de Nel. *Agora*.

33

Felizmente a colega de quarto de Nel não estava lá. Entramos e tranquei a porta. Até fechei as cortinas. Então fiz os outros dois se sentarem na cama de Nel.

– Qual é o problema? – perguntou Nel, e exatamente na mesma hora Shafeen disse:

– Que negócio é esse?

– Nel – falei ofegando –, cadê o seu telefone?

Nel destrancou uma gaveta e pegou o Saros 7S. Com um toque, ele saltou para a vida com sua musiquinha amigável e futurista.

– Passe o vídeo para mim – falei com urgência. – Passe o vídeo da confissão de Henry. Quero verificar uma coisa.

Eu não o tinha visto antes, e foi difícil. É como assistir a um filme trágico pela segunda vez quando a gente sabe o final. Como quando eu vi *A culpa é das estrelas* pela segunda vez e não consegui acreditar que eles iam deixar aquele garoto, o Gus, morrer de câncer de novo. Agora assisti esperando, de algum modo, que estivesse lembrando tudo errado.

Olhei para mim, encharcada e tremendo, falando com Henry no topo da Conrad's Force. Podia ouvir minha voz acima do som da água, gritando: *"Pegaram tudo isso?"* Vi o rosto de Henry, filmado de cima, enquanto ele se virava ao escutar a voz de Nel, perto do telefone, dizendo: *"Ah, sim. Pegamos."* Vi sua expressão mudar quando a lanterna do Saros 7S o iluminou e ele percebeu que estava sendo filmado. Enquanto olhava direto para a lente, eu me encolhi um pouco. Henry parecia estar olhando para mim, e de repente tive certeza de que ele podia me ver até mesmo agora. Fiquei me remexendo desconfortável na cama e o vi estender a mão pingando em direção à câmera.

– *Me dê essa coisa.*

Então veio a voz de Nel, mais alta e combativa:

– *Não adiantaria nada. Você pode até quebrar este aparelho, mas o vídeo já foi mandado para o Saros Orbit. É um sistema de armazenamento por satélite, totalmente seguro.*

Shafeen completou:

– *A tecnologia não é maravilhosa quando a gente encontra a aplicação certa para ela?*

Então vinha o momento que eu tinha lembrado, o momento arrepiante em que Henry se empertigava, mais poderoso do que nunca, os olhos brilhando com aquela luz louca, quase religiosa.

– *Vocês não podem vencer* – disse ele. – *Não podem estragar a ordem.*

– Aí! – falei. – Volte um pouco.

Nel passou o dedo indicador na linha de tempo. Henry fez uma dancinha para trás na água e falou de novo:

– *Vocês não podem vencer. Não podem estragar a ordem.*

Dessa vez Nel deixou a imagem correr passando por seu discurso sobre os poderes da mídia social. A voz de Henry disse:

– *A ordem continuará, mesmo sem mim.*

Em seguida veio a voz de Shafeen:

– *Agora há uma nova ordem.*

Nel parou o vídeo e ela e Shafeen olharam para mim.

– E daí? – disse Shafeen. – Nós sabíamos que o Henry era obcecado pela ordem. Não se lembram do almoço no dia do tiro ao pássaro, quando ele disse que as ordens inferiores da natureza deviam ser abatidas seletivamente? *Nós* éramos as ordens inferiores da natureza, e, quando nós o derrotamos, ele não pôde aguentar. Era tão obcecado pelo conceito da ordem natural que ela controlava sua vida.

Balancei a cabeça.

– Escutem de novo.

Dessa vez peguei o Saros na mão de Nel e voltei o vídeo.

– *A ordem continuará* – disse Henry –, *mesmo sem mim.*

Olhei para um e depois para outro.

– Estão ouvindo? Ele disse *A* ordem. Foi muito específico. A Ordem.

– Não entendi – admitiu Nel.

Mas Shafeen se virou para mim com os olhos arregalados.

– Uma ordem *religiosa*. É uma porcaria de uma *seita.*

– Mas ordem do *quê*? – perguntou Nel.

– Isso tudo tem a ver com quê? – retruquei. – O cervo do santo Aidan. Uma escola *chamada* STAGS. Galhadas de cervos por toda parte. – Levantei as duas mãos acima da cabeça, os dedos abertos, os polegares encostados nas têmporas. – A Ordem do Cervo.

– E todos eles fazem parte – disse Shafeen. – Todos os medievais.

– Não só os medievais – reagiu Nel lentamente. – Os frades também.

– Os *frades*? – perguntei.

– É. Posso não ser tão inteligente quanto vocês dois – ela descartou nossos protestos educados –, mas sei sobre moda e noto os acessórios. Aquele anel que o Henry usava, o anel de sinete de ouro com as galhadas. Todos os frades usam, os homens *e* as mulheres.

Então foi a vez de Shafeen.

– Venham comigo – disse ele em seu tom autoritário.

Era o próprio príncipe Caspian, e nós nos levantamos e fomos atrás.

Saímos da Lightfoot. O sol estava se pondo enquanto passávamos pelo claustro da capela, pelo pátio da Paulinus – agora sem medievais –, em direção à Honorius. Toda a STAGS, sombreada e sinistra, nos cercava num abraço sombrio. As janelas iluminadas nos espiavam como olhos. Entramos na Honorius e subimos até o quarto de Shafeen. Os garotos não precisavam dividir quartos, já que existiam quatro casas para os garotos e só uma para as garotas, de modo que não havia um colega de quarto para nos preocupar. Passando pela pesada porta de carvalho, havia só um cômodo vazio, um cômodo que eu nunca tinha visto. Era bem legal, todo com lambris de carvalho e cortinas verde-esmeralda, que Shafeen abriu.

Ele destrancou uma gaveta da escrivaninha e pegou uma coisa pesada e preta, e todos nos sentamos juntos na cama. Era uma repetição de como tínhamos nos sentado no quarto de Nel – só que agora, em vez de nos amontoarmos em volta de um telefone, estávamos amontoados em volta de um livro.

Era um livro grande, encadernado, sem título, apenas com uma data. Era o livro de caça de Longcross da década de 1960.

– Você trouxe? – perguntei, espantada.

– Eu disse que traria.

Ele ligou o abajur ao lado da cama e por um momento todos olhamos o livro na sua mão, banhado num círculo de luz dourada como se fosse uma espécie de texto sagrado.

1960-1969

Uma década de "caça tiro pesca". Uma década em que o resto do mundo estava mudando. A Swinging London, os Beatles, a Inglaterra ganhando a Copa do Mundo, o corte de cabelo inventado por Vidal Sassoon e os pousos na Lua. E o tempo todo, em Longcross, as coisas estavam fossilizadas, como acontecera durante séculos, e criaturas mortas eram anotadas com tinta sobre papel, em livros.

Shafeen passou os dedos longos pela lombada, quase com ternura, as pontas acariciando a data gravada em ouro, como se estivesse embromando, com medo do que poderia encontrar. Então ficou todo eficiente:

– Agora vejamos até onde isso remonta.

Abriu o livro no colo e todos nos apertamos em volta.

Virou o papel amarelado. Nossos olhos examinaram páginas e mais páginas escritas à mão. Dei um assobio longo e grave. Havia centenas de anotações. Cada uma representava uma ave, um peixe ou um cervo que tinha morrido naquele dia. Era literalmente um livro dos mortos. E entre eles existiam nomes: nomes de pessoas, de garotos enganados e caçados como havia acontecido conosco. E no topo de cada página, bem acima da hierarquia, mais nomes – caçadores que os tinham perseguido, abalado, ferido ou mesmo matado.

Shafeen avançou as páginas até chegar ao ano que estava procurando.

– 1969 – disse baixinho. – Justitium de Michaelmas.

Passou o dedo pela página e pude ver, por cima de seu ombro, a anotação que tínhamos visto naquela noite na biblioteca, quando Perfect quase nos pegou. O nome de um garoto indiano cujo destino tinha feito com que eu arriscasse a vida para pegar Henry.

– Aadhish Jadeja – falei, apontando.

Shafeen balançou a cabeça ligeiramente, sem levantar os olhos.

– Não estou procurando meu pai. – Seu dedo subiu pela página até o topo. – *Meu Deus!*

Li por cima do ombro dele.

– *Minuta da Ordem do Cervo, Longcross Hall, Justitium de Michaelmas, 1969.*

– Então é verdade – disse Nel.

– Não é *isso* – reagiu Shafeen, impaciente. – Os *nomes.*

– O grão-mestre, Rollo de Warlencourt. – O pai de Henry. Aí não havia surpresa. Mas então continuei lendo: – Charles Skelton, Miranda Petrie, Serena Styles, Francesca Mowbray.

Os frades. *Todos* eram frades.

O frade Skelton, professor de História Antiga que tinha ensinado sobre a batalha de Hattin e era tão meticuloso com a pontuação. A frade Mowbray, que tinha ensinado sobre Acteon sendo despedaçado por cinquenta cães. A frade Styles, que ensinava História Moderna (que na STAGS incluía tudo depois da Idade das Trevas) e tinha contado sobre Gian Maria Visconti caçando homens em vez de animais.

E, acima de todos eles, Rollo de Warlencourt, o grão-mestre.

– Cinco – falei. – Todos da mesma idade, todos ex-alunos. Todos estão metidos nisso. Eram medievais quando estudaram aqui na escola e todos viraram frades quando cresceram, todos menos o pai do Henry. E todo o ciclo continua acontecendo, a Ordem se sustenta e os bons e velhos dias de Henry continuam.

Shafeen se virou para mim.

– Você se lembra desde quando eram os livros de caça?

Pensei.

– Pelo menos desde a Idade Média.

– Isso começou quando os medievais *eram* medievais.

Ele ainda estava olhando o livro.

– Olhem. – E virou páginas ao acaso. – *Minuta da Ordem do Cervo, Longcross Hall. Justitium de Michaelmas, 1962, Baddesley Manor. Justitium de Hilary, 1967, Polesden Cross. Justitium da Trindade, 1965, Derbyshire*

House. – Shafeen levantou os olhos. – A coisa é muito mais ampla do que Longcross.

– Tinha que ser, não é?

Não haveria sempre um Warlencourt nos últimos anos da escola durante mil anos seguidos. Deve ter havido lacunas. Outros líderes dos medievais, outras casas importantes abrigando os esportes de sangue.

– Mas todas conectadas por uma coisa – disse Shafeen.

– A STAGS – terminou Nel.

– A seita administra a escola – falei. – E a escola administra a seita.

– E agora há um novo líder: Cookson – completou Shafeen. – A Ordem continuará, mesmo sem Henry.

– Não, não continuará. – Eu me levantei. – Shafeen, traga o livro de caça. Nel, traga o celular.

– Aonde nós vamos?

– Está na hora de contar ao abade. – Então me imobilizei com os dedos na maçaneta. – Não, esperem. E se ele também estiver metido nisso?

– Ele não está no livro – disse Shafeen.

– E também não usa anel de sinete – completou Nel.

– Certo – falei. – Venham.

34

O abade assistiu à confissão de Henry do início ao fim sem dizer uma palavra.

Enquanto olhava a tela, ele cobriu a boca com a mão esquerda e sua expressão era de choque. Nel estivera certa. Não havia anel de sinete em sua mão esquerda, apenas uma aliança de casamento, de ouro. Pensando nisso, fiquei meio surpresa em vê-la. Nunca tinha conhecido a Sra. abade. Talvez estivesse morta. Afinal de contas, o abade era bem velho. Pareceu mais velho ainda quando terminou de assistir ao vídeo.

Houve um longo silêncio, em que podíamos apenas ouvir o tique-taque abafado do relógio de pêndulo sobre a lareira.

Estávamos sentados em grandes poltronas de couro diante dele, do outro lado da escrivaninha de mogno. Ele usava o hábito e nós, os casacos Tudor. Havia lambris de madeira nas paredes, fileiras de livros em estantes, diplomas emoldurados atrás de sua cabeça. Parecíamos uma página no prospecto da STAGS. Deveria ter sido a conversa mais civilizada do mundo. Porém o que o abade tinha visto não poderia ser mais selvagem.

Durante um bom tempo ele não disse nada. Depois tirou os óculos meia-lua e esfregou o osso do nariz. Parecia muito estranho, como acontece com as pessoas que sempre usam óculos e de repente tiram. Parecia devastado.

– Pobre Henry – disse com tristeza. – Ele estava bastante demente no final. Desculpem, eu não sabia que tinha sido suicídio.

Ele recolocou os óculos, piscou feito uma coruja e nos encarou.

– E é verdade? Esse passatempo... pavoroso?

– Ah, é verdade – respondi. – Nós vivemos isso no fim de semana do Justitium em Longcross Hall.

– Eu fui caçada – disse Nel.

– Eu levei um tiro – continuou Shafeen.

– E eu fui pescada no lago Longmere – terminei.

O abade bateu as mãos uma na outra, cruzando os dedos.

– Por que não me contam o que aconteceu?

Assim, contamos toda a história: primeiro Nel, depois Shafeen assumiu e em seguida, eu. Demoramos tanto que ficou escuro lá fora. Enquanto falávamos, o abade escrevia no bloco de papel creme e grosso sobre sua mesa.

– E essa ordem da qual o Henry fala aqui no fim... – Ele indicou o celular com sua caneta-tinteiro. – A que ele se refere?

O abade não era bobo. Soube imediatamente que Henry estava falando de algum tipo de seita; não ficou em dúvida como nós. Então percebi como ele era um sujeito esperto. Não era diretor de uma escola prestigiosa à toa.

– Ele estava se referindo à Ordem do Cervo, uma seita de morte, com séculos de idade, que envolve a caça de estudantes – respondi. – Começou quando os cruzados, inclusive Conrad de Warlencourt, mandavam seus filhos para ser educados por frades depois das Cruzadas. O próprio Henry mencionou isso: Conrad tinha lutado contra os infiéis e estava procurando novos selvagens contra os quais lutar. Isso vem acontecendo desde então.

– Nos anos 1960 – disse Shafeen –, meu pai também foi a Longcross. Ele era Aadhish Jadeja, o único menino moreno da escola. Foi convidado para o Justitium de Michaelmas em 1969. E atiraram nele. Meu pai ficou amedrontado e abalado.

A voz de Shafeen se embargou e por um momento achei que ele iria chorar. O abade virou os olhos gentis para ele.

– E o seu pai lhe contou tudo isso?

– Não – respondeu Shafeen, quase triste. – Meu pai não disse uma *palavra* em todos esses anos. Algum sentimento de honra deslocado. O garoto que não era dedo-duro nem sob tortura. *Ele* não me contou nada. Mas *isso* contou.

Shafeen pôs o livro preto sobre a mesa. Então, quase como se não suportasse tocá-lo, virou o volume com um dedo até que a data gravada a ouro estivesse virada para o abade. Abriu o livro na página certa: 1969.

O abade leu a página e ficou pálido. Recostou-se na cadeira e soltou um suspiro fundo.

Era como se o telefone celular, com toda a sua tecnologia nova, não o tivesse convencido, mas o livro de caça o derrotou porque vinha de seu mundo antigo. Os livros eram sua kryptonita. Agora ele entendia completamente a corrupção que acontecia na sua escola, sob o seu nariz.

– A polícia viu essas provas? – perguntou. – O livro e o... filme?

Nós nos entreolhamos.

– Não – respondi.

– Vocês *querem* ir à polícia?

Estranhamente, isso não tinha nos ocorrido. Estávamos tão ocupados em evitar a investigação sobre a morte de Henry que nem pensamos em perseguir os medievais com a lei.

– Deixemos de lado por um momento as ações históricas dos frades – disse ele. – Vamos nos voltar para os contemporâneos de vocês. – Ele pegou o papel em que estivera escrevendo e leu: – Henry Cookson. Piers Holland. Charlotte Lachlan-Young. Lara Petrova. Esme Dawson. – Parecia uma espécie de registro pervertido: uma listagem de culpa. O abade balançou a lista. – Os atos desses cinco foram indubitavelmente cruéis, mas eles foram *assassinos*? – Ele olhou para Nel. – Vamos iniciar com você, Srta. Ashton.

– Bom – começou Nel –, no primeiro dia, o da caça, foi Henry que me deu o paletó e soltou os cachorros. Os outros... Bem, na verdade eles não fizeram nada, até ajudaram a me procurar.

– Eles ajudaram a procurar você?

Nel se remexeu um pouco.

– É, mas eles *gostaram*, se é que o senhor me entende. Fazia parte da caçada.

– E o senhor, Sr. Jadeja?

Shafeen também se remexeu, desconfortável.

– Bom, no dia do tiro ao pássaro não foi nenhum deles que atirou em mim. Foi Henry.

– Eles tentaram ajudá-lo assim que o senhor foi ferido?

– Sim – respondeu Shafeen em voz baixa. – Eles se ofereceram para me ajudar a voltar para a casa.

– Sei – disse o abade gentilmente. – E você, Srta. MacDonald?

Pensei.

– Na verdade eles *não fizeram nada*. Mas foi exatamente isso: eles não levantaram um dedo para me ajudar a sair da água. Mas também não me jogaram nela. Foi o Henry.

Eu estava começando a entender: seria minha palavra contra a de todos eles.

O abade balançou a cabeça.

– Pelo que vocês dizem, parece que seria difícil levantar uma argumentação convincente contra eles. Na melhor das hipóteses, eles foram participantes indiretos de tentativas de assassinato, mas seria difícil provar uma acusação dessas, particularmente se todos decidirem contar a mesma história. Mesmo assim, eu estaria fugindo ao meu dever se não os aconselhasse a ir à polícia e se não lhes garantisse que, se fizerem isso, terão todo o apoio da escola.

Pensei no incômodo: perguntas, discussões, pais sabendo, a mídia sabendo. Os *paparazzi* já estavam nos portões – haveria um frenesi completo. Nós nos entreolhamos. Vi as expressões dos outros dois e falei por todos nós:

– Não. Nada de polícia.

– Muito bem – disse o abade. – Eis minha opinião, se é que ela vale alguma coisa: sem dúvida Henry foi culpado, mas ele está morto. Parece que os frades também são culpados, mas não conheço o suficiente da lei para lhes dizer com certeza se eles ainda podem ser processados por crimes que aconteceram há quase cinquenta anos, especialmente se vocês preferirem não mostrar esse filme à polícia. De qualquer modo, eles ainda podem e serão demitidos. Isso é algo que posso fazer imediatamente *sem* recorrer à lei. – Ele bateu na capa do livro de caça e sua aliança de casamento emitiu um som fraco. – Com sua permissão, vou ficar com este livro de caça, para mostrar aos frades a prova que existe contra eles e garantir que partam discretamente. Vou substituí-los pelos mais inteligentes e melhores professores do setor independente. Nenhum ex-aluno da STAGS será considerado para esses cargos.

– Quanto a esses jovens... – Ele olhou de novo a lista em sua mesa. – Vou falar com eles, claro, e eles perderão o status de monitor. Serão informados de que existem provas contra Henry, com a garantia de que iremos entregá-las à polícia caso haja mais algum desvio de conduta desse tipo. Mas sugiro que, em vez de arruinar cinco vidas jovens e de condenar o caráter deles como totalmente mau, quando agora eles podem melhorar sem a influência maligna de seu líder, deixemos que eles completem o ano e façam as provas. Temo que a expulsão deles, considerando seu passado de privilégios, só endureça suas tendências cruéis. Mas um choque, e uma oportunidade de mudar, pode render frutos.

Vi o bom senso disso. Sem Henry para pressioná-los, era possível que os medievais se tornassem seres humanos razoavelmente decentes.

– Não posso comentar mais sobre os supostos crimes aos quais Henry aludiu. Só posso dizer que nos dois casos *conhecidos* dessa prática deplorável, em 1969 e neste ano, os líderes eram os Warlencourts. O esporte, se é que pode ser chamado assim, foi instituído por Conrad de Warlencourt depois de voltar das Cruzadas. Henry de Warlencourt morreu, e, assim que o chefe de uma organização é removido, em geral a organização cai no caos. Os frades e aqueles monitores eram apenas seguidores. Um peixe fede a partir da cabeça, e, somente se uma liderança maligna continua o mal, pode prevalecer.

Pensei em Henry Cookson e em sua transformação no novo Henry, mas não protestei. Era um alívio tão grande ter alguém – um *adulto* – assumindo essa responsabilidade medonha que deixei o abade continuar.

– Assim, numa tentativa de mudar para melhor a ordem mundial, nomeio vocês como os novos monitores da Escola Santo Aidan, o Grande. Parabéns.

Ele se inclinou por cima da mesa e apertou a mão de cada um de nós.

Todos os pensamentos sobre Cookson saíram da minha cabeça. Eu não podia acreditar. Eu, Greer MacDonald, da Arkwright Road, uma medieval! Olhei os outros dois e vi meu sentimento refletido em seus rostos. Eles estavam sorrindo.

Então Shafeen disse respeitosamente:

– Posso sugerir uma coisa?

O abade abriu as mãos com benevolência.

– Sem dúvida, Sr. Jadeja. Agora esta escola é do interesse de nós dois.

– Nesse caso – continuou Shafeen, hesitante –, acho que o senhor... *nós*... deveríamos introduzir uma nova política de admissão. Acho que deveríamos admitir mais alunos de outras etnias...

– E mais alunos que não tenham passado aristocrático – interveio Nel.

– E oferecer mais bolsas para crianças de escolas públicas. Podemos chamá-las de bolsas Warlencourt, em memória de Henry de Warlencourt – acrescentei. Eu achava ótimo que crianças inteligentes de escolas públicas tivessem acesso à STAGS e a todas as suas instalações fantásticas por causa do Henry. – Ele odiaria isso.

Agora, pela primeira vez na conversa, o brilho de Papai Noel voltou aos olhos do abade.

– Ele odiaria mesmo. Mas esse me parece um modo excelente de obter algum bem a partir de uma tragédia. – Ele se levantou e alisou o hábito sobre o peito. – Se vocês confiarem em mim, podemos transformar a STAGS na escola que ela pode ser. Vai demorar algum tempo, mas, como diz o nosso lema, *Festina Lente.* Vocês vão me ajudar?

Nós nos entreolhamos de novo e começamos a sorrir.

Nel foi guardar o Saros 7S em seu quarto e eu fui com Shafeen de volta para a Honorius. A Lua estava subindo sobre o pátio da Paulinus e eu parei perto do poço para ver se enxergava o reflexo dela no fundo. Ainda não podia enxergar a superfície da água.

– Qual é a profundidade dessa coisa? – perguntei.

Shafeen se juntou a mim, encostou a cabeça na minha e olhamos para baixo, até onde eu tinha jogado uma moeda sem ouvi-la bater na água. Assim como Henry havia caído e não o ouvimos bater na água. Então levantei os olhos para a Lua e as estrelas no céu límpido. Agora, finalmente, me sentia capaz de dizer a Shafeen o que queria dizer durante semanas.

– Desculpe.

– O quê?

– Isso tudo poderia ter parado antes. Se eu tivesse visto o que estava acontecendo. Se não tivesse deixado o Henry me enganar. Naquela primeira noite, quando começaram a zombar do sotaque da Nel, eu pude ver que Henry tinha gostado daquilo. Não, a coisa vem de antes disso. Na aula de História, quando estavam pegando no seu pé. Mas eu simplesmente não quis ver. E então, depois de Nel ser caçada, ele me levou para cima da casa. Nós passamos por uma espécie de porta que ia da galeria longa até o telhado e Henry me mostrou o mundo dele.

– Greer – disse Shafeen com gentileza –, você não precisa…

– Estou tentando explicar uma coisa – interrompi Shafeen. – No dia seguinte, não consegui encontrar a porta de novo. Na época eu não poderia dizer, mas agora entendo. Acho que no fundo eu sempre acreditei na Nel. Mas tinha medo de que, se *dissesse* que acreditava nela e fizesse uma confusão, nunca mais poderia voltar para Nárnia.

Shafeen ficou em silêncio, me olhando. Dei de ombros.

– Parece idiota demais.

– Não – disse ele baixinho.

– Eu estava obcecada pelo mundo deles.

Ele se apoiou na borda do poço.

– Já que estamos admitindo coisas, eu também estava errado. Achei que Henry estivesse tentando manter longe um mundo que vinha se aproximando. Não estava. Ele estava tentando trazer de volta um mundo que já havia ido embora.

Pus a mão na pedra fria.

– Bom, se formos justos, o mundo deles *tinha* algumas coisas boas.

– Claro. E essa é a grande vantagem deles. Você não foi a única a ser seduzida.

Olhei para ele, interrogando.

– Meu pai… Eu…

– Você? – perguntei, surpresa.

– Ah, sim.

Pensei por um momento.

– Acho que, num mundo ideal, a gente manteria o que há de melhor nas coisas antigas e adotaria o melhor das novas. Mas isso pode ser feito?

– Vejamos. – Ele se virou para me encarar. – Teremos mais um ano na STAGS. *Festina Lente.* – Shafeen deu seu sorriso raro. – Apressa-te devagar.

Em seguida, pôs as mãos nos meus cabelos e me beijou.

EPÍLOGO

UM ANO DEPOIS

No último dia antes do meio do período de Michaelmas, Shafeen, Nel e eu tínhamos combinado onde iríamos nos encontrar, para irmos juntos à missa do Justitium.

O pátio da Paulinus estava banhado do sol de outubro e listrado com sombras compridas. Fui a primeira a chegar. Empurrando de lado os fantasmas dos medievais do ano anterior, fui me encostar no poço, onde tinha beijado Shafeen pela primeira vez.

Tinha sido um ano estranho na STAGS, vendo todos os frades se aposentando, um a um, e o poder dos medievais diminuindo. O abade havia cumprido sua palavra. Os novos professores, todos inteligentíssimos e dedicados, só se importavam com as matérias. Os alunos agora não ligavam mais para o status exagerado de alguns garotos cheios de privilégios. Eu não sabia o que o abade tinha dito a eles, mas Cookson, Piers, Charlotte, Esme e Lara decidiram que não podiam fazer nada a não ser baixar a cabeça e se concentrar nas provas. Todos receberam notas máximas, apesar do pequeno detalhe da morte de seu amigo mais querido. Fiquei imaginando onde eles estariam agora. Provavelmente Oxford, Cambridge, Durham ou Sandhurst, alguma fundação antiquíssima não muito diferente da mansão dos pais deles.

Até o Natal todos os frades tinham ido embora. Em nome das aparências, houve uma grande reunião de despedida em que todos receberam de presente relógios de ouro onde estavam gravadas as palavras *Festina Lente*. Toda a escola cantou aquela música bizarra do "Fulano é Bom Companheiro". Shafeen, Nel e eu fomos os únicos que não cantaram.

No Natal, o pai de Nel, um animado homem do norte usando terno elegante e um monte de joias, tinha vindo pegá-la num Rolls-Royce dourado e deu a mim e a Shafeen celulares Saros 8 novos em folha, por sermos bons amigos de sua filha. O aparelho era incrível: cor de ouro rosado e fino como um pedaço de papelão. Sem os medievais, tínhamos relaxado as regras sobre o uso de telefones, mas não me esqueci de Henry, que sentia uma aversão tão grande pelo mundo moderno a ponto de não conseguir viver nele. Decidi que às vezes deixaria o telefone na gaveta: era possível ter mais diversão na vida real.

Estava pensando, claro, em Shafeen.

Leitor ou leitora, eu tinha começado a namorar com ele.

Também tinha conhecido o pai dele no verão, quando fui ao Rajastão, à casa nas montanhas Aravalli, acima da estância de montanha de Guru Shikhar. A princípio não consegui associar o príncipe Aadhish Bharmal Kachwaha Jadeja, aquele distinto cavalheiro indiano de cabelos brancos, ao aterrorizado adolescente desajustado de quem eu tinha sentido uma pena tão grande na biblioteca de Longcross. Mas me esforcei ao máximo com ele. Esperava mesmo que Aadhish gostasse de mim – não só porque eu tinha arriscado a vida pelo garoto que ele um dia tinha sido, mas também por causa do que havia acontecido entre mim e Shafeen.

Mas correu tudo bem. Aadhish *gostou* de mim. Mostrou-se bem sorridente e cortês, e minha estada em seu palácio foi incrível.

Um verão inteiro com Shafeen, ele de camisa branca, eu num vestido leve, andando pelos jardins do palácio com os pavões brancos, as fontes e os tigres, parecendo Jasmine e Aladdin em... bem… *Aladdin*.

E agora estávamos no ponto mais alto da escola, uma escola muito diferente daquela em que tínhamos entrado. O abade havia mantido todas as coisas boas, tipo as tradições da antiga fundação do santo Aidan, o Grande, ao mesmo tempo que tirava todas as ruins, como uma seita que assassinava crianças.

Eu estava esperando perto do poço da Paulinus por um bom tempo quando vi Shafeen e Nel atravessando o pátio, vindos de direções diferentes. Dava para ver as meias deles a um quilômetro de distância: agora que éramos medievais, não precisávamos usar o vermelho regulamentar. Eu tinha encontrado umas prateadas com pequeninas claquetes de cinema em preto e branco. Nel tinha escolhido, desafiadoramente, meias Chanel rosa-shocking com os pequenos Cs duplos do logotipo se destacando em dourado. Shafeen tinha escolhido listras de tigre, e eu ficava rindo sempre que as via, me lembrando de que ele era o filho da tigresa.

Ficamos ali, os três, respirando o ar de outono, com o fim de semana de folga se estendendo adiante. O Justitium começava naquela noite e sabíamos que, pela primeira vez em centenas de anos, ninguém iria para Longcross nem para nenhuma das outras casas importantes para ser caçado, levar tiros ou ser pescado. Todos os alunos voltariam para casa e para seus pais, como deveria ser. Eu mesma iria me encontrar com meu pai no nosso novo apartamento em Salford Quays, perto dos estúdios da BBC. Ficava bem no meio de uma paisagem de ferro e vidro modernos. Não haveria uma colina, uma árvore ou um lago à vista.

O sino para a missa do Justitium começou a tocar e os alunos começaram a atravessar o pátio em duplas e trios. Uma figura acenou para mim, uma garota nova chamada Tyeesha. Eu a conhecia superficialmente, já que ela era uma das novas alunas com a bolsa Warlencourt que o abade tinha começado a admitir na escola. Acenei de volta e Tyeesha começou a se aproximar. Ela era a única garota negra na Lightfoot e tinha passado um tempo um tanto difícil no início do período. Eu meio que a havia posto debaixo da asa, esperando ser a amiga que *eu* nunca tinha tido quando era nova ali. Por isso, me virei para ela e abri meu melhor sorriso.

– Oi, Ty. Como vão as coisas?

– Ótimas.

Fiquei meio perplexa com seu entusiasmo.

– Ótimas *de verdade* – repetiu ela.

– Ah, é?

– É – disse Tyeesha com seu forte sotaque londrino. – Aqueles dois que estavam me incomodando, os gêmeos... Bom, acho que agora eles gostam de mim.

Ela parecia iluminada por dentro.

– Bom. É realmente ótimo ouvir isso. – Achei que demoraria algum tempo para os novos bolsistas se encaixarem totalmente na escola, mas era preciso dar crédito ao abade. Ele tinha começado. – Vai a algum lugar legal no Justitium?

– Ah, *vou* – disse ela, mas não quis dar mais informações.

– Poste umas fotos no Instagram – sugeri.

Ela franziu levemente a testa.

– Não – disse. – Acho que não. Acho que em vez disso vou mandar um cartão-postal.

– Legal. Divirta-se.

Ela deu um sorriso enorme, luminoso.

– Obrigada, acho que vou.

Nesse momento o sino da capela começou a tocar em ritmo dobrado, como sempre fazia no aviso de cinco minutos. Tyeesha se virou e foi alcançar o resto dos alunos que entravam na capela. Fui atrás, pensativa.

Na capela tudo havia mudado. Mas tudo continuava igual. Pensei na missa do Justitium do ano anterior, na manhã antes de ir para Longcross. Nesse dia, um ano antes, nós três estávamos separados na capela, sozinhos. Agora não éramos mais solitários, ainda que os motivos mais sombrios nos tivessem reunido. Ficamos ali sentados, devido a algum acaso do destino, bem embaixo do mesmo vitral do santo Aidan com o cervo. O cervo branco me olhou durante toda a missa, como Jeffrey tinha feito.

Como no ano anterior, nós nos sentávamos nas nossas fileiras, usando os casacões Tudor pretos. Os novos frades estavam em seus bancos, com os hábitos marrons. E o abade se levantou com seu hábito preto. Pela centésima vez, ouvimos a história do nosso fundador, Aidan, e o cervo. Era como em *Feitiço do tempo*. Minha mente vagueou. Virei-me para espiar o vitral do santo, mas de algum modo meu olhar não chegou lá. Eu me peguei olhando a parte de trás de uma cabeça loura e perfeita: a curva de uma orelha, o cabelo curto brilhando numa nuca e desaparecendo no colarinho preto de um casaco Tudor. Meu coração parou.

Era Henry de Warlencourt.

Claro que não era ele. *Cai na real, Greer.* Aquele garoto não era o Henry. É, era parecido com ele, mas era menor e estava sentado com o pessoal do primeiro ano do *sixth form*, o ano de Tyeesha, um ano abaixo do meu. Olhei a garota ao lado dele, com o coração começando a bater de novo. Poderia ser dito facilmente que de costas ela se parecia com Charlotte. *Você está vendo fantasmas de novo.* Estremeci um pouquinho, mas não consegui afastar os olhos. Como se eles pudessem sentir meu olhar se cravando na nuca, os dois louros se viraram e meu rosto virou gelo.

Os dois tinham o rosto de Henry.

Não somente o garoto, mas também a garota.

Eles me encararam por um momento, com olhares fantasmagóricos semelhantes. Ambos deram um sorriso idêntico, divertido, como Henry tinha feito exatamente um ano atrás.

Com o coração batendo forte de novo, desviei os olhos, mas a capela, meus amigos, os frades, todos tinham desaparecido. Eu estava longe, em Longcross, e era noite. No luar branco-azulado, Henry e eu deslizávamos pela galeria só de meias, com os altivos ancestrais Warlencourt espiando dos seus retratos nas paredes. E, em vez de a voz do abade lendo texto, escutei Henry, gritando na galeria:

– *Eu fazia isso com os meus primos o tempo todo quando era pequeno. Eles eram gêmeos, um garoto e uma garota, um pouco mais novos do que eu. Passavam feito raios por aqui. Era divertido demais.*

Gêmeos.

Com o rosto de Henry.

Será que aqueles gêmeos podiam ser Warlencourts?

Fiquei me remexendo no banco com uma inquietação subindo pela garganta. Achei que ia vomitar. De novo, precisei ficar calma. Sem dúvida eles não podiam ser Warlencourts. Seria coincidência demais. E, se fossem, não queria dizer que eram filhotes do demônio como Henry, ainda que se parecessem com alguma coisa saída de *O iluminado*.

Não, falei comigo mesma. A STAGS não era mais uma escola onde o mal podia florescer. Agora *nós* éramos medievais, todos os frades eram ótimos e eu precisava confiar no abade. Levantei os olhos para onde ele estava lendo o texto. Ele tinha feito todas as mudanças prometidas, ainda que o texto que estivesse lendo fosse o mesmo de sempre. Olhei enquanto ele empurrava os óculos mais para cima no nariz e lia o livro da *A vida de santo Aidan* equilibrado na estante de leitura. Com toda a determinação, não olhei para os sósias de Henry. Em vez disso, dediquei toda a atenção ao abade enquanto ele lia a história do cervo de santo Aidan escondido em plena vista. Sua voz ressoou, límpida e exata, e não parecia mais um velho:

– *Quando os cães estavam chegando perto, o bendito santo levantou a mão para o cervo e o tornou invisível. Desse modo, os cães passaram por ele e seus dentes não o tocaram; em seguida, Aidan restaurou o cervo à visão dos homens e seu pelo e sua galhada puderam ser vistos de novo, e o cervo seguiu seu caminho em paz.*

Quando ele terminou, meu coração acelerado havia diminuído um pouco a velocidade, acalmado pelo texto familiar. O abade estendeu a mão para fechar o volume e ela pousou por um momento na capa de couro do livro. Nesse instante, por sobre a minha cabeça, o sol acertou a única parte do vitral que era de vidro liso e incolor – a parte que compunha o cervo invisível.

Um facho de luz bateu no flanco do bicho e brilhou direto numa joia no dedo anular do abade, incendiando-a. Era como aquela parte de *Caçadores da arca perdida* em que Indy encontra o Poço das Almas com um raio de luz do dia. A joia era um rubi, cor de sangue arterial, cor das meias do uniforme da STAGS. O rubi captou a luz desgarrada e brilhou como um sabre de luz. Afinal de contas, não era uma aliança de casamento simples. Tinha girado no dedo do abade. Era um anel como o dos papas, como os que os reis usam. Era um anel que outras pessoas beijam quando realmente querem puxar o saco. Era um anel que indicava que a pessoa era chefe de alguma coisa. Uma religião. Um reino.

Uma *seita.*

O órgão trovejou e todos nos levantamos para o último hino. As vozes agudas dos alunos cantaram nos meus ouvidos e trechos de lembranças penetraram na minha cabeça junto com a música.

O cervo de santo Aidan estava escondido em plena vista.

O abade não usava um anel de sinete, mas usava um anel no dedo anular.

Nós nunca tínhamos visto uma Sra. abade.

No livro de caça estava escrito: "O grão-mestre, Rollo de Warlencourt."

O frade Skelton tinha dito que "Perdão, impossível mandar para a forca" não significava o mesmo que "Perdão impossível, mandar para a forca".

Tinha dito que a colocação das vírgulas era crucial. Elas davam significados diferentes à mesma frase.

O grão-mestre e Rollo de Warlencourt eram duas pessoas, e não uma só.

Olhei para o abade até começar a lacrimejar. Então virei os olhos turvos para os bancos onde o primeiro ano do *sixth form* estava sentado. E a cascata de revelação despencou.

Havia novos gêmeos louros no primeiro ano.

Eram cópias completas de Henry de Warlencourt.

Tyeesha tinha dito que havia gêmeos pegando no seu pé, mas que não faziam mais isso.

Tyeesha ia passar o Justitium num lugar legal.

As últimas palavras de Henry tinham sido: "A ordem continuará, mesmo sem mim."

Esses fragmentos absurdos se juntaram na minha cabeça como cacos de vidro colorido, formando uma imagem nítida, como o vitral de Aidan com o cervo acima da minha cabeça. Eu mal pude esperar que o último hino terminasse antes de agarrar Shafeen e Nel pelo braço e, com o coração martelando, ir com eles para o pátio.

Só contei quando cheguei ao poço da Paulinus e tínhamos um gramado verde entre nós e qualquer outra pessoa. Contei que as últimas palavras de Henry de Warlencourt tinham sido absolutamente, completamente, verdadeiras.

FIM?

Agradecimentos

Sempre me ensinaram que é educado agradecer, portanto aqui vai.

Obrigada ao meu filho Conrad por traduzir a fala dos adolescentes para mim.

Obrigada à minha filha Ruby por fascinantes fatos sobre animais.

Obrigada ao meu parceiro Sacha por seu conhecimento enciclopédico sobre cinema.

Obrigada aos amigos de Conrad, Greer e Shafeen, por me emprestarem seus nomes.

Obrigada a Nic Lawson, um incrível cinegrafista e uma pessoa muito legal.

Obrigada a Theresa Chris, superagente e amiga de verdade.

Obrigada a Emma Matthewson e Talya Baker, da Bonnier, por sua revisão com olhos de águia.

Obrigada a Jeffrey, que começou a vida como um enfeite em forma de cervo na nossa árvore de Natal e acabou como uma cabeça de cervo falante numa parede.

Se estou agradecendo a enfeites de Natal, realmente deveria parar.

Consultei vários sites que tratam de caça, tiro ao pássaro e pesca em busca de informações sobre esses esportes. Qualquer erro é meu, não deles.

Citei um monte de filmes neste livro, mas a principal influência foi *O declínio dos anos dourados* (1985), dirigido por Alan Bridges, baseado no romance *Dias de caça,* de Isabel Colegate. Se você é um selvagem, assista ao filme. Se é um medieval, por que não ler o livro?